오시 하나, 내 멋대로 산다

《SUGU SHINUNDAKARA》
© Makiko Uchidate, 2018
All rights reserved.
Original Japanese edition published by KODANSHA LTD.
Korean publishing rights arranged with KODANSHA LTD.
through EntersKorea Co., Ltd.

이 책의 한국어판 저작권은 (주)엔터스코리아를 통해
저작권자와 독점 계약한 서교책방에 있습니다. 저작권법에 의하여
한국 내에서 보호를 받는 저작물이므로 무단전재와 무단복제를 금합니다.

오시 하나,
내 멋대로 산다

우치다테 마키코 지음 | 이지수 옮김

서교책방

"하고 싶은 대로 안 하면 손해라고."

차례

1부......009

2부......066

3부......122

4부......166

5부......200

6부......240

7부......286

8부......330

작가의 말......374

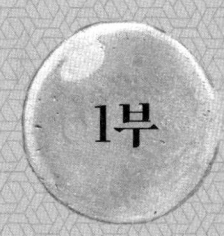

1부

나이를 먹으면 누구나 퇴화한다.

둔해진다. 허술해진다. 칙칙해진다. 어리석어진다. 외로움을 탄다. 동정받고 싶어진다. 구두쇠가 된다.

어차피 '곧 죽을 거니까'라고 생각하게 된다.

그런 주제에 "난 호기심이 많으니까 평생 젊은이지"라고 말하고 싶어 한다.

옷차림을 신경 쓰지 않으면서 그런데도 "젊으시네요"라는 말을 듣고 싶어 한다. 손주 자랑에 병 자랑에 건강 자랑. 이것이 이 세상 할아버지, 할머니의 현실이다.

이 현실을 조금이라도 멀리하려는 기세와 노력이 나이를 잘 먹는 것으로 이어진다. 틀림없다. 그리 생각하는 나는 올해 일흔여덟 살이 되었다. 육십 대에 들어서면 남자든 여자든 절대 제 나이로 보여서는 안 된다.

일요일 오후, 나는 긴자 거리를 걸으며 안쪽에 거울이 붙어 있는 쇼윈도 앞에서 발걸음을 멈췄다. 내 모습을 비춰본다. 3센티이긴 해도 하이힐을 신었고, 산뜻하고 얇은 청록색 스웨터에 굵은 목걸이를 했다. 목걸이는 까만색과 흰색 플라스틱 제품으로 굵은 사슬 모양이다. 스커트는 마찬가지로 까만색과 흰색의 대담하고 기하학적인 무늬라서 산뜻한 스웨터와 잘 어울린다. 물론 손톱도 네일숍에서 관리하고 있다.

다시 발걸음을 내디딘다. 모습이 비치는 쇼윈도 앞을 지날 때면 반드시 흘끗 보며 체크를 한다. "좋아" 하고 다시 걷는다.

절대 일흔여덟으로는 보이지 않는다. 자신 있다. 그만큼 노력하고 있고 신경도 썼다.

"저어…… 잠깐 실례합니다."

뒤에서 누가 불러 세웠다. 돌아보니 처음 보는 여자가 서 있다. 사십 대일까?

"갑작스럽지만 부탁드릴 것이 있어서요."

"저한테요? 뭘 권하는 거라면 사양할게요."

"아뇨, 사진을 좀 찍고 싶은데요."

무슨 일이지?

"사진이라니, 제 사진 말이에요?"

"네. 저는 절대 수상한 사람이 아니에요."

여자는 진지하게 그리 말하더니 명함을 내밀었다. 거기에는

'월간 코스모스 편집부 팀장 야마모토 미키'라고 인쇄되어 있었다.

〈월간 코스모스〉는 노년층이 주로 보는 잡지인데 실은 나도 매월 읽고 있다. 다른 시니어 잡지에 비해 패션이나 화장법 등 외모 가꾸기에 중점을 두고 있다. 다른 시니어지는 유명인이 인생의 교훈이니 삶의 방식이니 설교해서 성가시다. 나이를 먹으면 누구라도 말할 수 있는 수준의 인생 교훈과 삶의 방식을 떠들어댄다.

"저희 잡지에 '멋쟁이 발견!'이라는 인기 코너가 있는데, 거기에 선생님 사진을 꼭 싣고 싶어요."

그 코너에 싣는다는 건가. 야호! 믿기지 않는다.

'멋쟁이 발견!' 코너는 길거리에서 발견한 노인들의 사진과 이야기를 한 페이지 통째로 컬러로 싣는다. 모델도 연예인도 아닌 일반인의 사진이지만, 외모 가꾸기에 중점을 둔 잡지이니만큼 매월 '일본의 노년층도 여기까지 왔구나' 싶은 한껏 꾸민 남녀가 실린다.

그 코너에 싣고 싶다는 말을 듣다니, 주먹을 불끈 쥐는 걸로는 모자라 공중제비라도 돌고 싶다. 물론 그런 기색은 눈곱만큼도 내비치지 않은 채 손사래를 치며 대답했다.

"저도 〈코스모스〉는 매달 보는데 그 코너를 아주 좋아해요. 하지만 저 같은 사람은 아무래도 좀……. 늘 엄청나게 근사한 사람들만 실리잖아요."

"앗! 저희 잡지 보세요? 감사합니다. 그 코너에는 주로 칠십 대 분들이 출연하지만 선생님 정도로 세련된 분이라면 육십 대라도 괜찮아요. 꼭 허락해주세요."

육십 대라고?! 또다시 속으로 공중제비를 돌았지만 짐짓 쓴웃음을 지어 보였다.

"전 올해로 일흔여덟 살이랍니다."

"네에?! 거짓말, 거짓말! 일흔여덟이시라고요?"

"네. 지금 '여든이 코앞 동창회'라고, 고등학교 모임에 가는 길이에요."

"시간 많이 안 빼앗을 테니 사진 꼭 좀 찍게 해주세요. 이렇게 멋지고 자세도 곧으시고 옷도 액세서리도 세련된 '여든이 코앞'은 없어요. 전 예순일곱쯤으로 봤는걸요."

아아, 너무 기쁘다.

"카메라맨이랑 헤어메이크업 담당자도 같이 왔어요. 저희가 한 덩어리로 뭉쳐서 부탁하면 다들 깜짝 놀라 뒷걸음질을 치셔서 멀리 떨어져 대기하고 있어요."

나는 웃음을 지어 보이며 벌써 정해뒀던 대답을 말했다.

"그렇게 칭찬해주시다니…… 그러면 찍을까요?"

"정말요? 감사합니다."

야마모토는 조금 떨어진 곳에 서 있던 남자와 여자에게 외쳤다.

"허락받았어요!"

남자는 카메라맨이고 여자는 헤어메이크업 담당자였다. 카메라맨은 이십 대로 보이는 조수도 데리고 있다. 야마모토가 놀란 눈으로 세 사람에게 말했다.

"일흔여덟이라셔."

"뭣?! 전혀 그렇게 안 보여!"

헤어메이크업 담당자가 깜짝 놀라자 카메라맨과 젊은 조수도 탄성을 질렀다.

"저희 모두 걸어가시는 모습을 보고 대번에 진짜 멋있다고 입을 모았어요."

"오늘 입으신 스커트도 굉장히 개성적이고 잘 어울리세요. 쇼핑은 늘 같은 곳에서 하세요?"

"어머, 이건 제가 재봉틀로 만든 거예요. 커튼 천으로요."

또다시 모두가 탄성을 터트렸다.

"북유럽 패브릭은 배색도 무늬도 참신하잖아요. 그래서 자주 써요."

"정말요?"

젊은 조수가 그렇게 말하며 눈을 크게 떠서 더더욱 자신감이 생겼다.

이리하여 카메라맨이 시키는 대로 긴자 거리를 걷기도 하고,

빌딩 벽에 기대어 하늘을 올려다보기도 하고, 창문 안쪽을 들여다보기도 했다. 카메라맨이 쉴 새 없이 셔터를 누르고, 장소가 바뀔 때마다 헤어메이크업 담당자가 달려와 화장을 고쳐준다.

길을 가던 사람들이 무슨 일인지 궁금해하며 내 쪽으로 시선을 멈춘다. 나는 마치 '미안해요. 연예인이 아니라 평범한 할머니예요.'라는 양 곤란한 표정을 지어 보였지만 실은 자랑스럽기 그지없다.

카메라맨이 야마모토에게 말했다.

"자연스러운 표정 컷을 찍을 테니까 말 좀 걸어봐."

"오케이. ……어떻게 나이 들고 싶으세요?"

"글쎄요, 외모 가꾸기를 게을리하지 않고 싶달까. 나이를 먹는 건 퇴화니까요."

"퇴화……."

"네. 종종 이런저런 잡지에서 유명인이 말하잖아요. 나이를 먹으면 삶이 풍성해진다고요. 젊을 땐 안 보였던 게 점점 보인다느니 어쩌느니."

"네."

"그건 그냥 노인을 치켜세우는 거예요. 그렇게 말하지 않으면 까칠하고 불쾌한 사람으로 보이니까요. 현실에서는 나이를 먹으면 눈이 나빠지고, 귀가 어두워지고, 다리와 허리가 약해지고, 주름과 검버섯으로 뒤덮이고, 좋은 일이라고는 하나도 없단

말예요. 젊을 때는 보였던 게 나이 들면 백내장 때문에 안 보이고요."

야마모토가 웃음을 터트렸고 나도 웃었다. 카메라맨이 "좋아요. 그 미소 좋은데요" 하며 엄청난 속도로 셔터를 누른다.

"그러니 사람은 퇴화할수록 외모에 공을 들이는 수밖에 없죠. 퇴화를 늦출 수 있는 건 운동과 식사, 그리고 외모 가꾸기라고 생각해요."

야마모토가 고개를 끄덕이며 메모한다.

"'저는 나이를 잊고 살아요'라고 의기양양하게 말하는 사람, 가끔 있잖아요? 너무 웃긴 말이죠. 나이는 본인이 잊는 게 아니라 남들이 잊게 만들어야 하니까요."

실제로 "사람은 내면이야"라고 말하는 여자일수록 이런 식상한 소리를 하고 싶어 한다.

"야마모토 씨, 근사하게 나이 드는 사람 중에 겉모습이 후줄근한 사람은 없죠?"

"네, 확실히 그러네요."

"그게 멋지게 나이 든다는 것의 기본 아닐까요."

단호하게 말하고 싶었지만, 오늘은 '아닐까요'를 붙여서 조심스레 표현했다.

촬영은 사십 분 정도로 끝났고 야마모토는 기쁜 기색으로 머리를 숙였다.

"덕분에 만족스러운 취재를 할 수 있었어요. 약소한 금액이지만 인터뷰비를 계좌로 보내드릴게요. 기사는 두 달 뒤인 8월호에 실릴 거고, 편집부에서 댁으로 보내드릴 거예요. 발행 전날에는 도착할 겁니다."

야마모토는 잡지를 받을 주소 등을 물었고, 모두가 몇 번이나 머리를 숙이며 인사한 뒤 떠났다.

나는 완전히 들떠서 신바람 나게 걷기 시작했다. 십 년 만에 만나는 고등학교 동창들은 이렇게 활기찬 표정의 나를 보면 예쁘다고 생각할 게 틀림없다.

삼십 분쯤 늦게 모임 장소로 들어서자 벌써 엄청나게 분위기가 달아올라 있었다. 내가 나온 도쿄도립 상업고등학교는 같은 학년 학생 수가 이백오십 명이었는데, 참석자 명부를 봤더니 마흔여덟 명이나 와 있었다. 일흔여덟 살에 이 인원이면 축하할 만하다.

하지만 회장을 돌아보자마자 아연실색했다. 십 년 전인 예순여덟 살 때 '일흔이 코앞 동창회'를 했는데, 참석자의 용모가 그때와는 완전히 달라졌다. 십 년이라는 세월은 사람을 이다지도 추레하고 시들시들하게 퇴화시키는 건가. 나는 내가 젊다고 생각하지만 실은 여기 있는 노인들과 똑같지 않을까. 불안이 스친다.

아냐, 난 달라. 나이를 먹는 데 대책을 세운 사람은 이들처럼 퇴화하지 않는다. 그 증거로 방금 예순일곱쯤으로 보인다는 말을 들었지 않은가. 그것도 시니어 대상 잡지의 프로 편집자와 카메라맨에게.

자세히 보면 회장에는 세련된 분위기를 풍기는 사람도 있었고, 멋을 잘 내서 아무래도 일흔여덟으로는 안 보이는 사람도 있었다. 하지만 그렇지 않은 사람이 훨씬 많기는 했다.

"하나는 진짜 젊어 보이네."

마사에와 아케미가 다가와 팔을 잡았다.

내 이름은 '오시 하나'. 결혼하며 예전 성인 '사쿠라가와'에서 '오시忍'라는 엄청나게 박력 있는 성으로 바뀌었다.

"젊은 건 너희들이지. 마사에도, 아케미도 여전하네."

순 거짓말이다. 둘 다 할매티를 갈고닦은 모습이다. 젊음을 갈고닦아야지, 나 참. 늙음을 갈고닦아서 어쩔 셈이야.

고등학교 시절 마사에는 스타였다. 성적은 학년 톱클래스였고 핸드볼부에서 단련해 몸도 늘씬했다. 가무잡잡한 피부에 또렷한 이목구비가 화사해서 쫓아다니는 아이들도 많았다. 같은 학년의 남학생뿐만 아니라 선배와 후배에게도 인기였다.

그 무렵의 나로 말할 것 같으면, 수수하고 예쁘지도 않은 데다 성적도 그저 그런 평범한 고등학생이었다. 그런 만큼 마사에 한테는 주눅이 드는 면이 있었다.

"하나, 대단하네. 잘도 그런 화려한 치마를 입고. 훌륭해! 존경스러워."

심술궂은 말투만은 옛날의 마사에 그대로다.

"십 년 전 동창회 때와는 다른 사람 같아. 어떻게 된 거야, 갑자기 섹시해져서는."

만나자마자 이런 말을 하는 이유는 본인이 더 늙어 보인다는 걸 깨달았기 때문이다. 마사에는 어떻게 봐도 퇴화한 일흔여덟 혹은 그 위로만 보인다. 몇 년은 묵은 듯한 옅은 하늘색의 낡은 숄칼라 정장을 입고 있다. 파운데이션은 바르고 온 모양이지만 평소에는 피부 관리도 화장도 안 하겠지. 한때는 '브론즈빛'이라고 칭송받았던 가무잡잡한 피부는 분이 떠서 주름과 검버섯이 두드러진다. 손녀에게 빌리기라도 했는지 립스틱만 쓸데없이 빨갛다.

아케미가 마사에에게 알랑거리듯 말했다.

"마사에, 하나가 이렇게 확 바뀌다니 무슨 일이 있었던 거겠지? 그 치마만 해도 눈에 거슬리…… 아, 미안. 치마만 해도 눈에 띄는데 두꺼운 목걸이에다 은색 손톱까지. 핼러윈가 했네. 아, 미안. 그게 아니고 하나도 참 대단하다고 말하려는 거야. 그렇지, 마사에?"

아케미는 고등학교 시절 마사에의 시녀였다. 여든이 코앞인데도 마사에를 보면 반사적으로 시녀 근성이 나오는 모양이다. '거슬린다'는 단어를 일부러 써놓고 서둘러 고쳐 말하는 대목에서 나를 탐탁지 않아 한다는 것을 알 수 있다. 흠, 기분 좋은데.

아케미는 허리에 봉합선이 없는 자루처럼 평퍼짐한 원피스를 입고 있다. 회색 저지 소재다. 이런 잘 늘어나는 소재로 된 몸을 조이지 않는 옷을 입는 건 할머니라는 증거. '편한 게 최고'라는 정신으로 퇴화하고 있다.

"마사에나 아케미와는 달리 나는 옛날부터 수수해서 눈에 잘 안 띄었잖니. 나이를 먹으면 조금은 단장해야 너네와 같은 수준으로 늙어가지."

새빨간 거짓말이다. 둘 다 노화로 머리카락이 얇아져서 납작하다. 가르마가 넓어지고 두피가 드러나서 궁상맞기 짝이 없다. 정말이지 가발이든 헤어피스든 좀 붙이라고. 요즘은 싸고 좋은 게 많으니까.

마사에가 눈에 거슬리는 빨간 입술을 일그러트리며 웃었다.

"그렇구나. 그래서 하나는 젊어 보이려고 용쓰는구나."

'젊어 보이려고'라는 말에 울컥하고 있을 때 아케미가 또다시 마사에에게 아첨을 했다.

"마사에랑 나는 자연스러운 걸 좋아하니까. 그렇지, 마사에?"

나왔다! 꾸미지 않는 여자가 좋아하는 '자연스러움'. 나는 속으로 '너네는 자연스러운 게 아니라 게으른 거야' 하고 코웃음치며 흘려들었다.

그때 맥주와 와인 잔을 손에 든 할아버지 넷이 다가왔다.

"이야, 하나가 있는 곳은 꽃이 활짝 핀 것 같네."

이름도 기억나지 않는 남자지만 가슴의 이름표에 '미즈노'라고 쓰여 있다. 미즈노는 귀에 털이 나 있다. 귀털 할배한테 칭찬받아봤자 기쁠 것도 없다.

"방금 저쪽에서 우리끼리 얘기했는데 하나는 진짜 열 살은 젊어 보여. 내 마누라랑은 하늘과 땅 차이야."

이 남자는 가슴에 '스야마'라는 이름표를 달고 있다. 역시 기억나지 않지만 이 사람도 고등학교 시절에는 꽃다운 열일곱 살이었겠지. 그런데 지금은 머리가 훌러덩 벗겨져 있다.

아니, 대머리는 전혀 상관없다. 우리 남편도 벗겨졌다. '벗겨지면 벗겨진 대로 방치'하는 게 나쁜 거다. 옷차림이나 피부에 관심을 가지고 신경 쓰면 대머리도 헤어스타일의 일종으로 보이는 법이다.

스야마는 모기에라도 물려서 긁었는지 벗겨진 정수리에 긁힌 상처가 있다. 이야기할 가치도 없는 할아버지다. 이런 남자의 마누라와 비교당하고 싶지 않다.

같은 반이었던 로쿠도 왔는데, 재봉이 잘된 재킷을 입고 있다. 그런데도 안쪽에는 와이셔츠에 볼로타이*다. 우리 남편은 올해 일흔아홉 살이지만 나는 볼로타이를 절대로 허용하지 않는

---

* 펜던트 장식으로 고정시키는 끈 타이.

다. 그건 목을 꼭 조이지 않는 만큼 할아버지티가 풀풀 나고 어딘가 궁색해 보인다.

"로쿠, 재킷이 근사하니까 애스콧타이*나 화려한 넥타이를 매도 멋질 거야."

내가 에둘러 말하자 그는 크게 손사래를 쳤다.

"목을 조이고 싶지 않아. 이제 편한 게 최고야. 나이 들었으니까."

또 이거다. 나이 들었으니까 신경을 써야지. 그저 편하려고 하는 게 가장 게으른 것이다.

내 것까지 와인 잔을 들고 온 사람은 옆자리였던 사부다. 자그마하고 눈에 띄지 않는 소년이었는데 일흔여덟 살인 지금은 엄청나게 눈에 띈다. 머리카락을 새까맣게 물들였기 때문이다. 길거리에서도 '젖은 까마귀 깃털 색'으로 염색한 할아버지를 가끔 보는데 부자연스럽기 짝이 없다. 그 나이에 칠흑 같은 머리가 어울릴 리 없다.

긁힌 상처가 있는 대머리보다는 외모에 신경을 쓰고 있으니 더 나은 건가? 아니, 도긴개긴이다.

마사에가 낡은 숄칼라를 두른 가슴을 활짝 폈다.

"하나, 열 살은 어려 보인다는 말 곧이곧대로 들으면 안 돼.

---

* 스카프 모양의 폭이 넓은 타이.

어딘가에서 읽었는데 사람은 상대방의 나이를 짐작할 때 배려하느라고 반드시 다섯 살에서 열 살은 깎아서 말한대."

악의가 배어나는 마사에의 말은 그녀가 질투하고 있다는 것을 명백히 드러냈다.

나는 여유로운 미소로 답했다.

"나도 알아. 진지하게 안 들어."

아무렇게나 말해보시지, 나는 방금 프로 편집자들에게 '예순일곱으로 보인다'는 말을 들었으니까.

"아니, 우리는 진심으로 말한 거야. 하나는 오늘 모인 사람들 가운데 최고로 젊고 멋져. 저쪽에서 남자들 모두 그렇게 말했거든. 그렇지, 미즈노?"

그렇다 해도 다른 여자들도 있는 곳에서 한 사람만 칭찬하는 남자들한테는 넌더리가 난다. 그런 기본조차 모르다니, 마누라 이외의 여자와 얼마나 교류 없이 일흔여덟 살이 되었는지 훤히 보인다. 좀 더 외모를 가꾸었다면 인생도 달라졌을 텐데.

남자들의 칭찬에 마사에의 불쾌감은 정점에 달한 모양이다. 부자연스럽게 온화한 어투로 말했다.

"하지만 사람은 내면이니까……. 젊게 보이든 멋있든 간에 내면이 텅 빈 사람은 금방 질리잖니."

나왔다! 시시한 여자가 좋아하는 '사람은 내면'.

이런 여자는 일절 거스르지 않는 게 내 방침이다. "정말 맞는 말이야"라고만 대답할 뿐이다. "사람은 내면이야"라고 말하는 여자 가운데 멀쩡한 인간은 없다. 딱히 내실도 없는 여자가 이 말을 면죄부로 삼는다.

나는 얼른 마무리 짓고 싶어서 뻔한 말로 정리했다.

"우린 평균 수명까지 앞으로 십 년도 안 남았잖니. 어차피 곧 죽을 거니까 살아 있는 동안은 입고 싶은 걸 입으며 활기차게 즐기고 싶지 않니?"

마사에가 과장되게 고개를 끄덕였다.

"맞아, 맞아. 어울리면 뭘 입어도 괜찮지. 하지만……."

나를 심술궂게 한 번 쳐다본다.

"어울린다는 건 누가 정하는 걸까, 늘 생각해. 남이 그렇게 말하는 건 인사치레니까 결국은 스스로 정하는 거지."

아케미가 목소리를 높였다.

"내 말이 그거야. 본인이 어울린다고 정해봤자 옆에서 보면 딱한 할머니로밖에 안 보이거든."

이제 못 참겠다. 한 방 먹여줄까?

"실은 여기 오는 길에 〈코스모스〉라는 잡지의 편집자가 말을 걸더라."

"노년층 대상의 그 잡지?"

"맞아. 무슨 일인가 했더니 내 사진을 찍고 싶다네."

남자들이 환호했다.

"굉장한데. 잡지에 실리는 거야?"

"응. 8월호. 그런 사람들이 어울린다고 말해주면 기쁘잖니. 혹시 생각나면 8월호 봐봐."

"볼게, 볼게. 하나라면 말을 걸고도 남지."

마사에와 아케미는 입을 다물었고, 남자들은 겨우 분위기를 파악하고 자연스럽게 자리를 떴다. 두 여자도 그 뒤를 따르다가 마사에가 갑자기 획 돌아봤다.

"아아, 하나가 부럽네. 젊게 지내고 싶다든가, 입고 싶은 걸 입는다든가, 그런 건 돈과 시간이 있어야 할 수 있는 말이지. 보통 노인은 못 해."

아케미도 발을 멈췄다.

"맞아. 하나랑은 달리 대부분은 돈이 없고, 간병이다 뭐다 해서 자유롭게 쓸 수 있는 시간도 없으니까. 자기 일 같은 건 뒷전인걸. 그렇지, 마사에?"

"하나, 보통 사람들은 다 그래. 지금은 우리가 간병받는 나이가 되었으니 여유가 없고, 연금으로 겨우 생활하니까."

마사에는 '어때?' 하는 눈으로 나를 봤다. 나는 숙연하게 "그렇지……" 하고 머리를 끄덕여뒀다.

돈이 없다는 말을 곧이곧대로 들으면 안 된다. 정말로 빈곤에 허덕이는 사람들도 있지만, 일반적으로 노인은 어째서 돈이 없는가? 저금을 하기 때문이다. 연금을 변통하고 생활비를 절약해서 '노후를 위해' 저금하기 때문이다.

나 원, 지금이 노후잖아. 젊을 때 절약해서 모아둔 돈은 지금이 쓸 때잖아. 여든이 코앞인데 장래의 '노후'에 뭐가 있다는 거야. 장례식밖에 없을 텐데.

나는 고개를 끄덕여 보이긴 했지만 속으로는 코웃음을 쳤다. 그게 표정으로 드러났을지도 모른다.

아케미가 부자연스럽게 마사에를 재촉했다.

"저쪽 테이블 사람들이 기다려. 얼른 가서 얘기 나누자."

발걸음을 뗄 때 마사에가 나를 정면으로 쳐다봤다.

"하나, 사람들이 너 싫어하지?"

그렇게 내뱉고는 떠났다. 주저앉은 얇은 머리카락에 낡은 정장, 마트에서 팔 성싶은 싸구려 납작구두가 '노후인 지금 저금보다 더 급하게 돈을 써야 할 곳이 있을 텐데'라는 생각을 하게 만들기 충분했다.

초여름 석양이 내려앉기 시작한 무렵, 동창회는 끝났고 다들 만족한 듯 집으로 돌아갔다. 그 모습을 보고 하늘을 올려다봤다. 대부분 배낭을 메고 있다. 요즘 유행하는 세련된 배낭이 아니다. 매일 쓰는 거겠지. 색이 바래고 낡아빠졌다. 이것도 '나이 들었으니까 편한 게 최고'의 예다.

젊은 사람의 배낭 차림과는 완전히 다르다는 걸 깨달아야 한다. 배낭은 편하고 두 손이 자유로워 안전하니 노인에게는 안성

맞춤이다. 그러므로 더더욱, 병든 몸이 아니라면 거부하는 기개가 필요하다. 게다가 남자도 여자도 등산모랄지, 마트에서 팔 것 같은 싸구려 모자를 쓴 사람이 많다.

배낭에 모자 차림으로 줄줄이 돌아가는 늙은이 떼거리는 왠지 벌레 한 무리로 보였다.

누구나 나이를 먹는다.

하지만 누구나 벌레가 되는 건 아니다.

자신을 가꾸지 않는 게으름뱅이만이 벌레가 된다. 인간의 구슬픈 말로를 본 듯한 느낌이 들었다.

나는 벌레들과는 반대 방향으로 홀로 걷기 시작했다. 그러면 역까지 멀리 돌아가게 되지만 저 무리와 친구로 보이고 싶지 않았다.

집에 도착하자 남편 이와조가 두 손을 머리 뒤로 깍지 끼고 소파에 앉아 있었다. 뭘 생각하는 중인지 내가 온 걸 알아차리지 못한다.

입구에서 살짝 들여다보고 그 옷차림에 만족했다. 짙은 오렌지색의 얇은 스웨터에 베이지색 면바지, 목에는 차분한 올리브 그린의 페이즐리 애스콧타이를 맸다. 전부 내가 코디했다. 오늘은 소꿉친구 고의 병문안을 간다고 해서 밝지만 차분한 색조를 골랐다. 대머리도 포함해서 댄디하다. 전 동급생들에 비하면 내년에 여든인 이와조가 훨씬 젊어 보인다. 노인은 이래야 한다.

우리 부부는 아자부의 아파트에서 둘이 산다. 대대로 이어져 내려온 일용품점酒屋*을 운영했지만 지금은 장남 유키오에게 물려주고 우리 좋을 대로 살고 있다.

소파에 앉아 있던 이와조는 크게 한숨을 내쉬더니 거실 한구석으로 갔다. 일고여덟 평쯤 되는 서양식 방인데 리모델링할 때 그 한구석을 도코노마**처럼 만들었다.

이와조는 족자를 물끄러미 바라보고 있다. 족자에는 '의연하게 산다'라고 굵은 붓으로 휘둘러 쓰여 있다. 명필인지 악필인지 판단이 안 되는 글씨였는데, 먹을 듬뿍 머금은 선에 힘과 기세가 있어서 '의연하게 산다'라는 글귀와 잘 어울리기는 했다. 종이 구석에는 '다도코로 쇼지로'라는 서명과 함께 붉은 낙관이 찍혀 있다.

다도코로 쇼지로는 오 년 전에 백 살이 넘어 세상을 떠났는데, 일본인이라면 누구나 아는 '전설의 상인'이다. 초등학교밖에 나오지 않았는데도 작은 초물전을 대형 백화점으로 키워낸 인물이다. 지금은 삿포로에서 하카타까지 여섯 채의 계열 백화점이 있는 데다 인재파견업이나 부동산업에도 손을 대고 있는, 도

---

*   일본에서 사카야(酒屋, 주점)는 원래 술을 양조하고 판매하는 업자를 가리키는 말이었지만, 메이지 시대 이후로는 일상생활에 필요한 여러 상품을 파는 만물상과 같은 모습으로 변했으며 집집마다 주문을 받으러 돌아다니는 점원을 두고 배달 서비스를 하기도 했다. 따라서 이 책에서는 그러한 문맥상의 의미를 고려하여 '일용품점'으로 옮겼다.
**   일본식 방에서 바닥을 한층 높게 만들어 벽에는 족자를 걸고 바닥에는 장식물을 두는 공간.

쿄증권거래소 1부*에 상장된 '주식회사 다도코로'의 창업자이기도 하다.

동네 초물전 시절에는 폐업 직전까지 내몰려 가족 동반자살까지 생각했다고 한다. 거기서 다시 일어나 리어카로 행상을 해서 백화점왕이 된 이야기를, 특히 이와조 세대의 가게 사장이 좋아했다.

벌써 삼십 년 가까이 지났을까? 이와조는 다도코로의 강연회에서 낯 두껍게도 대기실을 방문해 휘호를 부탁했다. 사원들이 끌어내려 했던 모양이지만 다도코로는 기분이 좋았는지 좌우명을 써주었다.

"의연하게 산다."

이것은 시인 마사오카 시키가 《병상육척**》에서 쓴 문장인데, 다도코로는 이 말을 양식 삼아 온갖 역경을 극복했다. 수많은 저작과 인터뷰에서도 밝혔던 바다.

이와조는 '오시 일용품점'의 외동아들로 삼대째였다. 다이쇼 시대***부터 이어져 내려온 가게는 우리 집에서 걸어서 삼 분 정

---

* 　도쿄증권거래소는 네 종류의 주식 시장을 운영하는데, 1부 상장 기업은 주로 지명도와 신용도가 높은 대기업이다.
** 　결핵으로 죽어가던 마사오카 시키가 병상에서 쓴 일기로, "깨달음이란 어떠한 경우에도 의연하게 사는 것이었다"라는 구절이 있다.
*** 　일본의 연호로 1912~1926년.

도 걸리는 상점가에 있다. 가게는 쇼와* 30년 대부터 50년대 초까지는 신바람이 날 정도로 번성했다. 술뿐 아니라 된장, 간장, 통조림, 절임류, 과자류까지 식료품이라면 뭐든 취급했다. 또 화장지나 칫솔, 치약, 반창고나 거즈 같은 것도 갖다 놔서 오늘날의 편의점 구실도 했다. 게다가 직원이 근방을 돌며 주문을 잔뜩 받아왔다.

그런데 대형마트가 위세를 떨치기 시작한 무렵부터 경영은 급속도로 어려워졌다. 가격으로는 도무지 이길 수가 없었다. 그래도 원가나 다름없이 깎아주거나 덤을 붙여줬지만 손님의 발걸음은 멀어질 뿐이었다. 다도코로처럼 하마터면 가족 동반자살을 할 지경이었다고 해도 과언이 아니다.

어떻게든 버티긴 했으나 다음은 편의점이었다. 어느 동네든 편의점이 몇 개씩 생겼다. 24시간 영업하는 편의점과 저녁 여덟 시에는 문을 닫는 개인 상점은 게임이 되지 않았다. 자질구레한 것을 살 때는 근처 편의점으로 뛰어가는 시대가 된 것이다. 다도코로가 휘호를 해준 것은 그 무렵이다. 젊은 이와조는 낮이나 밤이나 그것을 바라보며 기운을 냈다. 그리고 매번 말했다.

"좋은 말이지. 이걸 보면 무슨 일이 있어도 의연하게 살아 주마, 하면서 정말로 힘이 솟아난다니까."

* 일본의 연호로 1926~1989년.

나는 그 글씨를 바라봐도 아무것도 솟아나지 않는다. 하지만 세상에는 이 명언에 구원받았다든가, 이 한마디로 앞으로 나아갔다고 말하는 사람이 많다. 내 입장에서는 우습기 그지없다.

실제로 가게 경영은 나날이 어려워졌고, 어떻게든 새로운 방식을 내놓지 않으면 꾸려나갈 수 없는 지경에 이르렀다. 물론 내가 외모를 가꾸려는 생각도 하지 못했던 시기다. 쉰세 살이었다.

어느 날 밤 나는 이와조에게 제안했다.

"저녁 일곱 시부터 열 시까지는 낫토 한 팩, 캔 맥주 하나라도 배달한다고 내세워보면 어떨까?"

이와조는 반대했다.

"그런 비전문가의 즉흥적인 생각으로 다시 일어설 수 있는 수준이 아니야. 게다가 난 지금도 술이나 주스는 배달하고 있고, 그러면서 자잘한 물건도 함께 갖다주잖아."

"그게 아니라 급하게 뭔가가 필요해졌을 때 말이야. 편의점은 편하지만 사는 사람이 가야 하잖아. 이건 우리가 가는 거지."

"낫토 한 팩, 두부 한 모, 빵 한 덩이짜리 주문이 쇄도하면 어쩔 셈이야? 나랑 당신 둘밖에 없다고."

나는 아주 자잘한 배달 의뢰는 실제로 그리 많지 않으리라 예상했다. 단, 그 서비스를 한 번이라도 이용했다면 다음부터는 반드시 우리 가게를 찾아줄 것이다.

어떤 근거도 자신도 없었지만 나는 이와조를 밀어붙였다. 그리고 회사원이었던 큰딸 이치고에게 포스터를 그려달라고 했다. 낫토와 달걀과 통조림 같은 게 하나씩 늘어서 있는 그림이었다. 뛰어난 그림은 아니었지만 "낫토 한 팩부터 배달합니다. 밤 열 시까지. 동네 일용품점은 편리합니다. 찾아갑니다"라고 글도 썼다.

그 포스터를 가게 안팎에 붙이고, 전단지를 복사해서 동네 우편함에 넣고 다녔다. 예상대로 아주 자잘하고 급한 주문은 거의 없었다. 그래도 한 달에 두세 건은 있었고 배달은 이와조가 아니라 내가 했다. 여자가 열심히 사는 모습을 보여주자는 계산이 있었다. 자동차가 아니라 자전거로 달걀 한 꾸러미, 우유 두 팩, 아이스크림 다섯 개 같은 것을 배달하고 다녔다.

생각대로 많은 손님이 다음부터 우리 가게를 이용해주었다. 가게에 와서 "아주머니, 지난번에는 비 오는데 고마웠어요. 튜브 겨자가 없어서 음식을 손님한테 못 내드리니 정말 곤란했거든. 미안했어요"라고 말했다. 나는 "언제든 말씀해주세요. 겨자든 케첩이든 없으면 곤란하다는 거 잘 알죠"라고 대답했다.

이와조는 이 새로운 방식의 효과를 '언 발에 오줌 누기'로 보는 모양이었지만 전혀 소용없다고 생각하지는 않는다는 걸 알 수 있었다.

진눈깨비가 내리는 추운 밤, 나는 비옷을 입고 자전거로 빵가루 한 봉지와 마요네즈 하나를 배달했다. 그러고 돌아오는 길이었다. 진눈깨비가 내린 길에서 미끄러져 자전거와 함께 굴렀다. 포장된 도로로 거세게 나동그라졌다. 그 모습을 손님이 우연히 부엌 창문으로 봤던 모양이다. 허겁지겁 구급차를 부르고 큰 소동이 일어났다고 들었다.

나는 어땠나 하면, 지면을 뒤덮은 차가운 진눈깨비가 비옷에 스며드는 것을 멍하니 느끼고 있었다. 응급실로 옮겨 살펴보니 오른쪽 발등뼈와 발가락뼈가 총 다섯 개 부러져 있었다. 수술해서 얇은 와이어로 이었다. 두 주 동안 입원했다.

이치고는 회사 퇴근길에 매일 병문안을 와줬고, 이와조와 유키오는 둘 중 하나가 가게를 보면서 교대로 왔다.

이와조는 병실에 오면 침대 옆에서 매번 말했다.

"일인실로 못 해줘서 미안해……."

당시의 경제 상황으로는 당연했다.

움직이지 못하는 나는 매일 병실 천장과 벽을 바라봤는데, 어째서인지 "의연하게 산다"는 말만 떠올랐다. 살아 있으면 누구나 이런저런 일을 겪는다. 궁지에 몰렸을 때 어떻게 살아 가느냐가 중요하다. 이와조와 나는 지금, 궁지에 몰려 있다.

어느 날 밤, 병문안 온 이와조에게 말했다.

"매일 그 족자를 향해 절하고 있어?"

"절하다니, 종교도 아니고. 오늘 하루의 나 자신을 돌아보는 거야. '오늘은 의연하게 살았나?' 하고."

"훌륭해! 당신은 아직 쉰네 살, 나는 쉰셋. 의연하게 살다 보면 앞으로 무슨 좋은 일이 있을지 모르니까."

"뼈가 부러져 다인실에 입원하고, 퇴원하면 가게는 쪼들릴 대로 쪼들리는 상태, 장남은 덜떨어지기 그지없는 가운데 잘도 그런 생각을 하네."

이와조는 쓴웃음을 지으며 나를 봤다.

"나, 당신이랑 결혼한 게 인생에서 가장 좋았어."

"신물 나게 들은 소리야."

쑥스러워서 그렇게 대꾸했다.

"그보다 당신…… 일인실이 아니라서 미안하다는 거 진심이야?"

"응."

"그러면 그 족자 가져다줘."

"뭐?"

"여긴 꼭 교도소 같고, 심지어 잡거 감방*이잖아. 그 족자를 걸고 싶어."

이와조는 손사래를 쳤다.

"여기로 가져오면 난 뭘 보고 하루를 반성해? 안 돼."

"여기서 나랑 같이 반성하면 좋잖아."

---

* 둘 이상의 죄수를 함께 가두는 감방.

"안 돼. 소중한 거니까 옮길 수 없어."

"입원해서 할 일이 없으니까 이런저런 생각이 들더라고. 그러다 재밌는 걸 깨달았지. 누군가를 격려할 때 '긍정적으로 살아'라고 쉽게 말하잖아. 근데 그 말 듣고 기운이 나는 사람은 없거든."

이와조는 작고 둥근 의자에 걸터앉아 잠자코 귤껍질을 깠다.

"하지만 '의연하게 산다'라고 말해보면 말이야, 조금은 나아져."

"나아지나?"

우리는 소리 죽여 웃었다. 얇은 커튼 한 장으로 옆 침대와 구분되어 있어서 목소리 크기에는 신경을 쓴다. 면회자용 코너도 있지만 나는 아직 침대에서 못 움직인다.

"응, 나아져. 난 지금 최악의 상황 속에 있지만 '의연하게 살자!'라고 스스로에게 말하면, 기운이 날 정도는 아니지만 죽는 건 관두자는 생각쯤은 들어."

"⋯⋯하나, 죽으려고 했어?"

"진지하게 받아들이지 마."

나는 이와조의 무릎을 툭툭 쳤다.

"죽으면 전부 끝나니까 편할 텐데, 하고 생각한 정도."

"그랬구나⋯⋯."

나는 이와조가 깐 귤을 입에 넣으며 "걱정할 필요 없어. 족자

안 가져와도 돼" 하고 웃었다. 이와조는 귤을 하나 더 까더니 속껍질의 흰 줄기를 말없이 떼어냈다. 두 줄기, 세 줄기 정성껏 떼어냈다.

"알겠어, 가져올게."

"뭐?! 괜찮아, 괜찮아. 금방 퇴원할 거고, 됐어."

"내일 가져올게. 뼈가 부러진 만큼 지금은 나보다 하나가 더 힘들고, 족자로 조금이라도 나아진다면 여기에 족자를 거는 편이 좋아."

"정말? 괜찮겠어?"

"괜찮아. 그 말의 진가를 마누라도 알아주다니, 왠지 기쁜걸." 늘 '하나'라고 하는 이와조가 '마누라'라고 말했다. 부부가 같은 것에 울림을 느낀다는 점이 기뻤구나 싶어서 나는 행복한 기분에 잠겼다.

그런데 이와조는 다음번에 온 날 "미안. 족자 까먹었어" 하며 두 손을 모았다. "아, 진짜! 다음엔 까먹지 마" 하고 웃으며 용서했던 내가 물렀다. 다음 날도, 그다음 날도 번번이 까먹고 온다. 번번이 손을 모으거나 허리를 굽혔다.

그것이 일주일이나 이어지자 나라도 알아차릴 수밖에 없었다. 사실은 까먹은 게 아니라 가져오기 싫다는 것을. 그렇다면 나를 속인 셈이다. 고육지책으로 내놓은 말이 "까먹었어", "또 까먹었어"겠지.

어린애 같다. 속이는 게 서툰 남편은 왠지 귀엽다. 그래서 내가 먼저 말해줬다.

"앞으로 사흘이면 퇴원하니까 족자는 이제 됐어."

나 참, 그렇게나 소중한 물건인가 싶어서 기가 막혔지만 어린애 같다는 건 이런 거다.

"퇴원하면 나도 같이 하루를 돌아볼게."

이와조는 아무 말 없이 그저 나에게 마구 절을 했다.

퇴원하고 가게에 나오자 이제까지 온 적 없는 손님들이 왔다. 자전거로 낫토 한 팩도 배달했던 나의 노력이나 진눈깨비가 내리던 날 크게 다쳤다는 이야기를 듣고 동정한 모양이다. 비옷을 입고 자전거를 타는 갸륵함도 포함해서 말이다.

손님 몇 명이 늘었다 한들 '언 발에 오줌 누기'이긴 했지만 무엇보다 고마웠다. 그리고 나는 우리 가게가 철저히 '동네 일용품점'이라는 생각으로, 어쨌거나 동네 사람들에게 도움이 되는 일을 하며 살아남자고 결심했다.

세상에는 대형 가전 양판점이 아니라 '동네 전기상'에서 물건을 사는 사람들이 있다. 다소 비싸더라도 고장이 나면 금방 대처해주고 사후 관리가 세심하기 때문이다. 이리하여 오시 일용품점은 아슬아슬한 선에서 버텼다.

그로부터 이십오 년이 지나 장남 유키오에게 대물림한 지금도 가게는 어떻게든 이어지고 있다. 매뉴얼에만 따르는 접객보다 가게 주인이나 점원과 대면해서 물건을 사는 것을 좋아하는 사람들이 아주 조금이지만 늘어난 덕이다. 입 밖에 내지는 않지만 내가 힘쓴 덕도 크다.

하지만 이와조는 언제나 이렇게 말한다.

"이 다도코로 사장의 글을 건 뒤부터 왠지 가게가 버틸 수 있게 되었어. 같은 상점가의 장난감 가게도, 문방구도, 신발 가게도 망했는데 말이지."

"이건 가보야. 복을 부르는 물건이니 대대로 물려줘야 해."

친정아버지는 만사에 운수가 좋으니 나쁘니 들먹이는 사람이었다. 내 아버지 사쿠라가와 잇페이는 원래 목수였는데, 삼십 대 시절 료고쿠에서 '사쿠라가와구미'라는 공무소*를 시작했다. 큰딸인 나는 상고를 나온 뒤 경리를 돕고 있었다.

오시 이와조와의 혼담이 들어온 것은 내가 스물세 살 때다. 상대는 한 살 위였다. '오시'라는 성으로 바뀌는 것이 썩 내키지 않았지만 다른 조건은 완벽했다. 여자는 결혼해서 아이를 낳는 것이 당연한 시대였다. 어차피 결혼해야 한다면 조건이 좋은 쪽이 이득인 법이다.

그중에서도 이와조가 가진 최고의 조건은 부모님이 한참 전

---

* 토목건축의 설계나 공사를 청부하는 사무소.

에 돌아가셨다는 거였다. 이렇게 고마운 일은 없다. 시어머니의 괴롭힘이니, 시아버지 병수발이니 하는 것과는 무관하게 살 수 있다.

1962년 당시의 아자부는 전통적인 번화가 사람에게는 '촌구석'이다. 그렇다 해도 토지가 딸린 유서 깊은 일용품점은 나쁘지 않다.

"언젠가 촌구석도 개발될 거야."

아버지는 근거도 없는데 그렇게 말했고, 나도 '부모가 없다'는 조건이라면 촌구석이라는 것 따위 사소한 문제라고 생각했다. 게다가 나의 주눅 들지 않는 성격은 가게 앞에 서서 장사를 할 때 도움이 된다. 경리도 볼 수 있으니 가게를 꾸려 나가는 일은 재미있을 것 같았다.

이와조는 얌전하고 듬직하지 못한 남자였지만, 유서 깊은 가게의 도련님은 다 이렇겠거니 했다. 게다가 여자는 해마다 혼담이 줄어든다. 나이가 들수록 상대의 조건이 나빠진다. 스물세 살인 지금, 좋다고 생각했다면 정해야 한다.

맞선 자리에서 아버지가 자못 건설 현장 반장다운 위협적인 목소리로 물었다.

"오시 씨의 취미는 뭡니까?"

이와조는 미소를 지으며 온화한 말투로 대답했다.

"종이접기입니다."

조, 종이접기라고? 학이나 개구리를 접는 건가? 현장 반장은 굳었고, 현장 반장의 딸도 굳었다. 그런데도 도련님은 기쁜 듯이 말했다.

"새로운 작품을 제 손으로 고안해내는 게 즐겁습니다. 지금까지 가마쿠라의 대불이나 에펠탑 등 여러 가지를 창작했어요. 동료들과 일 년에 한 번 그룹전을 여는 게 가장 큰 낙이지요."

그리고 가방에서 색종이를 꺼내더니 그 자리에서 스모 선수를 접었다.

"료고쿠에서 오셨으니 분명 스모를 좋아하실 것 같아서요.* 받으세요."

색종이 스모 선수를 건네받은 현장 반장은 그것을 투박한 손에 들고 감사의 인사조차 하지 못했다.

하지만 나는 이때 분명히 결심했다. 이 남자랑 결혼할 거야. 아버지는 여자관계가 화려해서 어머니를 얼마나 고생시켰는지 모른다. 어머니는 시어머니에게 하녀 취급을 받으며 호되게 괴롭힘당한 데다 남편의 거듭되는 바람도 참고 살았다.

나는 아버지를 좋아하지만 결혼 상대로는 최악이다. 종이접기가 취미고, 온화하고, 성실하게 가업을 운영하고, 일 년에 한 번 그룹전을 하는 게 낙인 남자. 재미는 없지만 남편감으로는 딱

---

* 료고쿠에는 일본스모협회가 주최하는 스모 경기장(국기관)이 있어서 스모의 성지로 통한다.

이다.

평범하고 행복한 가정은 바로 그런 상대와 꾸릴 수 있는 거겠지. 재미있는 남자는 가정에는 어울리지 않는다. 내 눈은 틀리지 않았다. 게다가 결혼해보고 알았다. 이와조와는 묘하게 마음이 맞았다. 여행이든 식사든 수다든 남편과 하는 게 가장 즐겁고 편하다. 료고쿠의 친정 부모님은 이미 세상을 떠났지만, 좋은 상대와 결혼한 딸에게는 어떤 아쉬움도 없을 터다.

일흔여덟이 된 지금은 스스로를 가꿔서 자신만만하게 동창회에 갈 수 있는 '노후'를 맞이하고 있다.

"다녀왔어. 이제 동창회는 두 번 다시 안 가."
'의연하게 산다'를 응시하고 있는 이와조에게 내뱉듯 말했다.
"할매티가 옮아."
정말이지 할배, 할매티는 전염병이다. 그런 사람들 속에 있으면 그렇게 지내도 괜찮다는 생각이 들기 때문이다.

이와조는 그제야 내가 온 것을 알아차리고 "어, 왔어?"라고 말했지만 어쩐지 기운이 없다. 고의 병세가 어지간히 나빴던 모양이다.

"차 끓일게. 커피가 좋아?"
이와조는 힘없는 눈으로 살짝 고개를 끄덕였다. 커피를 끓여 거실로 돌아오자 이번에는 갑자기 무서운 눈빛으로 나를 바라봤다.

"하나, 내가 입원하면 치료는 일절 하지 마. 진통제만 주고 나머지는 자연스럽게 내버려둬. 알겠지?"

이건 이와조가 예전부터 했던 말이다. 이제까지 몇십 번이나 들었다.

"알아. 잘 알고 있다니까."

"막상 그때가 되면 모르게 돼."

고는 위루胃瘻*를 만들고 인공호흡기네 뭐네 하는 수많은 관에 연결된 채 병실 침대에 꼼짝없이 누워 있었다고 한다.

"연명 치료야. 녀석은 건강할 때 몇 번이나 가족들에게 말했어. 절대로 연명 치료는 하지 말라고. 위루도 절대 안 된다고. 가족은 알겠다며 굳게 약속했지."

하지만 정작 그때가 오자 그리하지 않았던 모양이다. 말문이 막혀 튜브가 주렁주렁 달린 모습을 바라보는 이와조에게 고의 아내가 말했다고 한다.

"남들은 이해 못 하겠지요. 그래도 이렇게 기계를 달고 있으면 아직 함께 살아갈 수 있으니까요."

이 상태를 '살아있다'고 해도 좋은가. 침묵하는 이와조에게 아내는 말했다.

* 위벽을 절개하여 그 안으로 관을 통과시켜서 음식물이나 수분, 의약품을 투여하는 의료 장치.

"가족에게는 상태가 어떻든 살아있는 것과 죽은 것은 완전히 달라요. 여기 있어주기만 해도 좋은걸요."

이와조는 내 커피잔에도 우유를 부었다.

"나, 말은 못 했지만 그건 당신들 사정이잖아 싶어서 화가 났어. 가족한테는 살아있어 주기만 해도 좋을지 모르지만, 녀석은 그런 삶을 바라지 않았어."

강한 말투로 그렇게 말하고는 나에게 또다시 다짐을 두었다.

"하나, 절대 잊지 마. 나는 어떤 연명 치료든 전부 거절이야. 잊지 마. 애들과 손주들한테도 말해둬."

"끈질기네. 알겠다니까. 게다가 우린 어차피 곧 죽을 거니까 살아있는 동안은 죽는 얘긴 하면 안 돼."

공사판이 직장이었던 아버지가 만사에 운수를 들먹였던 건 일의 성격 때문이었을까. 아버지는 언제나 말했다.

"하나야, 실제로 일어나면 곤란한 일은 입에 담는 게 아니야. 옛날부터 일본에는 언령言靈*이라는 게 있어서 입 밖에 내면 진짜 그렇게 되거든. 말의 혼이 그렇게 만드는 거야. 그러니까 일어나면 곤란한 일은 속으로는 생각해도 절대로 입 밖에 내서는 안 돼."

어린 시절부터 들었던 탓인지 '언령'은 내 안에 물들어 있다.

---

* 말에 담겨 있는 영력.

당연히 요즘 유행하는 엔딩노트인지 뭔지 하는 유서도 쓸 마음 없다. 내가 죽은 뒤의 일을 살아있을 때 적으면 어령대로 된다. 게다가 그런 걸 준비하면 살아갈 의욕이 꺾일 뿐이다. 죽음 준비는 좋지 않다. 이건 이와조에게도 단호하게 말해서 굳건히 지키게 하고 있다.

무엇보다도 죽은 뒤의 일 같은 건 알 수 없다. 옥신각신 싸우든, 사이가 아예 틀어지든 그건 살아있는 자의 문제다. 애초에 살아있는 인간이 사후의 일까지 지시하는 게 나와 맞지 않는다.

"나도 당신한테 교육받아서 유서 같은 걸 쓸 마음은 없어. 소동이 일어날 만한 재산도 없고 말이야. 하지만 연명 치료만은 하지 마."

"알겠다니까. 누가 뭐래도 내가 연명시키지 않을 거야. 네에, 네에, 이 이야기는 이걸로 끝. 그보다 말이야, 나 오늘 긴자에서 사진 찍혔어!"

그렇게 말하고는 잡지꽂이에 있던 〈코스모스〉를 펼쳐서 보여줬다.

"이 코너에 실을 거래. 예순일곱쯤으로밖에 안 보인다나. 이 코너에는 진짜 멋있는 일반인을 싣거든. 그게 나라니, 속으로는 기뻐서 폴짝폴짝 뛰었지."

이와조는 흥미 없는 기색으로 그 페이지를 보고 있다.

"동창회에 가서 딱 깨달았어. 일흔여덟은 완전히 노인이더라고. 편한 것만 좋아하고 말이지. 솔직히 말해 〈코스모스〉에서 말을 걸 만한 수준은 몇 명 안 되더라. 나머지는 말을 건다면 뭐, 여생 특집 때겠지."

이와조는 처음으로 웃었다.

"내 인생에서 가장 좋았던 일은 하나랑 결혼한 거야. 당신은 병적일 만큼 태평해서 내 쪽이 우스워진다니까."

그래도 고의 연명 치료는 어지간히 충격이었던 듯, 잠자리에 든 뒤에도 거듭 말했다.

"사람은 기계나 약 같은 것에 의존하지 말고 생명의 촛불이 타는 대로 놔두는 게 자연스러워. 자연스럽게 다 타면 본인도 주위 사람도 후회가 없거든."

"그러네."

"자연스럽게 나이를 먹고 자연스럽게 죽는 거지. 옛날 사람들은 다 그랬어."

"그랬지."

그렇게 대답하며 나는 속으로 욕을 퍼붓고 있었다. 노인이 가장 피해야 할 것이 '자연스러움'이다. '내추럴'이다. 자연에 내맡기고 있으면 나이에 걸맞게 추레하고 시들시들하고 주름과 검버섯으로 뒤덮인 할배, 할매가 된다. 손주 이야기랑 병 이야기만 하게 된다. 그것에 맞서 살아가는 것이 노인의 기개겠지.

배낭을 메고 걷던 벌레 한 무리가 다시 생각났다. 그것이 노인의 자연스러움이라면, 그것이 노인의 내추럴이라면, 사람의 말로는 얼마나 초라한가.

"하나, 절대로 연명 치료는 하지 말아줘."

아아, 정말로 끈질기다. 이것도 노인의 특징일까?

"녀석이 침대에서 말없이 나를 보는 눈이 부끄러워하는 것처럼 보여서……. 금방 죽을 거였는데 이 꼴이라니, 하고 말이야."

그리고 이와조는 오랫동안 입을 다물었다. 겨우 잘 마음이 든 모양이다. '침울한 이야기를 중얼중얼 늘어놓을 바에는 얼른 자!' 하고 생각한 찰나에 또 입을 열었다. 잠든 게 아니었다.

"그런 모습을 보면 말이지, 녀석이 건강했을 때의 일만 생각나거든. 초등학교 시절 함께 곤충을 채집하러 뛰어다녔던 일이라든지, 둘이서 술을 먹고 신주쿠 길바닥에서 잤던 일이라든지……. 젊었어."

아아, 듣기 싫다. 이와조는 나한테 과분한 남편이지만 감상적인 면이 귀찮다.

"당신보다 내가 하루라도 오래 살아서 제대로 처리할 테니까 안심하고 이제 자. 잘 자."

"하나, 당신은 내 자랑거리야."

귀찮아서 대답은 하지 않았다.

저녁 반찬은 소고기 감자조림으로 해달라는 이와조의 요청이 있어서 재료를 사오는 길에 오시 일용품점 앞을 지나갔다. 유키오가 혼자 배달 준비를 하는 모습이 보였다. 손녀 이즈미가 손님 응대를 하고 있다. 대학교 수업이 없는 날이면 이 애는 정말로 제 아버지를 잘 도와준다.

나는 안으로 들어가지 않고 휙 지나쳤다. 들어가면 며느리 유미는 뭘 하고 있느냐고 묻고 싶어진다. 물으면 불쾌해질 뿐이다.

장남 유키오에게 가게를 맡긴 것은 이 년 전이다. 그전까지는 우리 부부가 꾸려나갔고 유키오가 후계자로서 일손을 도왔다.

"할 말이 있어. 같이 좀 가자."

이 년 전 어느 날 이와조가 그렇게 말하며 히비야의 고급 호텔 레스토랑에 데려갔다. 창밖으로 황거皇居의 녹음과 해자가 한눈에 보였다. 국내외 주요 인사가 묵는 것으로도 유명한 호텔이었다.

"갑자기 무슨 일로 이런 데서 점심이야?"

나는 들떠서 "뭐, 가게에는 유키오가 있으니까 가끔은 이렇게 밖에서 점심 먹는 것도 좋네" 하며 속마음을 드러내고 말았지만, 이와조는 조금도 웃지 않았다. "사실은 유키오 얘긴데……" 하고 겨우 입을 뗐을 때 한 호텔리어가 우리 자리로 다가왔다.

"오시 님, 어서 오십시오."

호텔 제복으로 보이는 어두운 정장으로 몸을 감싼 그에게 나는 마주 인사했다. 그러자 어두운 정장은 내 귓가에 대고 말했다.

"하나 아줌마. 저예요, 저."

명찰을 보고 퍼뜩 생각났다. 유키오와 고등학교 때 같은 반이었던 이토 신타로다.

"신타로……?"

"네. 이야, 하나 아줌마가 너무 젊어서 깜짝 놀랐네요. 유키오가 우쭐하겠는걸요."

"무슨 소리야. 일흔여섯인걸."

웃는 나를 보고 이와조는 신타로를 가리켰다.

"요전에 종이접기 위원회에서 여기 회의실을 빌렸을 때 신타로가 날 보러 와줬거든."

"오시라는 희귀한 성에 종이접기 위원회라니 틀림없다고 생각했어요."

"그래서 당신이랑 만나게 해주고 싶어서 점심을 예약했지."

"신타로, 이 레스토랑에서 일해?"

"하나, 신타로는 이 호텔 부지배인이야. 넘버 투라고."

"대단하네. 신타로, 훌륭한 사람이 됐구나. 유키오의 친구 가운데 가장 출세했어."

"아뇨, 전혀요. 하나 아줌마, 기억하세요? 나미키 가즈오. 그녀석은 IT기업 임원이고요, 이소카와는 신일본텔레비전의 워

싱턴 지국장이고요, 고지는 교토 요릿집 '기사라기'의 주방장이에요."

"그 유명한 '기사라기' 말하는 거야? 고지가 요리를 할 수 있었나?"

"하나도 못했죠. 그런데 그 집 외동딸이랑 사귈 때, 결혼할 거면 요리사가 되라는 말을 그쪽 아버님께 들었대요. 지금은 그 아버님이 사위 덕에 편하게 놀고 계시죠."

"와……."

"오늘은 느긋하게 즐기다 가세요. 약소합니다만 제가 요리 하나와 식후주를 서비스로 드리겠습니다."

신타로는 과연 일류 호텔리어답게 아름다운 인사말을 남기고 떠났다.

"우리 집에 자주 놀러 오던 시절에는 신타로도 고지도 쿰쿰한 냄새 나는 고등학생이었는데, 대단하네."

이와조는 황거의 녹음에 시선을 둔 채 말했다.

"워싱턴 지국의 아무개 군이 일 때문에 열흘 정도 일본으로 돌아와 지낸다고 해서, 지난 토요일에 옛 친구들이 모여 한잔했대."

"이소카와 군 말이지? 그 이소카와가 말이야."

"함께 어울렸던 여덟 명한테 연락했는데 유키오만 안 갔다더라."

"어머, 왜? 토요일은 그 애 정기 휴무잖아."

"당신도 참 둔하네."

"응?"

"쿰쿰한 냄새가 나던 녀석들이 다들 마흔일곱이 되어 남부럽지 않은 위치에 올라있는 거야. 만년 허드레 일꾼인 유키오 입장에서는 만나고 싶지 않았겠지."

허를 찔렸다.

"신타로 얘기를 들어보니 종종 서로 연락을 주고받는 모양이야. 문자나 메신저 같은 걸로 유키오까지 포함해서 말이야. 하지만 '유키오는 늘 스케줄이 안 맞아서 모임에 못 와요'라고 신타로가 그러더군."

그런가…….

유키오는 부모인 우리에게 잘나가는 친구들에 대해 한마디도 하지 않았다. 부모가 자신의 아들과 비교해서 슬퍼할 거라고 생각했는지도 모른다. 무엇보다 유키오의 스케줄은 일 년 내내 비어 있다. 가게는 우리가 하고 있으니 일을 거드는 유키오는 얼마든지 빠질 수 있다.

그 애는 어릴 때부터 덩치만 컸지 머리는 텅 비어 있었다. 이와조는 '오시'라는 성의 박력을 완화하려고 청아한 '눈 설雪' 자를 넣은 이름을 붙였는데, 덩치로 보면 '설인*' 그 자체다. 보통은 공부를 못 해도 그림이나 음악이나 운동 등 뭔가 뛰어난 게 있기 마련인데, 유키오는 이거나 저거나 다 못했다.

고등학교는 바닥권 사립학교에 들어가는 수밖에 없었다지만, 잘 자리 잡은 친구들도 모두 같은 학교다. 맹렬히 공부해서 일류대학에 들어간 아이도 있었고 외국으로 나가는 아이도 있었다. 전문대에서 기술을 익히는 아이도 있었다. 지금 신타로와 친구들의 근황을 들으니 그런 아이들이었던 것이다. 인생을 제 손으로 개척해나가는 기개가 있었다.

대학에 가지 않고 가게의 일손을 돕는 유키오는 태평하게 말했다.

"우리 집이 장사를 해서 난 정말 다행이야. 수험이니 출세니 하는 거랑 무관하게 지낼 수 있으니까."

그때는 한심해서 화가 났지만 그건 유키오의 콤플렉스가 역으로 드러났던 것이 틀림없다. 내내 콤플렉스가 있었겠지. 잘하는 게 없는 스스로에게, 길을 개척해나가는 친구들에게, 개척할 의욕이 생기지 않는 자신의 성격에.

"하나, 나는 유키오에게 가게를 물려줄까 해."

부지배인이 되어 일류 호텔의 중심에 있는 이토 신타로를 나

---

*   일본어로 유키오와 설인은 모두 '雪男'이라고 쓴다.

에게 보여주며 설득하고 싶었던 거구나, 하고 납득이 갔다.

"하나는 늘 아흔이 되든, 백 살이 되든 사지가 멀쩡할 동안에는 일하면서 지내야 한다고 말하지만."

그 생각은 지금도 변함없다. 평생 일할 수 있는 행복은 어마어마한 것이다. 하지만 쿰쿰한 냄새를 풍기던 아들의 친구들이 다들 남부럽지 않게 출세했다는 것을 안 지금은 부모의 사정 따윈 뒷전이 된다.

"당신이 말한 대로 이제 유키오에게 물려줄 차례겠지. 그렇게 하자."

곧바로 대답했다.

유키오는 자기가 잘하는 게 없다는 사실을 알고 있어서 고등학교를 졸업한 뒤 거의 삼십 년 가까이 아버지 밑에서 오로지 가게 일만 도와온 것이다. 그 애는 상점회 사람들에게도, 손님에게도 사랑받고 있다. 게다가 가게를 물려받으면 더 열심히 하겠지.

그렇게 생각하면서도 사실 그 애가 경영을 할 수 있을지는 못 미더웠다.

"당신도 나도 가게에서 살고 있으니 무슨 일이 생기면 도와줄 수 있잖아. 유키오도 안심될 거야."

"아니, 유키오 가족을 가게에서 살게 하고 우리가 지금 그 애들이 살고 있는 아파트로 이사 가지 않을래?"

"맞바꾸자는 거야?"

"응. 그렇게 우리는 가게에서 완전히 손 떼는 거지. 뭔가를 물으면 대답은 해주겠지만 기본적으로는 일절 노터치야."

"……당신은 일흔일곱이고 나는 일흔여섯. 충분히 나이 먹긴 했지만 아직 일할 수 있잖아."

"그래야 할 때 산뜻하게 제일선에서 물러나는 건 노인의 품격이지."

"품격……."

"응. 나도 장사를 좋아하니까 유키오를 편하게 이용했고 물려줄 마음 따윈 손톱만큼도 없었지만 말이야, 신타로를 만나서 모두의 이야기를 듣고 눈이 번쩍 뜨였어. 노인은 그래야 할 때 물러난다. 그래야 할 때 자연스럽게 죽는다. 이게 품격이야."

이와조는 흰살생선 뫼니에르*에 칼질을 하며 쓴웃음을 지었다.

"뭐, 세상이 안티에이징이다 뭐다 해서 나이를 먹는 게 죄처럼 됐잖아. 다들 어떻게든 젊음을 유지하려고 노력하고. 그래서 노인까지 자기가 젊다고 생각하고 매달리는 거야. 나도 그랬고. ……나이에 맞춰 의연하게 살아야 해."

나는 입을 다물었다. 내 이야기를 하는 듯한 기분이 들었다.

---

*   생선에 밀가루와 버터를 발라 굽는 프랑스 요리.

하지만 이와조는 무언가를 에둘러 말할 정도로 세심한 남자가 아니다. 오늘날 일본의 풍조를 이야기하는 것뿐이지만, 나는 쇼킹핑크 블라우스를 입고 온 나 자신을 생각했다.

"알겠어. 자, 그러기로 정했으면 얼른 이사하자."

"괜찮겠어? 그렇게 말해주다니…… 고마워."

"하지만 문제는 유미잖아."

"남편이 가게를 물려받으면 그 애도 변하겠지."

며느리를 떠올리면 아무래도 이와조처럼 낙천적으로는 생각할 수 없었다.

이렇게 유키오에게 가게를 물려주고 이 년이 지났다. 예상대로 유미는 전혀 변하지 않았다. 오장육부가 뒤집힌다.

처음에 친구의 소개로 만난 건 유키오가 스물일곱 살, 유미가 스물세 살 때였다. 그때까지 '여자친구'가 없어서 여자에 익숙하지 않았던 유키오는 미인도 아니거니와 아무런 장점도 없는 유미한테 푹 빠져서 어쩔 줄 몰랐다.

유미는 센다이에서 나고 자랐고 도쿄의 여자 전문대 국문과를 나왔지만, 그 전문대는 이른바 '편차치* 제로' 수준이다. 고졸인 유키오가 열등감을 느낄 필요는 없다. 당시 유미의 부모님은

---

* 어떤 수치가 샘플 속에서 어느 정도의 위치에 있는지를 표시한 숫자. 일본에서는 학력을 주로 편차치로 나타내는데 점수가 낮을수록 편차치는 낮다.

센다이의 고등학교 선생님이었고 언니는 홋카이도의 국립대 대학원에서 박사 과정을 밟고 있었다. 유미만 못난 것이다. 유키오에 대해 불평할 처지가 아니다.

소개받은 무렵 유미는 아사쿠사바시의 의류 도매상에서 아르바이트를 하고 있었다. 미래에 대한 보장이나 어떤 보험도 없이 세 평짜리 원룸에서 빠듯하게 생활했다고 들었다. 부모는 차라리 센다이로 돌아오라고 재촉했지만 도쿄를 떠나기 싫었다고 한다.

말하자면 '남자라면 아무나 좋은' 유미와 '여자라면 아무나 좋은' 유키오의 이뤄질 수밖에 없는 결혼이었다. 이해나 타산으로 결혼하는 건 흔한 일이다. 실제로 나도 그랬으니까.

하지만 나는 이와조와 힘을 합쳐 오시 일용품점을 부흥시켰다. 상점회 일도 열심히 했고 단골손님도 점차 늘려왔다. 게다가 상점회에서도 '젊다'는 평판을 받고 있고, 지금은 〈코스모스〉에 나올 정도다. 그래서 이와조가 '하나는 나의 자랑거리'라고 말하는 것이다.

반면 유미는 영 딴판이다. 결혼할 때 '아버님 대가 경영하는 동안은 가게를 돕지 않고 전업주부로 지내고 싶다'고 말했다. 유키오는 유미가 하는 말이라면 두말없이 승낙했고, 우리도 그로써 좋았다.

그런데 말이다. 이렇게 유키오에게 대물림하여 이 년이 지난 지금도 유미는 거의 가게에 나오지 않는다. 물건 매입부터 배달까지 유키오가 혼자 도맡고 있다. 상점회 일도 마찬가지다. 가게 앞에서 물건을 파는 일이 바쁠 때는 도와주는 모양이지만, 쇼와 시절과는 달리 바쁜 경우가 드물다.

게다가 도코노마가 딸린 격식 있는 객실을, 그 여자는 집을 맞바꾼 즉시 싹 다 뜯어고쳤다. 다다미는 마룻바닥으로 바꾸고 도코노마는 부수었으며, "자연광이 필수야"라고 지껄이며 지붕에 창문을 뚫어 아틀리에로 삼아버렸다.

이와조는 이 개조에 충격을 받아 가게의 부적인 족자를 아파트로 가져왔다.

"무서워서 가게에는 둘 수 없어."

"맞아. 당장이라도 유미의 그림을 걸고 족자는 버리겠지."

유미는 전업주부 시절 문화교실에서 유화를 배우더니 푹 빠지고 말았다. 그런 와중에 강사가 "유미 씨가 그리는 건 늘 흥미롭네"라고 말했다던가 해서, 자기는 그림에 재능이 있다며 완전히 들떴다.

대체로 '흥미롭다'는 건 달리 칭찬할 구석이 없을 때 쓰는 말이다. 칭찬할 게 없는 상대에게 "사람이 밝아"라고 말하는 것과 같은 고육지책이다. 강사는 학생을 붙들어놓고 싶을 테니 당연히 빈말도 할 것이다.

그러나 '편차치 제로' 수준이라서 칭찬받아본 적이 없는 유미는 우리 앞에서 선언했다.

"앞으로도 자신을 믿고 계속 그리겠어요."

나왔다! 개나 소나 다 하는 '자신을 믿고'라는 말. 참 나, 자신의 뭘 믿는다는 거야, 개뿔도 없으면서.

유미가 자신을 믿어서 어떻게 되었느냐면, 십 년이 지난 지금까지 딱히 어떻게도 되지 않았다. 아틀리에 따위 필요 없는 아마추어 화가일 뿐이다.

단, 오 년쯤 전 큰 공모전에 낸 〈오누이〉라는 그림이 신인장려상을 받은 적이 있다. 유명한 심사위원들로부터 찬사를 받고 다른 수상작과 함께 우에노의 미술관에 한 달 정도 전시되었다. 모델은 당시 열네 살이었던 이즈미와 두 살 위인 오빠 마사히코였고, 우리도 보러 갔다.

유미의 화가 흉내는 그때부터 나날이 심해졌다. 하지만 그 뒤로는 별다른 활약이 없다. 어쩌다 얻어 걸린 신인 장려상인데도 '자신을 믿고' 계속 그리고 있다. 주눅 든 기색도 없이 "난 이제 아마추어가 아니니까"라고 서슴없이 말하며 작년에는 아오야마의 조그만 갤러리에서 개인전을 열었다.

개인전 따위 갤러리 사용료만 내면 누구든지 열 수 있다. 게다가 손님은 가족과 친구뿐이었다. 그런데 지나가는 길에 들어온 낯선 신사가 〈양미역취〉라는 그림 한 장을 사줬다. 세상에는 취향이 별난 사람도 있는 법이다.

유미가 흥분해서 우리에게 다다다 말하기로는 신사의 죽은 아내가 그 꽃을 무척 좋아했다고 한다.

"잡초도 많이 나고 꽃가루도 날리니 다들 싫어하지요. 꽃집에서 팔 리도 없고요. 이 꽃, 공터나 열차 운행이 중지돼서 녹이 슨 철길 근처 같은 황량한 곳에서 피지요?"

"네, 저는 그 점이 좋아요. 그 자체로 아름다운 꽃이 아니라 어떤 광경 속에 놓여 있으면 아름다워지는 꽃을 좋아하거든요."

"놀랍군요. 내 아내도 작가님과 같은 말을 했습니다. 폐가 뒤에 핀 꽃을 그린 작가님의 이 작품을 집에 걸어두면 아내가 기뻐하겠죠."

그 신사는 그렇게 말하며 눈물을 글썽였다고 한다. 유미는 '작가님' 소리를 듣고서 '나는 화가'라고 더욱 굳게 믿었을 게 틀림없다.

그러나 신사는 유미의 그림을 높이 평가해서 산 게 아니라, 세상을 떠난 아내가 좋아했던 꽃이 그려져 있었기 때문에 산 것이다. 유미는 그런 사실을 깨닫지 못한 채 최소한의 집안일을 하는 것 외에는 대부분 아틀리에에 틀어박혀 지내게 되었다.

사실 나는 유미가 가게 일을 안 하는 편이 좋다고 생각한다. 이 며느리가 도저히 남들 앞에 내놓을 만한 인물이 아니기 때문이다.

유키오가 처음 유미를 집에 데려온 날, 나는 한눈에 맥이 탁

풀렸다. 너무나 궁상맞아 보여서다. 비쩍 마른 작은 체형에 화장기는 없고, 만화 〈사자에 씨〉에 나오는 와카메처럼 머리는 귀 위로 싹둑 잘랐다. 게다가 걸치고 있었던 건 색이 바랜 듯한 재킷에 청바지다.

당시는 나도 아직 스스로를 가꾸지 않던 시기라서 아줌마티가 났을 것이다. 하지만 스물세 살인데도 이 궁색한 인상의 가무잡잡한 여자는 부끄러워서 도저히 며느리라고 소개할 수 없을 것 같아 초조했다. 그러나 때는 이미 늦었다.

유키오가 수줍어하며 말했다.

"우리, 2박 3일로 교토에 갔다가 지금 돌아오는 길이야."

혼전여행을 끝낸 것이냐······.

"별것 아니지만 선물이에요. 이것저것 고민하다가 나마야츠하시*를 샀어요. 아버님도 어머님도 너무 딱딱한 건 드시기 힘들 것 같아서요."

쉰여섯밖에 안 된 나한테 그렇게 지껄였다. 게다가 벌써 '아버님, 어머님'이라고 부르는 뻔뻔함.

"봐, 유미는 센스가 있지. 선물 같은 건 필요 없다고 하니까, 그러면 안 된다면서 나를 째려보더라고. 아이고 무서워라~."

"아이참, 째려보진 않았잖아. 때릴 거야."

---

* 교토를 대표하는 전통 과자로 쌀가루, 설탕, 계피를 섞어서 쪄먹는 전병의 일종.

"그만! 난 귀엽다는 뜻으로 말하는 거야. 알겠어?"

"몰라, 흥."

멍청하고 인기 없는 여자와 남자는 부모 앞에서도 똥오줌을 못 가렸다. 설인이 못 참겠다는 듯 지분거리는 모습은 보고 싶지도 않았다.

이와조도 마찬가지였겠지. 불쑥 일어서더니 "나마야츠하시랑 어울리는 차를 우려 올게" 하며 나갔다. 차 같은 건 우린 적도 없는 남자가 말이다.

유미는 사실 기가 세었고, 얌전을 떨었던 것은 결혼하고 반년 정도였다. 게다가 그 궁상맞은 여자는 결혼하고 이십이 년 동안 내내 평소에는 추리닝 차림이다. 여름에는 목둘레가 늘어난 티셔츠에 추리닝 칠부바지, 겨울에는 플리스 점퍼에 추리닝 바지를 입는다.

동창회의 벌레들은 그래도 일흔여덟 살이다. 유미는 지금 마흔다섯 살인데도 365일 맨얼굴이다. 가무잡잡한 피부에 기미와 주름이 판을 친다.

그래도 유키오가 좋다면 됐다. 우리 부부는 이십이 년 동안 스스로를 그렇게 달래왔다. 겨우 결혼에 성공한 여자 주제에 가게도 돕지 않고, 아마추어 주제에 그림만 그리는 유미에게 되도록 다가가지 않고 지냈다. 그편이 평화롭기 때문이다.

그래도 이런 빈상의 여자가 마누라여서는 유키오가 창피를

당한다. 그리 생각해서 언젠가 생일에 아주 차분한 핑크색 스웨터를 선물한 적이 있다.

"유미는 피부 관리를 시작하고 화장을 엷게 하면 분명 예쁠 텐데. 이 색깔, 잘 어울릴 거야."

내가 최대한 상냥하게 말하자 유미는 "예쁜 색이네요! 근사해요" 하며 가슴에 갖다 댔다. 죽도록 안 어울린다. 표고버섯이 벚꽃 떡을 대고 있는 것 같다.

하지만 나는 칭찬했다.

"와, 잘 어울려! 연하게 화장하면 배우 같을 거야!"

그러자 표고버섯은 거리낌 없이 말했다.

"하지만 전 1분 1초라도 그림 그릴 시간을 많이 확보하고 싶어서 외출을 잘 안 해요."

"……그래도 개인전 같은 거 할 때 이걸 입고 전시회장에 있으면 멋질 텐데?"

"그렇겠죠. 하지만 화가가 입고 있는 옷 색깔에는 그 화가의 센스가 드러난다고 생각해요."

허, 이 스웨터는 센스가 없다는 거지. 표고버섯이 맨날 입는 980엔짜리 플리스가, 목둘레가 늘어난 티셔츠가 '화가의 센스'를 충족시킨단 거지.

"그렇지만 모처럼 주셨으니 받을게요. 감사합니다."

선물을 받으면서 이런 말투가 어디 있나!

하지만 며느리와 시어머니 사이에 끼이면 괴로운 건 유키오다. 나도 며느리를 괴롭히는 시어머니는 되기 싫다. 그렇게 생각해서 아무 말도 안 했지만, 그 뒤로 화장지 한 장도 선물하지 않았다.

밤에 소고기 감자조림과 큰 사발 가득 담은 해산물 샐러드를 먹으며 이와조가 또 말했다.

"하나는 정말로 내 자랑거리야."

일흔아홉이 된 이와조는 이런 애정 표현을 하지 않는 시대에 자란 남자인데도 태연히 말한다.

"하나는 젊고 세련됐고, 게다가 잡지에까지 나오면 상점회에서도 크게 화제가 될 거야."

그리고 절절하게 덧붙였다.

"대단한 아내야. 후기 고령자*인데도 지팡이도 안 짚고 요리까지 직접 하잖아."

"당연한 일인걸."

"당연하지 않아. 일흔여덟이면 보행 보조차나 노인용 보행기를 끌고 간병보험 신세를 지며 간병인을 부르거나, 택배업자가 갖다주는 도시락을 매일 먹을 나이야."

"난 나이에 걸맞게 사는 건 싫으니까. 앗, 이 생각은 품격이

---

* 노인 인구를 두 단계로 구분할 때 65~74세를 전기 고령자, 75세 이상을 후기 고령자라 한다.

없나."

이와조는 손사래를 치며 쓴웃음을 지었다.

이날도 나는 말끔하게 화장하고 짙은 밤색 가발을 쓰고 실버 그레이 블라우스를 입고 있었다. 단추는 세 번째까지 풀고 짙은 회색 바탕에 핑크색 물방울무늬가 들어간 스카프를 둘러 목을 감췄다.

이와조는 나를 보며 또 말했다.

"내 인생에서 가장 좋았던 일은 하나랑 결혼한 거야."

그것은 내가 할 말이기도 했다. 이와조는 유미가 마음에 안 드는 것 말고는 아무 문제도 없는 생활을 내게 선사했다. 그리고 본인은 종이접기 외길로 도박도, 여자놀음도 하지 않는다. 게다가 나를 사랑한다는 것을 부끄러울 정도로 티 낸다.

나도 가끔은 말해줄까 싶어서 "나도 당신이랑 결혼해서 진심으로 좋았어. 당신도 내 자랑거리야" 하며 미소 지었다. 이와조는 수줍은지 난처한 듯한 표정으로 소고기 감자조림을 한입 가득 먹었다.

2부

연일 이어지는 불볕더위에 이와조는 매일 투덜대고 있다.

"아아, 난 어차피 곧 죽을 거지만 이 더위를 견뎌야 한다면 지금 죽고 싶어. 늙은 몸에는 너무 가혹해."

정말이지 시끄럽다. 투덜거려봤자 뭐가 달라지나. 여름은 더운 거야. 물고기는 헤엄치고, 갓난아기는 울고, 뛰면 숨이 차는 거지. 옛날부터 그런 거야. 투덜거리지 마.

"당신, 스스로에 대해 늙은 몸이라느니 노인이라느니 하지 마. 그런 말을 입 밖에 내면 기력 없는 할아버지 얼굴이 되니까."

나는 시계를 봤다. 슬슬 우편물이 올 시간이다.

엊그제쯤부터 신경이 쓰여서 견딜 수 없다. 〈코스모스〉 8월호 발매일은 내일이지만 편집자는 그 전에 집으로 보낸다고 말했다. 오늘은 도착하지 않을까.

엘리베이터를 타고 아파트 1층의 우편함으로 향했다. 안 왔을 수도 있는데 마음이 조급해진다. 우편함을 보기 전에 관리실 창문으로 봉투를 건네받았다.

"커서 우편함에는 안 들어가서 여기 맡아뒀어요."

왔다! '코스모스 편집부'라고 쓰여 있다. 받아들자마자 로비 구석으로 달렸다. 이 위치는 관리실에서 안 보인다.

어떻게 찍혀 있을까. 얼른 보고 싶어서 봉투를 여는 손이 난폭해진다.

"좋네! 괜찮잖아. 와아, 나 예쁘네……."

탄성이 터지며 나도 모르게 잡지를 부둥켜안았다. 관리실에서 안 보여서 다행이었다.

과연 프로 카메라맨이다. 번화한 긴자 거리를 흐릿하게 만들고, 그 속에 선 나에게 초점을 정확히 맞췄다. 산뜻한 청록색 스웨터, 대담한 무늬의 커튼 천 스커트를 입고 하이힐을 신은 나는 살짝 수줍은 듯 웃고 있다. 이게 엄청 좋다. 젊고 세련됐다.

확실히 예순일곱쯤, 어쩌면 더 젊게 보는 사람도 있을지 모른다.

이와조는 뭐라고 할까?

잡지를 껴안고 엘리베이터를 기다리고 있자 8층에 사는 부부가 슈퍼마켓 봉투를 손에 들고 돌아왔다.

"덥죠. 마트 갔다 오세요?"

기분이 좋은 내가 붙임성 있게 굴자 남편이 꽤 진지하게 말했다.

"오시 씨, 정말로 늘 멋지시네요. 그렇지?"

'그렇지?'라고 들은 부인은 "진짜예요. 뭘 입어도 잘 어울리세요"라고 맞장구를 쳤지만 눈이 안 웃고 있다.

분명 부인은 나보다 젊다. 그런데도 회색과 베이지색의 자잘한 꽃무늬 블라우스에 짙은 남색 바지를 입고 있다. '팬츠'라고는 부를 수 없는 '바지'다. 블라우스를 위로 꺼내어 배 주위를 가렸는데, 이게 뭐라 말할 수 없이 촌스럽다.

나는 파란 바탕에 분홍과 하양 히비스커스가 화려하게 그려진 알로하셔츠를 입고 있다. 하의로는 꼭 맞는 하얀 칠부바지를 입어 늘씬해 보인다. 내가 젊었을 땐 '사브리나 팬츠'라고 불리던 바지다. 영화 〈사브리나〉에서 오드리 헵번이 입어서 크게 유행시킨 스타일이다.

부인의 눈이 안 웃는 게 묘하게 기분 좋아서, 나는 껴안고 있던 〈코스모스〉를 펼쳤다.

"요전에 긴자에서 걷고 있는데 제 사진을 찍고 싶대서요. 방금 왔답니다."

두 사람은 들여다봤고, 남편이 감탄을 터트렸다.

"대단해. 역시 세련되어서 눈에 띄는군요."

부인은 아무 말 없이 바라보기만 했다. 나는 부인에게 각별한 미소를 날렸다.

"아뇨, 전 곧 죽을 나이인걸요. 정말이지 사진에는 나이가 드러난다는 걸 실감한답니다."

그런 생각은 전혀 안 했지만 그렇게 말해줬다. 부인은 손사래를 치며 부정하긴 했으나 얼굴이 굳어 있다.

남편을 위해서라도 조금 더 신경 쓰라고. 당신도 앞날이 얼마 안 남았으니까. 어차피 곧 죽을 텐데 얼굴 굳히고 있을 때가 아니잖아.

나는 날아오를 듯한 발걸음을 감추지 않고 집으로 뛰어들었다. 이와조는 10월 15일의 그룹전을 위해 종이를 접고 있었다. 올해의 주제는 '풍경 속의 젓가락 받침'이라고 한다. 예를 들어 유채꽃밭 같은 풍경을 전부 종이접기로 만든다면 유채꽃 하나하나는 젓가락 받침이 된다는 것 같다.

이와조는 매일 기린이나 사자 같은 동물을 창작했는데, "하나, 봐봐. 드디어 완성됐어. 낙타야. 이렇게 다리를 접어서 앉히면 이 두 혹 사이에 젓가락을 둘 수 있어. 봐, 좋지?" 하며 뺨을 붉히고 있다.

나는 내가 나온 페이지를 펼쳐 이와조의 눈앞에 추켜들었다.

"우와! 멋지네! 와, 좋다. 근사해, 하나."

이와조는 낙타를 내려두고 코멘트를 읽기 시작했다.

"오시 하나 씨(78)는 남의 복장에 대해 이러쿵저러쿵 떠드는 사람들은 자기가 그렇게 입을 용기가 없어서 분한 거라며 웃었다. 윤기 있는 피부와 새하얀 이, 세련된 옷차림, 여든이 코앞이라고 말해도 절대 아무도 믿지 않을 것이다. 와, 칭찬하고 있네. 게다가 당신, 근사한 말도 했어."

"맞아. 세련된 할머니의 본심."

나도 모르게 목소리가 들뜬다.

"상점회 녀석들이 이 잡지를 보면, 내가 마누라를 자랑하는 것도 당연하다고 생각할 거야."

기쁜 듯이 사진을 바라보는 이와조에게 나는 속이 탔다.

"당신, 밖에서도 마누라 자랑하고 다녀? 그만둬, 진짜. 애처가 소리 듣는 남자는 꼴불견이야. 다른 사람들이 보면 대단치도 않은 마누라니까 속으로 다들 비웃을 거라고."

"비웃어도 좋아."

"흠, 어차피 곧 죽을 거니까?"

"아니, 하나가 있으니까."

정말이지 부끄러운 기색도 없이 말한다. 듣는 내 쪽이 부끄럽다. 하지만 나도 결혼한 뒤로 오십오 년 동안, 늘 내 편이 되어주는 이와조에게 얼마나 감사하고 있는지 모른다. 하지만 이와조와는 달리 그걸 입 밖에 내는 한심한 짓은 안 한다.

점심은 소면으로 할까 이야기하던 차에 이치고가 땀을 뻘뻘 흘리며 뛰어들어왔다.

"어휴, 더워. 엄마, 점심 좀 줘."

이치고는 유키오와 연년생인 누나인데 올해 쉰 살이 되었다. 전문대를 나온 뒤 가전제품 회사에서 일하다 사내결혼을 했다. 남편 구로이 가즈오는 출세 같은 건 전혀 안중에 없는 남자로 툭하면 휴가를 내고 산을 탄다.

두 사람 사이의 외동딸 마리코는 영국인과 결혼해서 런던에 산다. 그래서 이치고는 산에 푹 빠져서 손이 안 가는 남편에 고양이 다섯 마리와 마음 편히 지낼 수 있다.

"이치고, 넌 정말이지 밥때를 노리고 오는구나."

"좋잖아. 노부부 둘만 있으면 확 늙는단 말이야. 어머! 아빠, 또 종이접기야? 엄마는 좋겠네. 안전하고 안심되고 싸게 먹히는 남편이라서."

그 말을 들은 이와조는 〈코스모스〉를 펼쳤다.

"봐봐. 안전하고 안심되고 싸게 먹히는 남자한테 예쁘고 피부 좋고 장점 가득한 여자가 와줬으니까."

"앗, 요전에 말한 〈코스모스〉?"

이치고는 사진을 보자마자 외쳤다.

"엄마, 멋져! 대단한데, 대단해."

"고마워. 그러면 요리 솜씨도 발휘해볼까…… 그래 봤자 소면이지만 말이야."

확실히 이치고가 오면 집이 밝아진다.

나는 스물세 살 때 결혼하긴 했지만 스물여덟까지 아이가 생기지 않았다. 그 첫 번째 자식인 딸아이는 살결이 희고 입매가 붉어서 이와조는 흥분하며 말했다.

"이름은 딸기 매 자를 써서 '이치고苺'로 하자. '오시'라는 성의 박력도 누그러질 거고, 이 애한테는 이치고가 딱이야."

거기에는 나도 대찬성이었다. 한 번 들으면 누구나 기억해 줄 이름이다. 하지만 당시에는 딸기 매 자를 사람 이름으로 쓰지 못해서 호적에는 히라가나로 '이치고いちご'라고 올렸다. 그 한자를 쓸 수 있게 된 2004년 이후로는 평소에도 '이치고苺'라고 쓴다.

본인도 마음에 들어 하는 이름이지만 우리 부부의 생각이 짧았다. 결혼하면 성이 바뀐다는 사실은 알고 있었으나 '이치고'라는 이름에 어울리지 않는 성이 있다는 데까지는 생각이 미치지 못했다. 결혼해서 구로이黑井*로 성이 바뀐 이치고는 '구로이 이치고**'라는 놀림받기 딱 좋은 이름이 되어버렸다.

그런데 말이다. 남동생 유키오는 진지하고 소극적인 성격인 데 반해, 이치고는 자빠져도 거저는 안 일어날 정도로 어떤 경우든 이익을 꼭 챙긴다.

'구로이 이치고'라는 이름을 역이용해서 '구로이 이치고의 블랙베리'라는 블로그를 시작했다. 이와조도 나도 컴퓨터와는

---
* '검다(黒い)'라는 단어와 발음이 같다.
** '검은 딸기'라는 뜻.

인연이 없어서 그 블로그를 본 적 없지만 유키오 말에 따르면 꽤 인기인 모양이다.

"누나는 정말로 배짱이 대단해. 인생 상담 블로그거든. 남의 인생에 감 놔라 배 놔라 할 수 있는 여자가 아닐 텐데. 하지만 답변이 검은색처럼 단호해서 현실적이라고 소문이 났으니 알 수가 없어."

유키오가 기가 막혀 하며 인생 상담 몇 개를 보여줬다.

"서른두 살 여자입니다. 네 살 위인 남편이 생활비도 주지 않고 취미인 로드 바이크로 혼자 놀러 다닙니다. 두 살짜리 아이가 있어서 몇 번이나 말했지만 고쳐지지 않습니다. 하지만 헤어지면 생활이 안 돼요."

블랙베리는 이렇게 대답했다.

"얼른 헤어져요. 평생 가도 고쳐질 리 없어요. 그런 바보 같은 남자에게 인생을 낭비할 생각이에요? 헤어지면 생활이 안 된다니, 지금도 생활비를 안 준다면 마찬가집니다."

유키오가 "불륜으로 괴로워하는 여자에게도, 시어머니 때문에 고생하는 여자에게도, 아내한테 벌벌 떠는 남편에게도, 남친이 양다리를 걸친 여고생에게도 전부 '헤어지세요. 인생 낭비입니다'야. '그게 안 된다면 헤어진다고 협박하세요'야. 긍정적인 마음을 가지라느니 하는 말은 일절 하지 않아서 먹히는 거겠지"라고 말했는데, 이 블로그는 인기를 얻어서 책으로도 출판되었다.

"엄마 소면은 고명이 다양해서 너무 좋아. 잘도 이렇게 품을 들이네."

맹렬하게 흡입하던 이치고가 갑자기 젓가락질을 멈추고 중얼거렸다.

"유키오한테도 맛보여주고 싶네."

그리고 목소리를 낮췄다.

"여기 오는 길에 가게에 들렀는데 유미가 있더라."

"흐응, 가게에 나와 있었구나. 웬일이래."

"유키오는 상점회 일이 있고 이즈미는 학교 갔으니까 어쩔 수 없이 나온 거지. 딱 봐도 언짢은 표정이더라니까."

"그랬겠지. 듣기만 해도 불쾌하네."

"그래서 내가 들어갔더니, 입이 댓 발 나와서 이러는 거야. '손님도 안 오는데 왜 제가 가게를 봐야 하는 걸까요'라고."

"말해주지 그랬어. '아무런 도움도 안 되는데 왜 우리 집에서 널 부양해야 하는 걸까요'라고."

이와조는 일절 입을 열지 않고 소면에 집중하⋯⋯는 척을 하고 있다.

"그런데 엄마, 그 여자가 내 앞에서 자기 머리를 막 쥐어뜯더라고."

"안 씻어서 머리가 가렵나?"

"아냐. '아아, 괴로워요. 생각한 색깔이 안 나와서 그림을 못 그려요. 이 괴로움, 아시겠어요?'라는 거 있지."

"참 나, 그 꾀죄죄하고 궁상맞은 여자는 그림보다 눈썹이나 좀 그릴 것이지."

시어머니와 시누이는 무섭다고들 하지만 우리 집 같은 경우에는 일방적으로 며느리가 나쁘다. 누구나 그렇게 생각할 것이다. 유키오가 불쌍해서 놔두고 있지만, 그 애한테 여자를 만들 기개가 있었다면 그런 며느리는 내쫓았을 터다.

식후에 차를 마시며 이치고가 물끄러미 나를 봤다.

"엄마, 옷 말인데. 지금보다는 더 특이하게 입지 마. 화장도 그렇고."

생각지도 못한 말이었다. 나는 절대로 특이하지 않다. 동네의 흔한 할머니보다 화려하긴 해도 괜찮게 나이 들고 싶은 사람은 다들 신경을 써서 꾸미는 법이다.

"특이한 건 아닌 거 같은데."

"평범한 일흔여덟이라면 안 입을 옷을 입는 것만으로도 충분히 특이해."

이치고의 시선이 나의 화려한 알로하셔츠로 향했다.

"딱히 '평범'에 맞출 필요 없잖아. 우린 어차피 곧 죽을 거니까 내가 입고 싶은 걸 입으면 그만이야."

이와조는 묵묵히, 아직도 소면을 후루룩거리며 온몸으로 '나한테 말 걸지 마'라고 말하고 있다.

"잡지에 나온 엄마가 예뻐서 사실 나 지금 안심하고 있어. 왜냐하면 그 코너에 나오는 할머니 중에는 꽤 터무니없는 사람도 있잖아. 전기스탠드 갓인가 싶은 모자를 쓰거나, 반바지에 줄무늬 셔츠를 입은 허수아비 같은 사람도 있고. 거지처럼 땅에 질질 끌리는 옷을 입기도 하고. 본인들은 자신만만하겠지. 젊고 개성적이지? 난 흔한 할머니와는 다르니까, 하면서. 하지만 분명히 말해두겠는데 흔한 할머니가 훨씬 좋아. 터무니없는 옷에 늙은 얼굴이 따라가지 못하거든."

마구 퍼붓는 이치고에게 강하게 반론했다.

"쓸데없는 참견이야. 전기스탠드든 허수아비든 본인이 입고 싶은 거니까."

"본인이 입고 싶다면 뭘 입어도 된다는 생각, 유치해."

이치고는 나를 똑바로 바라봤다.

"사실은 나 말이야, 〈코스모스〉의 이 사진 코너 정말 좋아해. 왠지 알아? 본인의 센스에 자신만만한 할머니들이 웃기니까. 그걸 필사적으로 칭찬하는 편집자의 코멘트도 웃기니까."

듣기 싫은 소리를 한다.

"애초에 나이에 맞게 보이기 싫다는 건 늙은 걸 알고 있다는 뜻이야. 죽을 날이 머지않았다는 생각에 무서워서 젊게 꾸며서 달아나려고 하는 거잖아. 그 발버둥, 남들 눈에는 보이거든."

"아냐. 꾀죄죄하면 본인도 불쾌하고 남들도 불쾌하잖아. 그뿐이야."

"엄마, 지금 수준이라면 예뻐. 여기서 멈춰줘. 나이와 관계없이 정말로 근사한 사람은 젊은이가 틀림없이 인정하니까."

입을 다문 나를 신경 써준 것인지, 이와조가 처음으로 끼어들었다.

"아빠는 고마운데. 엄마가 젊고 화사해서 말이야. 남편 입장에서 이런 아내라면 누구한테 소개하든 우쭐해지니까."

"그러니까 여기서 멈추란 거야. 허수아비나 전기스탠드까지 가지 말라고. 그런 사람들은 뒤에서 딱하다고 비웃음당한단 말이야. 그런데도 본인은 멋지다며 의기양양한 건 애처로워. 이런 부분은 친한 친구나 가족이 확실히 지적해줘야 해. 우리 엄마가 딱하다고 비웃음당하는 건 싫으니까 말하는 거야."

그리고 이치고는 안심시키듯 나를 봤다.

"지금의 엄마한테서는 늙어가는 애처로움이 보이지 않아. 하지만 이보다 더 나가면 세월에 저항하는 애처로움이 드러날 거야. 지금 수준이 아슬아슬하게 오케이. 이 이상 안 가면 돼."

그러더니 천천히 말했다.

"화장이니 허수아비니 전기스탠드니, 그런 건 늙음을 부정하고 싶기 때문이야. 하지만 아무리 부정해도 주위 사람들한테는 들키거든. 부정하고 싶어 하는 게 딱한 거고."

맞는 말이긴 하다. 아무런 반론도 펴지 못하는 나에게 이와조가 다정하게 말했다.

"난 엄마가 노화에 맞서 노력하는 태도를 잃지 않았으면 해."
"아, 진짜! 아빠는 뻔하고 듣기 좋은 소리를 한다니까. 엄마는 어느 시점부터 변했어. 그전에는 촌스러운 아줌마였으니 변화가 격렬하다고."

그렇다. 십 년 전 그날부터 나는 변했다.

그날, 머플러를 사고 싶다는 이치고와 함께 롯폰기의 부티크에 들어갔다. 나는 예순여덟, 이치고는 마흔 살이었다. 이것저것 둘이 고르고 있었더니 여성 점원이 웃는 얼굴로 다가왔다.
"마음에 드는 것이 있나요?"
"딸은 남색이 좋다는데 저는 이 핑크색을 권하고 있어요."
그러자 점원이 뜻밖의 말을 했다.
"그러면 따님은 남색으로 하고 어머님이 그 핑크색을 하시면 어때요?"
"네? 제가요? 너무 화려한데."
"아뇨, 어제도 일흔 살 고희연 때 맬 거라며 예쁜 장미색을 산 손님이 계세요."
점원은 핑크색 머플러를 내 목에 두르고는 말했다.
"잘 어울리세요. 칠십 대라고 해서 회색이나 검정색만 살 필요는 없답니다."

그 점원은 틀림없이 나를 칠십 대로 보고 있었다. 이제 막 예순여덟이 된 참인데 말이다. 필사적으로 충격을 감추고 말해봤다.

"나 일흔다섯이에요. 역시 핑크는 좀."

점원은 새된 영업용 목소리를 내며 눈을 크게 떴다.

"어머나, 벌써 고희를 오 년이나 지나셨어요? 안 믿기네요. 칠십 대 초반으로밖에 안 보여요."

그때 무언가 말하려는 이치고를 내가 가로막았다. "실은 막 예순여덟이 되었어요"라고 정정해봤자 모두가 부끄러워질 뿐이다. 돌아오는 길에 이치고는 "엄마, 그런 나이로 안 보여"라고 몇 번이나 거듭 말했지만 딸의 배려가 오히려 가슴 아팠다.

집에 도착하자마자 나는 거울 앞에 섰다. 몸 전체가 비치는 거울 같은 건 없어서 세면대 거울로 봤다. 그 모습은 지금의 유미 같았다.

딸과 쇼핑하러 간 것이니 화장도 했다. 하지만 결혼한 뒤로 사십오 년 동안 스킨과 로션을 빼먹은 날이 많았던 피부는 모공이 눈에 띈다. 자세히 살펴보니 피부가 뻣뻣해서 딱딱해 보인다. 선크림 같은 건 써본 적도 없고, 햇볕에 무방비로 노출돼온 탓인지 기미와 주름이 여기저기에 있다.

이 모습이라면 칠십 대 초반으로도 보이겠지. 아아, 나는 외모를 가꾸는 데 게을렀다. 피부 관리나 화장은 번거로워했고 옷은 근처 잡화점에서 샀으며, 이용하는 미용실도 동네 할인점이었다. 어울리는지 어떤지를 생각하는 것도, 먼 가게까지 가는 것도 귀찮았다. 가게 운영에 바빠 스스로를 가꿀 형편이 아니었고, 무엇보다 나는 그리 늙어 보이지 않는다고 생각했다.

'전기 고령자'라고 불리긴 해도 예순여덟 살은 몸도 정정하고 계단도 뛰어 올라갈 수 있다. 무거운 짐을 들고 멀리까지 걷는 것도 문제없다. 남들도 늙은이로 볼 리 없다고 믿고 있었다.

아니, 믿는 거고 뭐고 그때까지 나이나 겉모습 같은 건 생각해본 적도 없었다. 이 '칠십 대 초반으로밖에 안 보여요 사건'이 일어나기 얼마 전에 '일흔이 코앞 동창회'가 있었다.

뭘 입고 갔는지는 기억나지 않지만, 아마도 몇 벌 없는 옷 중에서 나들이용 원피스나 스웨터였을 것이다. 머리를 대충 매만지고 파운데이션과 립스틱을 바른 정도였을까. 이제 와서 생각하는 거지만 그때의 동창회에서는 마사에도, 아케미도 다가오지 않았다. 남자들도 나와 얘기하고 싶어 하는 기색이 없었다.

내가 얼마나 수수하고 칙칙하며 흔해빠진 '전기 고령자'였는지 알 수 있다. 그래도 어떤 의문도 가지지 않았다. 내 주위에 있는 예순여덟 살 동창뿐만 아니라 상점회 부인들도 모두 엇비슷했다. 의문을 느끼려야 느낄 수가 없었다.

할매티가 옮는다는 건 이런 일이다. 주위 사람들이 다들 그러니까 어떤 의문도 가지지 않는 것이다. 혹시라도 멋진 노년들 사이에서 살아간다면 늘 자신을 돌아보지 않겠는가.

그 점원이 나를 눈뜨게 했고, 그때부터 〈코스모스〉를 정기 구독하기 시작했다. 뭘 어떻게 바꾸면 좋을지조차 몰라서 인기 노년 잡지에 기댈 수밖에 없었다. 매월 책장을 넘기며 근사하게 나이 드는 사람은 다들 외모를 가꾼다는 사실을 깨달았다. 운동이나 식단 관리 등으로 좋은 자세와 스타일도 유지하고 있다.

나는 우선 백화점의 화장품 매장에 가서 피부 관리법과 화장법을 배웠다. 옷도 여성 전용 매장에 들어가 점원에게 골라달라고 했다. 여성 점원은 레몬옐로 블라우스를 내 가슴에 대고 들뜬 목소리로 말했다.

"보세요. 손님한테는 이 정도로 화사한 색이 잘 어울려요."

화장품 매장에서 화장해준 얼굴에 확실히 잘 어울렸다.

"처음에는 망설여질 수 있으니 회색 슈트와 입어볼까요? 아주 여성스러운 디자인이라서 슈트라 해도 딱딱한 느낌이 안 들어요."

그렇게 말하고 옅은 회색 재킷을 걸쳐줬다. 레몬옐로는 앞가슴에서 살짝 엿보이는 정도였는데 그게 왠지 마음을 안심시켰다. 아아, 나는 이런 색깔이 잘 어울리는 사람이었나.

미용실은 그 점원이 소개해준 곳으로 갔다. 나는 그날 어깨까지 오는 머리카락을 꼬아서 이치고가 버리려던 머리핀으로 고정하고 있었다.

요즘 젊은이인 수려한 남자 미용사에게 말했다.

"전부 다 프로의 손에 맡길 테지만, 갑자기 확 변하는 건 이웃의 눈도 있으니 곤란해요. 몇 년에 걸쳐 조금씩 바꿔나가고 싶어요."

그는 머리 길이는 그대로 두고 물결치는 듯한 파마를 해줬다. 그리고 살짝 붉은 기가 도는 짙은 갈색으로 염색해줬다.

"손님은 얼굴 윤곽을 드러낸 짧은 단발머리가 어울릴 것 같지만 오늘은 이 정도의 변화로 해두죠. 이 머리라면 헤어핀을 꽂으면 예전과 거의 같으니까요. 얼굴 윤곽이 아직 또렷하지 않지만 다이어트나 마사지를 열심히 하시면 반드시 효과가 나타날 거예요."

"고마워요. 해볼게요."

거울 속의 나를 보고 프로의 조언에 따르기를 잘했다고 생각했다. 〈코스모스〉에 쓰여 있었던 것이다.

"외모 가꾸기 초심자는 머리도 화장도 옷도 우선 프로에게 상담합시다. 프로는 전문가의 눈으로 당신을 보고 적절한 판단과 선택을 해주는 사람입니다. 사지 않아도 괜찮으니 일단 프로에게 상담해야 합니다."

그로부터 십 년, 쓸데없는 쇼핑도 했고 실패도 많았지만 프로와 친해질수록 스스로도 놀랄 만큼 변했다. 물론 지금은 나의 자랑인 얼굴 윤곽을 드러낸 짧은 단발이다. 절대 일흔여덟으로는 안 보인다. 그뿐만 아니라 〈코스모스〉에 실릴 정도가 된 것이다.

겉모습이 젊어지고 변하면 정신도 젊어진다. 마음가짐이 바뀐다. 예뻐지는 것의 힘을 요 십 년 사이에 얼마나 느꼈는지. 외모가 가져다주는 힘은 무시할 수 없다.

소면을 다 먹은 이치고가 못을 박듯 말했다.

"이거, 말 안 하려고 했는데……."

"뭔데?"

"음…… 있지, 유키오가 상점회 부인들이 말하는 걸 들었대."

"뭐라고 하던?"

"……엄마, 신경 쓰지 마."

"뭘, 신경 안 쓸 테니 말해봐."

"어…… 오시 씨 부인은 틀림없이 성형 수술을 했을 거래."

"뭐?"

"옛날에는 그런 얼굴이 아니었대. 엄마, 신경 쓸 필요 없어. 아무 근거도 없는 소문이니까."

"놀랍네……."

"응. 요전에 유키오가 '엄마는 한 거야?'라고 묻기에 '안 했어. 눈도 코도 그대로잖아. 그치만…… 주사 정도는 맞았을지도 몰라'라고 대답하긴 했어."

"진짜 그런 소문이 나돌고 있니?"

"응."

"믿을 수 없네. 나한텐 아무도 말 안 하니까."

"그야 성형 수술한 본인한테는 말 못 하지."

"분명히 말해두겠는데, 엄마는 칼집 한 번 낸 적 없고 주사 한 대 안 맞았어."

"역시. 그런데도 그런 소문이 돌면 너무 싫잖아. 그러니까 나는 나이에 걸맞게 꾸미라고 말하는 거야."

나는 크게 숨을 들이쉬었다.

"그 소문, 진짜야? 이야, 엄마는 기쁜걸."

그렇게 말하는 목소리는 흥분으로 카랑카랑했던 것 같다.

"최고의 칭찬이잖아."

이치고는 이해가 안 되는 모양인지 당황스럽다는 듯 이와조를 쳐다봤다. 이와조는 '내가 알 리 없잖아'라는 양 살짝살짝 고개를 흔들었다.

전혀 손대지 않았는데도 성형했다는 소리를 듣는다는 건 그만큼 젊고 예쁘게 변했다는 증거다. 분명하게 효과가 나타나고 있다는 뜻 아닌가! 들떠버린 목소리로 그렇게 대답했다.

"확실히 그러네……. 그렇게 생각할 수도 있겠어."

이와조는 감탄한 듯 말했지만, 이치고는 나를 강하게 쏘아보며 "엄마, 나이에 저항하는 건 딱해. 안티에이징이 아니라 내추럴에이징을 해"라는 날카로운 말을 남기고 집으로 돌아갔다.

흥, 누가. 노인에게 '내추럴'은 가장 몹쓸 것이다.

나는 인생이 그리 길지는 않다는 의식을 명확하게 가지게 되었다. 평균 수명까지 산다 해도 앞날은 없다. 기껏해야 십 년도 안 된다.

짧다.

남은 인생에서 뭘 하고 싶다는 건 아니지만, 짧다.

그렇다면 앞으로 십 년을 좋을 대로 사는 게 뭐가 나쁜가. 범죄 말고는 뭘 하든 좋을 나이잖아. 앞으로 십 년 동안 건강하게 지낼 수 있다는 보장은 없지만 입고 싶은 옷을 입고, 먹고 싶은 것을 먹고, 성형했다는 소문의 주인공이 되고, 잉꼬부부로 산다. 이런 행복은 웬만해선 누릴 수 없다.

'칠십 대 초반으로밖에 안 보여요 사건'으로부터 십 년 동안 나는 실제 나이보다 젊어지고 싶어서 꼬박꼬박 스트레칭을 했고, 식사도 균형을 맞춰 제대로 먹었다. 과일도 마찬가지다. 영양가가 완전히 다르기 때문에 과일이든 채소든 반드시 제철 식품을 먹는다.

식생활은 당연히 고기 중심이다. 〈코스모스〉 같은 데서 보면 일흔 살이든 백 살이든 건강하고 젊은 사람은 대부분 육식을 하기 때문이다. 거기에 폴리페놀이 풍부한 레드와인을 마신다.

물론 이와조에게도 먹는 것부터 입는 것까지 강제한다. 엔딩 노트를 쓰면 사람이 기운 없어지니까 쓰지 마, 멋 부리기를 게을

리하지 마, 등등 귀찮을 정도로 말한다. 그래서 절대 일흔아홉으로는 보이지 않는다.

이와조는 내 옆에서 다시 쌍봉낙타를 접기 시작했다. 잔뜩 접어서 그룹전 입장객에게 선물로 줄 거라고 한다. 종이로 접은 젓가락 받침 같은 건, 나라면 받아봤자 돌아가는 길에 버릴 거다.

"요시다는 회전목마를 접고 있어. 어떻게 젓가락 받침으로 만들지 흥미로워. 이가와는 스카이트리*고, 하라는 초밥이래. 배경으로 초밥집 카운터랑 초밥 장인도 접을 거라나. 입장객한테 마음에 드는 젓가락 받침을 하나 골라서 가져가라고 할 건데 내 것이 남으면 부끄럽겠지. 하나, 어때? 이 낙타 괜찮지? 밤의 동물원 배경 속에 둘 거야."

나는 아무래도 좋았지만 그런 기색은 조금도 내비치지 않았다.

"나는 낙타가 제일 인기 있을 것 같은데. 두 혹 사이에 젓가락을 놓는 게 재밌잖아. 남성용 금색 안장이랑 여성용 은색 안장도 붙이면 어때?"

이와조는 탄성을 질렀다.

"안장! 그거 좋네. 좋아, 하나."

이 사람은 종이접기 얘기만 하면 표정이 확 달라진다. 낙타든

---

* 도쿄에 있는 세계에서 가장 높은 전파탑.

하마든 마찬가지라고 생각하면서도, 나는 이 생활을 엄마한테 보여주고 싶다. 딸이 이렇게 행복한 결혼을 해서 부부가 사이좋게 만년에 들어섰다고 전하고 싶다.

시어머니에게 구박받고 남편의 여자 문제로 매일 같이 울었던 엄마는 딸의 행복을 얼마나 기뻐할까?

가을에 우는 매미 소리는 목구멍을 잡아 찢는 것 같다. 나는 일과인 공원 산책을 끝내고 집으로 돌아가려던 참이었다.

상점가로 나와 지나는 길에 오시 일용품점을 흘끗 들여다봤다. 오늘도 유키오가 홀로 땀을 뻘뻘 흘리고 있다. 장부를 보며 배달할 맥주나 미네랄워터, 위스키 같은 걸 챙기고 있었다. 그때 손님이 왔다.

유키오가 장부를 두고 손님 곁으로 갔다. 사케를 골라주는 사이 이번에는 한 아버지가 어린아이를 데리고 들어왔다.

"어서 오세요. 뭘 드릴까요?"

사케를 고르며 유키오가 말을 걸었다.

그때 전화벨이 울렸다. 유키오는 먼저 온 손님 두 팀에게 사과하며 전화를 받았다.

"배달이시네요. 고맙습니다. 맥주 두 다스에 안주 아무거나……. 글쎄요, 마른안주보다 통조림 같은 게……. 어디 보자, 지금 있는 건……."

먼저 온 손님이 슬슬 초조해하는 게 보인다. 당연하다. 다음 순간 나는 가게로 뛰어들었다.

"죄송해요, 많이 기다리셨죠. 사케 말씀이시죠? 어머, 손님. 전에 제가 가게를 볼 때도 와주셨죠?"

손님의 표정이 풀린다. 전화를 받으며 유키오가 나를 보고 감사의 표시로 두 손을 모은다. 눈으로 대답하며 어린아이에게는 팔려고 놔둔 캔디를 건넨다.

"아가야, 기다리게 해서 미안해. 얌전히 기다려줬으니까 이건 상이란다. 이제 금방 될 거야."

어린아이는 수줍은 듯 "고맙습니다" 했고, 아버지도 고개를 살짝 숙이며 웃었다. 손님이 돌아가고, 전화를 마친 유키오가 목에 건 수건으로 땀을 훔쳤다.

"덕분에 살았네. 손님 두 팀에 전화랑 배달 준비, 이 네 가지가 겹치는 경우는 거의 없는데."

"유미가 가게에 나오면 별일도 아니야. 혼자 하니까 힘들지."

"괜찮아. 이제 곧 이즈미가 집에 오거든. 그러면 이즈미한테 가게에 나오라고 하고 난 배달 갈 수 있으니까."

"너 말이야, 유미한테 너무 무른 거 아냐? 남편을 우습게 보는 거지, 완전."

"그런 사람 아니야."

"그런 사람이야. 그런 대형 폐기물밖에 안 되는 그림을 그릴 바에는 가게를 보라고."

내가 또다시 말했을 때 유키오의 눈동자가 거실로 이어지는 문을 보고 흔들렸다.

"어머나, 어머님! 오셨어요?"

돌아보자 유미가 서 있었다. 대체 무슨 옷차림인가. 자동차 수리공 같은 점프슈트를 입고 있다. 점프슈트는 그림물감 범벅이다. 머리카락을 고무밴드로 묶고 화장기 없는 민낯을 내보이고 있다. 모공이란 이렇게까지 열리는 건가 싶은 얼굴에 화가 치민다. 방치해둔 기미도 열 받는다.

"길을 지나던 중에 유키오가 전화부터 접객까지 이리 뛰고 저리 뛰는 게 마침 보였지 뭐니. 그래서 나도 모르게 들어와서 도와준 거야. 혼자서는 힘들잖니."

유키오는 장부로 시선을 떨어뜨린 채 작정하고 모르는 척을 한다. 이런 면은 이와조를 쏙 빼닮았다. 유미는 머리를 숙였다.

"어머님, 죄송해요. 그렇게 바쁘단 걸 몰랐어요. 아틀리에에 있어도 평소에는 가게의 기척이 들리는데 오늘은 석고 데생에 열중해 있어서요. 그러면 소리가 없는 세계로 완전히 빠져들거든요. 화가는 자기중심적이라서요……."

아무도 너를 화가라고 생각 안 하거든.

"어머님이 있어주셔서 정말로 감사해요. 가게 일을 도와주셔서가 아니라, 어머님은 제 동경의 대상이랄까요. 늘 세련되고 젊으시니까요."

기미가 잔뜩 낀 얼굴로 그런 말을 해봤자 이쪽은 아니꼽기만 하다. '편차치 제로'인 여자니까 이런 가식적인 말밖에 못 하는 거다.

"고맙구나, 동경의 대상이라니 기쁘네. 그럼 나는 살 게 있어서 이만."

가게를 나서려 할 때 이즈미가 돌아왔다.

"할머니 와 있었네. 오늘 학교에서 친구가 그러더라. 이즈미네 할머니 멋지다고. 그 애 할머니도 〈코스모스〉 보신대."

"이즈미 할머니라는 걸 잘도 알아봤네."

"'오시'라는 성을 보고 알았나 봐."

"멋지다고 해도 그건 카메라맨의 솜씨가 좋은 거란다."

일단 상식적으로 겸손을 떨었다.

"그런 것만은 아냐. 역시 우리 할머니는 다른 할머니와 다른걸. 오늘도 봐" 하며 내가 입고 있는 셔츠를 가리켰다. 이즈미의 헌 옷인 빨간색과 녹색 마드라스체크 셔츠를 빛바랜 청바지에 매치시켰다.

"이즈미의 이 셔츠는 색이 딱 적당히 바랬으니까."

"지금도 봐. 보통 할머니는 그런 식으로 말 못 한다니까. 그치, 엄마?"

유미는 억지웃음을 지어 보였지만 이즈미는 무심하게 말을 이었다.

"할머니는 정말 젊어. 우리 엄마라고 해도 통할걸. 그치, 아빠? 자기 부모라는 게 안 믿기지?"

유미가 명백하게 불쾌한 표정을 지었다. 유키오는 안 들리는 척하며 전자계산기를 두드렸다. 갑자기 유미가 나를 쫓아내듯 말했다.

"전 마트 좀 다녀와야 해서 이만. 목탄 데생에 쓸 빵을 사야 하거든요."

"엄마, 나도 마트에서 살 거 있으니까 같이 갈래. 할머니도 가요. 산책을 이어서 하는 거야."

"그러네. 나도 살 게 있으니 가끔은 셋이서 갈까?"

그제야 유키오가 한숨 놓인 듯 목소리를 높였다.

"그래, 다녀와."

밖으로 나가려는 유미에게 무심코 물었다.

"유미, 그 점프슈트 차림으로 가는 거니?"

"마트잖아요. 맨날 이렇게 가요."

그림물감과 목탄 가루 따위가 묻어 있는 건 그렇다 쳐도, 궁상맞은 얼굴에 기미투성이인 마흔다섯 살 여자가 이런 걸 입고 말총머리로 밖에 나가면 안 되잖아. 깡마른 죄수로밖에 안 보인다고.

"뭐, 고작 마트긴 해도 말이야, 아는 사람도 마주치고……."

내가 말하기 곤란하다는 듯 입을 떼자 유키오는 또다시 바쁜 척 계산기를 두드리기 시작했다.

"엄마, 빵만 필요한 거면 내가 사올게. 식빵이지? 부드러운 부분으로 목탄 그림을 수정하는 거잖아."

"안 돼. 그림에 관해서만은 설령 딸이라 해도 다른 사람한테 맡길 수 없거든. 식빵이면 뭐든 괜찮은 게 아냐. 마트에 프랑스 빵집이 들어와 있잖니. 그 집의 에트왈르라는 식빵이어야만 하거든."

잘난 척 늘어놓는 유미에게 엉겁결에 말해버렸다.

"고작 지우개 대용으로 쓸 빵에 프랑스 빵집의 에트왈르라니, 굉장하네."

"아무래도 도구를 골라 쓰게 돼서요."

"그렇겠지, 대가는 말이야."

유미는 순간 울컥하는 표정을 보였지만 곧바로 가라앉히고 모르는 척 밖으로 나갔다.

셋이 나란히 걷다 보니 어째서 늘 점프슈트 차림으로 물건을 사러 가는지 알게 되었다. 상점회나 동네 사람들을 만나면 말을 걸어오기 때문이다. "오늘도 그림 그려?"라거나 "좋겠어, 재능 있는 사람은"이라는 말이다. "점프슈트네! 역시 평범한 주부가 아니니까"라고 말한 사람도 있다. 그때마다 유미는 "공모전 마감 때문에 맨날 이 차림으로 아틀리에에 처박혀 있어. 진짜 질린다니까"라는 식으로 지껄인다.

과연, 이래서구나. 그림물감과 목탄으로 더러워진 점프슈트는 동네의 흔한 주부와는 다르다, 동네의 흔한 아줌마와는 다르다, 하는 증거인 것이다.

셋이 나란히 걸었지만 아무리 맞춰 가려 해도 나 혼자만 뒤처진다. 걸으면서 이야기할 여력은 도무지 없어서 오로지 걷기만 했다. 그래도 뒤처진다. 이즈미가 알아차리고 발걸음을 늦췄다.

"엄마, 그렇게 서두르지 않아도 돼."

"네 시부터 타임 세일을 해서 빵도 싸게 파니까 금세 동난단 말이야. 얼른 가야 해."

점프슈트녀는 나를 흘끗 보더니 이겼다는 듯 우쭐거리며 말한다. 뭐라고 되받아치고 싶지만 숨이 차서 말을 할 수가 없다.

"그러면 엄마 먼저 가. 난 할머니랑 갈 테니."

"어머, 모처럼 셋이 왔으니까 됐어."

다시 셋이 걷기 시작했지만 일흔여덟 살이 마흔다섯 살, 열아홉 살과 나란히 가는 건 무리다.

"엄마, 너무 빨라!"

"어머, 엄마는 평소 속도인데."

유미는 그렇게 말하더니 내 발걸음에 시선을 멈췄다.

"어머님, 왠지 보폭이 좁아지신 것 같은데요?"

그 말을 듣고 순간 숨이 멎었다. 노화의 징후는 보폭에서 드러난다고 한다. 좁은 보폭으로 종종거리며 걷기 시작하는 것이다. 나는 알아차리지 못했지만 보폭이 좁아졌던 건가.

"예전에 자전거 타다 넘어져서 다친 게 지금 와서 후유증으로 나타나나 보네."

순간적으로 발뺌하자 유미는 고의적으로 고개를 갸웃거리며 말했다.

"하지만 작년까지는 보통 걸음걸이였어요, 어머님."

사지를 찢어버리고 싶다.

"그래도 너무 신경 안 쓰셔도 돼요. 아직 펭귄 같은 걸음걸이까지는 안 갔으니까요."

되받아치고 싶지만 숨이 찬 데다 충격이 커서 아무 말도 하지 못했다.

언제부터 보폭이 좁아진 걸까. 자전거 사고의 후유증 같은 건 있을 리 없고, 그렇게나 운동과 산책을 해왔는데 말이다. 노력해도 나이로 인한 쇠퇴는 진행되는 건가. 머지않아 펭귄 걸음이 되는 걸까.

나는 유미, 이즈미와 나란히 걷기 위해 의식적으로 성큼성큼 걸어가기 시작했다. 더더욱 숨이 차다. 본인은 성큼성큼 걷고 있다고 생각해도 옆에서 보면 펭귄 걸음이 아닐까.

젊어 보이는 옷을 입고 화장도 손톱도 빈틈없는 모습이 갑자기 부끄러워진다. 몸은 나이를 따라 늙었는데 겉은 애써 젊게 꾸민 모습……인가.

유미는 보란 듯이 몇 번씩 손목시계를 들여다본다.

"유미, 먼저 가렴."

필사적으로 숨을 고르며 말했더니 기다렸다는 양 "그러면 말씀대로 할게요. 죄송해요, 어머님 속도에 못 맞춰드려서"하며 합장하는 척한다.

"이즈미, 할머니를 부탁해. 쉬엄쉬엄 천천히 오렴. 마트는 도망가지 않으니까."

그렇게 말하자마자 가볍게 달려갔다. 그 뒷모습을 보던 이즈미가 중얼거렸다.

"엄마가 심술을 부리네."

"그런 거 아니야. 늦게 가면 에트왈르가 다 팔리잖니."

"그래도 합장은 일부러 한 거야."

일흔다섯 살이 넘으면 심신의 건강도가 단번에 떨어진다고 어딘가에서 읽은 적이 있다. 나이를 먹어서 점차 쇠약해지는 건 현대 의학으로도 손쓸 도리가 없다는 의사의 코멘트도 있었다. 손쓸 도리가 없다는데도 제 나이로 보이지 않으려고 노력한다. 의미 없는 일이 아닐까? 의학이 해결하지 못하는 노화에 저항해서 어쩌겠다는 건가. 이만큼 온 힘을 다해 노화를 멀리하며 살고 있는 나다. 그런데도 노화는 소리도 없이 다가오고 있다.

"이즈미, 할머니 보폭이 좁아졌어?"

"딱히 잘 모르겠지만, 작년보다는 좁아졌나. 왜?"

이즈미는 솔직하다. '보폭이 좁아지는 것'과 '노화'가 밀접한 관계에 있다는 것을 모른다. 알았다면 "전혀 안 그래"라고 대답했겠지.

……그런가, 작년보다는 좁아졌나.

몸에서 힘이 빠졌다. 확실히 한 걸음씩, 쇠퇴는 가차 없이 다가오고 있다.

건너편에 마트가 보이기 시작했을 때 유미가 빵이 든 봉지를 껴안고 달려왔다.

"에트왈르, 딱 두 개 남았더라. 그래서 두 개 다 샀어. 그림 데생을 계속해야 하니 먼저 집에 갈게. 어머님, 부디 무리하지 마시고 천천히 가세요. 넘어지면 큰일이니까요."

유미는 그림물감 범벅인 점프슈트 차림으로 달려갔다. 화가라기보다는 페인트공으로 보였다. 유미의 모습은 순식간에 작아졌다. 나 역시 십 년 전까지는 저렇게 달릴 수 있었다. 계단도 아무 생각 없이 뛰어 올라갈 수 있었다. 갑자기 못 하게 된 게 아니다. 노화란 조금씩 진행되는 것이다.

"엄마는 역시 심술궂어. 할머니가 열받을 만한 말을 골라서 하는 느낌이야."

이즈미는 심술에 곧잘 반응하는 아이다. 어릴 때부터 짓궂은 장난과 괴롭힘을 당했고, 듣기 싫은 말을 들어왔기 때문이겠지.

이즈미는 뚱뚱하다. 키 156센티미터, 체중은 절대로 말 안 하지만 70킬로그램쯤 나가는 것 같다. 그걸로 계산해보면 비만도를 나타내는 BMI 지수는 29에 가깝다. 25 이상이면 '비만'이라고 하니 이즈미는 상당한 비만인 셈이다. 게다가 얼굴도 동그래서 유치원 때부터 뚱보, 돼지라는 말을 들으며 시달려왔다.

딸이 매일 울면서 집에 오자 유키오 부부는 여대 부속 초등학교에 이즈미를 입학시켰다. 남자애가 없는 곳이 더 낫다고 생각했겠지. 당연히 초등부도 들어가기 쉬웠고, 무엇보다 훈육에 엄격한 교풍이 좋았다. 이즈미는 지금 그 여대의 1학년인데, 전통 있는 학교이기는 하지만 편차치도 낮고 수수해서 인기가 없다.

사실 이즈미에게는 비만 말고도 콤플렉스가 하나 더 있다. 오빠 마사히코에게 이른바 '브라더 콤플렉스'를 품고 있었던 것이다. 그것은 말 한마디 한마디에서 훤히 드러났다.

마사히코는 누구를 닮았는지 어마어마한 수재고, 전국에서도 손꼽히는 사립 명문 고등학교에서 센다이의 국립대로 진학하여 우주공학을 배우고 있다. 어느 대학에나 들어갈 수 있는 성적이었지만 아무개 교수 밑에서 배우고 싶다며 센다이로 갔다.

센다이에는 유미의 부모가 있는데, 우수한 손자가 매일 같이 밥 먹으러 오는 것을 즐겁게 기다린다고 들었다. 유미는 쓸모가 없지만 사돈은 쓸모가 있다. 마사히코는 근육질에 키도 커서 여자한테 인기가 좋다. 대학에서는 보트부의 스타 선수인 모양이다.

예전에 고등학생 이즈미가 무심코 나에게 흘린 말이 있다.

"오빠가 미모의 우주연구자 따위랑 결혼하면 그 여자 가만두지 않을 거야."

두 가지 콤플렉스를 껴안고 있으면서도 비뚤어지지 않고 자란 건 이즈미가 강한 아이이기 때문이겠지.

그날 밤 목욕하기 전에 평소보다 강도 높게 스쾃을 했다. 근육은 나이가 들어도 붙는다고 들었다. 그렇다면 근력 운동을 더 많이 해서 근육이 붙으면, 보폭이 원래대로 돌아오는 경우도 있지 않을까. 팔다리를 뻗고 욕조에 잠겨 있을 때도, 또 침대에 있을 때도 보폭 생각이 머릿속을 떠나지 않았다.

다음 날 아침, 몸이 아파서 일어날 수 없었다. 스쾃 횟수를 늘린 탓에 근육통이 온 모양이다. "끙차" 소리를 내며 시트를 움켜쥐고 겨우 침대에서 내려왔다.

걸으려고 했지만 무릎이 아프다. 근육통과는 다른 아픔이다. 스쾃은 올바른 자세로 하지 않으면 무릎에 무리가 온다던데 그것인가.

걸을 수는 있지만 단차가 있는 곳을 오르내리는 건 아프다. 이 아파트는 무장애Barrier free 건물이 아니라서 작은 단차가 몇 군데 있다. 시험 삼아 현관의 신발 벗는 곳에서 복도로 향하는 단을 올라가봤다. 아프다. 근육이 아니라 뼈가 아픈 느낌이다.

무릎을 어루만지며 거실로 가자 이와조가 신문을 펼치고 커다란 잔으로 물을 마시고 있었다. 이와조는 늘 나보다 빨리 일어나서 아침밥을 먹기 전에 천천히 물을 마신다.

"좋은 아침……. 어? 당신, 다리가 아픈 거야?"

"무릎이 좀 아프네. 그리고 근육통도 있는 것 같아."

"걷는 폼이 이상한데. 병원 가자. 같이 가줄게."

"괜찮아. 스쾃을 너무 열심히 해서 그런 거니까."

하지만 이와조는 곧장 단골인 데라모토 정형외과에 예약 전화를 걸었다.

"네? 오후 세 시까지 예약이 차 있다고요? 지금은 아직 아침 아홉 시인데요. 다들 무릎이 아픈 걸까요. ……네, 알겠습니다. 그럼 오후 세 시에 갈게요."

이와조는 수화기를 내려놓고 "허참, 고령화의 현실이 느껴지는군" 하며 한숨을 내쉬었다.

오후에 이와조와 함께 병원에 가서 먼저 무릎 엑스레이를 찍었다. 그 뒤 잘 아는 의사 데라모토가 있는 진찰실로 들어갔다. 데라모토는 사십 대 중반인데 우리는 그 아버지 대부터 진료를 받아왔다.

엑스레이 사진을 보던 데라모토는 "하나 씨, 상태가 어떠세요?" 하고 다정하게 물었다. 그리고 나를 진찰대에 눕히더니 내 다리를 들고 굽혔다 폈다 했다. 이윽고 고개를 살짝 끄덕이고는 나와 이와조에게 의자를 권했다.

"노화네요."

"뭐어?"

괴상한 소리를 지른 이와조에게 데라모토는 거듭 충격적인 말을 했다.

"나이를 먹어서 나타나는 노화 현상이에요."

입을 다물고 있는 내 심정을 헤아렸는지 이와조가 물었다.

"뼈가 어떻게 된 게 아니고요?"

"엑스레이 사진을 봐도 그런 문제는 딱히 없네요. 나이를 먹으며 자연스레 마모된 거예요. 스쾃이나 산책을 너무 많이 해서 그게 통증을 유발했다고도 볼 수 있지만, 요는 노화입니다."

"그런가요……."

이와조는 힘없이 물러섰지만 나는 납득할 수 없었다.

"선생님, 검사도 딱히 많이 하지 않고 엑스레이 사진 한 장으로 '노화'라고 결론짓는 거예요? 요즘엔 안과에 가도, 이비인후과에 가도, 배나 위가 아파서 내과에 가도 다들 '노화'나 '나이를 먹어서'로 결론짓고 약도 안 줘요. 젊은 사람과는 달라서 진지하게 진찰해봤자 별수 없다는 뜻인가요?"

"아뇨, 진지하게 진찰해서 '노화'라고 진단하는 겁니다. 노화인데도 이런저런 이유를 붙여서 불필요한 약을 주거나 불필요한 검사를 하는 쪽이 의사로서 훨씬 무책임한 거예요."

데라모토는 나의 손을 잡고 손가락을 봤다.

"아아, 역시 조금 굽었네요. 요전에 일흔세 살 여자 분이 오셨어요. 손가락 첫 번째 관절이 굽어서 아프다고요. 검사하고 '노화예요'라고 말씀드렸더니 화를 내시더라고요. 관절 류머티즘이 아니냐며 제 말을 듣지 않더군요. 근데 아니에요."

데라모토는 내 손등을 가리켰다.

"푸른 혈관이 도드라져 있지요? 이것도 나이를 먹으며 짙고 선명하게 도드라지는 거예요. 이 혈관을 눈에 안 띄게 하고 싶다며 성형외과에 가는 고령 여성이 있다고 들었는데, 노화예요. 칠십 년, 팔십 년이나 써온 몸이니 경년 열화가 일어나는 건 당연하죠."

경년 열화, 듣고 싶지 않은 말이었다.

데라모토는 나와 이와조를 번갈아 보며 우리 둘에게 말했다.

"노화를 자연스럽게 받아들여야 합니다. 물론 큰 병이 숨어 있는 경우도 있지만, 적어도 하나 씨의 경우 검사 결과상 그런 염려는 없어요."

잠자코 있는 나를 대신해 이와조가 고개를 끄덕였다. 그리고 확인했다.

"아내의 무릎 통증은 언제까지 지속될까요? 완화시키는 약이나 파스 같은 걸 받을 수 있나요?"

"파스와 진통제를 처방해둘게요. 그리고 운동도 중요하지만 부디 지나치게 하지는 마세요. 불쾌하시겠지만 의학적으로 노령의 몸입니다."

병원을 나온 뒤 우리는 도쿄타워가 보이는 거리를 걸었다. 9월도 하순으로 접어들었지만 늦더위가 심하다. 그래도 이 일대에는 나무 그늘이 있다. 마지막 매미도 울고 있다.

"여보, 나 결심했어."

"뭘?"

"그 애송이, 노화라느니 경년 열화라느니, 참 나. 인간은 가만히 내버려둬도 혈관이 도드라지고 무릎이 아프고 눈이 침침해지고 귀가 잘 안 들리게 된다고 말하는 거잖아. 수술이나 약의 신세를 져도 그건 완치시키기 위해서가 아니고, 어떻게든 생활할 수 있는 정도가 되면 행운이라는 거지. 노화니까."

"응…… 뭐, 그렇지."

"방금 그 애송이가 하는 말 듣고 새삼 생각했어. 싫은 일은 안 해도 용서받는 나이가 되었구나, 하고."

"응……."

"좋아하는 것만 할 거야."

"당신은 지금까지도 내내 그랬잖아."

이와조는 땀을 닦으며 공원을 둘러싼 담장의 툭 튀어나온 부분에 걸터앉았다. 나도 나란히 앉았다. 가을의 태양이 주위를 붉게 물들이고, 서서히 나무들 너머로 기울어간다.

"그야 지금까지도 좋을 대로 살아왔지. 하지만 의사한테 그런 소리를 들으니 더욱 좋을 대로 살아주겠다는 생각이 들어. 손가락이 열 개 다 굽지 않았을 때, 귀가 들릴 때, 다리가 움직일 때…… 하고 말이야."

"응."

"나는 죽을 때까지 절대로 할매티를 내지 않을 거야."

"응."

"추레하게 나이 먹지 않는 게 내가 좋아하는 거니까."

"응."

"당신도 이제 좋을 대로 해. 지금까지 종이접기 말고는 일과 가족만 생각했잖아."

"응."

이와조는 석양에 물드는 하늘을 올려다봤다. 잠시 후 가방에서 눈깔사탕을 두 개 꺼내더니 나에게 하나 건넸다.

"아, 파인애플 사탕이다. 어릴 때 이치고가 엄청나게 좋아했지."

"어제 그룹전 사전 회의를 하러 긴자에 갔잖아. 골목에서 엔니치縁日* 행사를 하고 있던데, 이 사탕을 팔더라. 아직 있더라고,

---

* 신이나 부처의 탄생일이나 사망일, 또는 특별한 사건이 있었던 날로 절이나 신사에서 행사를 열고 노점상이 늘어선다.

이게."

"긴 세월이 흘렀네. 잘 돌아가지 않는 혀로 '빠내풀' 하면서 좋아하던 이치고가 쉰 살이니까."

"그렇지."

"젊었지, 그 시절에는."

"당신이 그런 말을 하다니 드문 일이네."

"나도 알고 있긴 해. 해마다 할 수 있는 일이 줄어든다는 거."

석양이 마지막 발버둥처럼 강렬한 빛을 쏟아낸다.

"빠내풀 사탕 먹던 시절에는 유키오를 등에 업고 왼손으로 이치고 손을 끌고, 오른손에 양배추나 무가 든 무거운 쇼핑 봉투를 들었지. 그러고 이치고랑 노래를 부르며 걸었는걸. ……저녁노을 희미해져 해가 저물어…… 산속 절의……."

그 시절처럼 불러봤지만 그 시절처럼은 목소리가 나오지 않았다.

"나도 배달하고 상점회 일하고, 밤에는 술자리에 가고, 다음 날 아침 일찍부터 가족과 드라이브를 가도 아무렇지 않았는걸. 지금은 무리지."

우리는 파인애플 사탕을 하나씩 더 먹었다.

"나, 열 살만 더 젊었으면 좋겠다고 자주 생각해. 그러면 예순여덟이잖아. 뭐든 할 수 있지, 예순여덟이라면. ……뛸 수도 있고."

이와조는 아무런 대답도 하지 않았다.

"하지만 이렇게 둘이 살아온 건 나쁘지 않지."

"응."

"노화라는 소리를 듣는 나이까지 당신이랑 힘을 합쳐서……. 부부란 보통 인연이 아니네."

"뭐, 그렇지."

"참 신기하지. 생판 남이랑 자식을 낳고, 부모와 사는 것보다 오래 함께 지내고."

이와조는 뭔가 어색한 듯 저녁노을이 진 하늘을 가리켰다. 까마귀가 둥지로 돌아가는지 검은 실루엣이 되어 날아간다.

"자, 집에 갈까? 까마귀도 집에 가네."

까마귀를 핑계 삼아 내 이야기를 딴 데로 돌리려 한다. 수줍어하는 것이다. 내가 드물게 정감 있는 말투로 이야기해서 당황하고 있다. 귀엽다.

우리는 그래도 일어서지 않고 조금씩 어둠이 휘감기는 하늘을, 옛날과 같은 맛의 사탕을 먹으며 바라보았다.

"하나, 무슨 일이 있어도 의연하게 살자."

"응."

오십오 년이나 함께 걸어온 여자와 남자가, 늙어서 평온하게 저녁 해를 받고 있다. 이날을 나는 앞으로도 쭉 잊지 못할 듯한 느낌이 들었다.

다음 날 유미가 전화를 걸어왔다.

"어머님, 오늘 밤 일정 있으세요? 상점회 임원들이 저희 집에 모이거든요. 일단 의제는 있는 모양이지만 다들 아버님과 어머님을 만나고 싶다고 해서요. 와주세요."

마트에 갔을 때의 태도를 반성한 거라는 느낌이 딱 왔다. 이제까지도 다양한 모임이 있었을 텐데 전화 한 통 없었다. 반성해서 내 비위를 맞추고 있는 거다.

"두 분은 손님들이랑 드시고 마시면 돼요. 사람들이 뭔가를 상담할 수도 있지만, 꼭 와주세요."

우리가 가면 유키오의 상점회 일이 수월해질지도 모른다. 그리 생각해서 나는 면니트 앙상블을 입었다. 거기에 꽃무늬 스커트를 매치시켰다. 둘 다 짙은 레드와인의 동계색이다. 늦더위가 기승을 부린다고는 해도 9월에 희멀건 복장은 촌스럽다.

이와조와 함께 가게에 갔더니 거실에 그리운 다섯 사람이 모여 있었다.

"이야, 오시 씨, 하나 씨. 오랜만입니다."

"그나저나 가끔 마주치긴 했지만, 언제까지고 젊으시네요. 이 부부는 요괴로군."

유키오는 자랑스러운 듯 우리에게 의자를 권했다. 테이블에는 술과 안주가 죽 놓여 있지만 대부분 마른안주와 가게에서 파는 통조림이다. 유미가 할 법한 짓이다.

그때 유미가 데운 닭꼬치와 큰 접시에 담은 갓 삶은 풋콩을 들고 들어왔다.

"아버님도 어머님도 시간 내어 와주셔서 감사해요. 여러분, 닭꼬치는 따끈따끈할 때 드세요."

유미를 보고 아연실색했다. 화장 하나 하지 않고, 몇 달이나 미용실에 가지 않은 머리를 하나로 묶고, 그 점프슈트를 입고 있다. 손님을 맞이할 때는 좀 꾸밀 줄 알았는데. 정말이지 이 '화백'한테는 어떤 말도 소용이 없는 거다.

다행히 그런 유미는 아랑곳하지 않은 채 상점회 회장인 곤도가 으스대며 닭꼬치를 가리켰다.

"우리 손자는 이걸 혼자서 스무 개쯤 먹어. 제일 어린 손자인데 아직 아홉 살이거든. 그 녀석은 커서 술꾼이 될 게야. 기대가 된다기보다 장래가 걱정이지."

부회장 아오키가 곧바로 응답했다.

"틀림없이 잘 마실걸. 어릴 때 좋아했던 건 어른이 되어서도 영향을 끼치니까. 우리 손녀는 지금 열한 살인데 어릴 때부터 노래를 좋아했거든. 손주 바보라고들 하지만 녀석이 참 잘해. 음악 성적도 최고고, 개인 레슨 선생이 재능이 있으니까 차라리 중학교부터 유럽으로 유학을 보내라더군."

"대단하네요."

유키오가 놀란 모습을 보이자 아오키는 손사래를 쳤다.

"그렇지도 않아, 돈만 드는걸. 손녀도 내가 제일 무르다는 걸 알아서 '할아버지잉, 나 외국에서 노래 공부하고 싶어' 하면서 찰싹 달라붙는다고."

아아, 할배 할매가 모이면 손주 이야기나 병 이야기다. 나는 벌써부터 온 걸 후회하고 있었다. 이와조도 그렇게 느꼈는지 다른 이야기를 꺼냈다.

"10월의 가을 세일은 이미 준비 되어 있지? 제비뽑기나 스탬프 모으기는 내가 회장이었을 때부터 인기가 좋았지."

기획 담당인 히로세가 고개를 끄덕였다.

"네, 그래서 그걸 할지 아니면 다른 무언가를 할지, 전前 회장님의 생각을 들려주셨으면 해서요."

아아, 겨우 손주 이야기에서 벗어났다……고 생각했더니 히로세가 말을 이었다.

"우리 손자가 대학에서 마케팅을 배우고 있는데, 이제 제비뽑기나 스탬프 모으기의 시대는 지났다나요. 그러면 무슨 시대냐고 물었더니 다양한 아이디어를 내더라고요. 나중에 설명해 드릴 테지만 그게 다 참신해서, 과연 센스가 다르구나 하고 제 손자지만 감탄했답니다."

유키오가 우리에게 말했다.

"손자분, 그 유명한 도아기획에 취직이 결정됐어. 그렇죠, 히로세 씨?"

"어이구, 요행이지, 요행."

"도아기획은 초일류 광고회사예요. 거기에 합격한 손자분 아이디어라면 검토할 가치가 있죠."

유키오는 분위기 띄우기 담당인 것 같다.

"아냐, 아직 한참 모자란걸. 그렇지만 대학도 일단은 일류라고 불리는 곳이고, 교수가 손자의 실력을 높이 사서 대학원에 남으라고 말했거든요. 하지만 손자는 사회에서 힘을 발휘하고 싶다며 거절했어요. 아까운 이야기죠. 정말로 그 애는 누구를 닮아서 그런지 몰라."

"할아버지를 닮았죠. 어느 분 손주건 모두 그래요."

분위기 띄우기 담당이 또 치켜세우자 다들 와하하 웃었다. 뭐가 우스운지 하나도 모르겠다. 불쾌할 뿐이다.

그건 그렇다 해도 유키오는 늘 이런 식으로 이 사람들을 치켜세우는 걸까. 슬프다.

문득 정신을 차려보니 유미가 없었다. 기특하게도 뭔가를 한 접시 더 내올 생각인 거다. 나는 일어섰다. 이런 망할 할배들의 손주 자랑을 듣고 있을 바에야 망할 유미를 부엌에서 도와주는 편이 낫다.

가봤더니 부엌에 아무도 없었다. 느낌이 딱 왔다. 아틀리에다. 복도로 나가자 아틀리에의 문이 반쯤 열려 있고, 목탄 데생을 하는 유미가 보였다.

나는 밖에서 상냥한 목소리로 말을 걸었다.

"유미, 여기 있었니? 없어져서 걱정했단다."

반쯤 열린 문을 향해 유미가 대답한다.

"죄송해요. 들어오세요."

내가 들어가도 목탄을 든 손을 멈추지 않는다.

"죄송해요, 멋대로 물러나서. 제가 있어봤자 도움도 안 돼서요."

"하지만 유미, 오늘은 대접하는 역할이잖니. 역시 몸차림을 좀 더 단정히 하고 모임이 끝날 때까지 있는 게 너의 역할 아닐까."

"그건 어머님이 계시니까요."

겨우 깨달았다. 이 여자는 우리를 접대 요원으로 부른 것이다. 마트에 갔을 때의 태도를 반성하고 있는 게 아니었다. 내가 물렀다.

"유미, 그림을 그리든 뭘 하든 좋지만 최소한의 상식은 지키렴. 지저분한 점프슈트를 입고, 민낯으로 손님 앞에 나오고, 게다가 도중에 사라지는 건 비상식적이야."

눈 딱 감고 말하자 유미는 목탄을 내려두고 나를 봤다.

"어머님과 전 중요하게 생각하는 게 달라요."

"유미는 화가니까."

"그렇죠."

비꼬는 게 전혀 통하지 않는다.

"저한테는 그림을 그리는 시간이 무엇보다 소중하고, 무엇보다 노력을 들이고 있어요. 어머님께 젊고 예쁘게 지내기 위한 시간이 소중해서 무엇보다 노력을 들이시는 것처럼요."

"맞는 말이야. 하지만 분명히 말하겠는데 네가 그런 가난 귀신이 들린 것 같은 여자면 유키오가 창피를 당해."

"그러면 저도 분명히 대답하는 편이 좋겠네요. 전 어머님처럼 요란한 화장이나 요란한 옷은 취향이 아니라서요."

요란해……. 요란하다고 했겠다.

"유미, 그거 아니? 노력하지 않는 미인보다 노력하는 못난이가 낫다는 거."

"네? 어머님, 스스로를 못난이라고 생각해서 노력하시는 거예요? 아니에요. 어머님은 예쁘세요."

오호, 나를 비꼬는 게냐.

"칭찬받으니까 기분 좋네. 하지만 난 정말로 못난이라서 노력하는 수밖에 없단다."

"그렇지 않아요. 예쁘세요."

"가장 나쁜 건 노력하지 않는 못난이야. 알겠어? 같은 못난이라면 노력하지 않는 못난이가 최악이라고."

나는 '그건 너야'라고 말하듯 유미를 정확하게 바라봤다.

"어머님, 저도 못난이라서 아는데요, 노력하는 못난이는 딱

할 뿐이에요. 같은 못난이라면 노력하지 않는 쪽이 비웃음을 안 사요."

"그럴지도 모르지. 뭐, 이런저런 못난이가 있는 것도 괜찮잖아. 어차피 노력하는 못난이는 딱하다고 비웃음 사고, 노력 안 하는 못난이는 궁상맞다고 비웃음 사니까 말이야. 이러나저러나 비웃음당한다면 본인 취향대로 하는 게 좋아."

"그렇죠."

유미는 딱딱한 표정으로 그렇게 말하고는 다시 목탄을 집어 들었다.

"유미, 손님은 노력하는 못난이가 접대할 테니 노력하지 않는 못난이는 마음껏 그림을 그리렴. 그러면 이만."

아틀리에에서 나오자마자 이렇게까지 말해버려서야 수습이 불가능하겠군 싶었다. 딱히 그리되어도 나는 상관없다. 유키오와 이즈미랑은 만나겠지만 유미와는 만나지 않고 가게에도 안 가면 된다. 그저 그뿐이다. 애초에 자식이나 며느리에게 돌봐달라고 부탁할 마음 따윈 손톱만큼도 없었다.

그날 밤, 이와조와 베란다에서 맥주를 마시며 유미와의 일을 이야기했더니 이와조가 어처구니없어했다.

"애들 싸움 같아."

"어느 집이든 며느리와 시어머니의 싸움은 그런 거야."

"하나, 베란다로 나왔더니 밤바람은 역시 가을이네."

"유키오는 딱히 그 여자가 아니어도 됐잖아."

"일본에도 토네이도가 불거나 게릴라성 호우가 와서 날씨가 이상하다고 생각했는데, 역시 십오야 달님*이 곧 나오겠어."

귀찮은 이야기는 늘 이렇게 피한다.

"진지하게 들어줘, 당신. 그런 마누라라면 유키오가 너무 불쌍해!"

이와조는 밤하늘을 올려다보며 말했다.

"그 녀석들도 우리 나이가 되면 나란히 앉아서 저녁 해를 보며 이야기할 거야. '젊었지, 그 시절엔' 하고 말이야. '나는 그림을 그리고 또 그리고', '난 가게 일로 이리저리 뛰어다니고' 하면서."

"……어린 이즈미가 좋아했던 키티 사탕 먹으면서?"

"맞아. 우리와 마찬가지야. 그러니까 시시한 싸움은 하지 마. 마음에 안 들어도 이 집으로 시집왔고, 다른 집 딸인데도 성까지 우리와 같아졌잖아."

"그건 그렇지만……."

"당신이 말했잖아. 부부는 보통 인연이 아니라고."

"뭐, 그렇지. 그래도 유키오는 당신처럼 '유미랑 맺어져서

---

* 일본의 동요 제목으로 여기서는 보름달을 뜻한다.

다행이야. 유미는 내 자랑이야'라고 말할 수 있는 캐릭터가 아니야."

"난 진심으로 그렇게 말했는데, 캐릭터라고 생각했어?"

나는 웃으며 일어섰다.

"안주 좀 만들어올게. 고등어 통조림 딴 게 있으니까. 맥주도 하나 더. 차가워졌을 테니."

"그러면 젓가락 받침 만들어둘게."

그리 말하며 나를 보는 얼굴이 순간적으로 할머니처럼 보였다. 남자는 나이를 먹으면 점점 할머니 얼굴이 되고, 여자는 점점 할아버지 얼굴이 된다. 텔레비전에 나오는 유명인이라 해도 마찬가지다. 나는 예전부터 그렇게 생각하며 보고 있었다.

이와조가 나이를 먹었다는 뜻일까. 나도 할아버지 얼굴이 되기 시작한 걸까? 너무나도 슬프다. 어떤 노력을 해서라도 반드시 막을 거야.

나는 그렇게 다짐하며 고등어 된장조림 캔으로 치즈 오믈렛을 만들었다. 오늘 아침에 산 말린 식용 국화도 무침으로 만들었다.

차가워진 맥주와 함께 베란다에 들고 갔더니, 딱히 많이 마시지도 않았는데 이와조가 선잠이 들어 있었다.

"안주 만들었어. 뭐야, 쌍봉낙타를 접다 말았잖아."

내 말이 들리지 않을 정도로 이와조는 푹 자고 있다. 나는 어깨에 손을 얹고 흔들었다.

"일어나. 맥주도 이제 차가워……"라고 말하다가 베란다가 이상한 정적에 잠겨 있는 느낌을 받았다.

"여보!"

손바닥을 이와조의 코앞에 펼쳤다. 숨은 쉬는 걸까? 하지만 확실히 알 수 없었다. 의식은 없어 보였다. 움직이지 않는 편이 좋다. 어떤 근거도 없지만 그렇게 생각했다.

얼른 구급차를 불렀다. 그 사이 유키오에게 전화를 거는데 손가락이 떨린다.

"유키오, 아빠가 큰일났어, 큰일!"

목소리도 떨렸다.

그날 밤, 수송된 마쓰바라 의대 부속병원에서 이와조는 긴급수술을 위한 수많은 검사를 받았다. 경막하혈종으로 보인다고 했다. 나와 유키오를 앞에 두고 의사가 설명했다.

"이 병은 넘어지거나 해서 머리를 세게 부딪친 사람이 한 달이나 두 달이 지난 뒤에 증세를 보이는 경우가 있어요. 넘어진 직후에는 아무렇지 않아도 뇌 안쪽으로 출혈이 있어서, 그 출혈이 한 달이나 두 달에 걸쳐 혈종이 되는 경우입니다. 남편분이 요 한두 달 사이에 넘어지거나 머리를 세게 부딪친 적이 있나요?"

그런 것보다 내 머릿속은 다른 일로 가득했다. 이와조는 죽는 걸까? 아니, 수술 후 "의외로 증세가 가벼웠어요"라고 의사가 말할 듯한 느낌도 든다. 아니, 이런 때는 나쁜 결말을 염두에 두는 편이 좋다. 내 머리는 이 두 극단을 빙글빙글 도는 것만으로 달리 무엇도 생각할 수 없었다.

그런데도 단편적으로 다른 것이 파고든다. 만일의 경우에는 유미랑 이즈미가 장의사를 알아보고 나는 영정 사진을 골라야 해. 식사 배달은 상점회의 '일식당 가네코'에 부탁하지 않으면 마음 상해하겠지······.

아무런 대답이 없는 나를 대신해 유키오가 의사에게 말했다.

"두 달쯤 전에 아버지가 어딘가에서 넘어졌다고 말했어요. 다리를 삐어서 살짝 끌면서 돌아왔거든요. 어쩌면 머리도 부딪힌 걸까요."

그러고 보니 그런 일이 있었다. 그러나 발은 아파 보였지만 머리를 부딪쳤다는 말은 없었다.

이와조는 어떻게 될까. 아아, 이와조가 건강을 되찾는다면 더 많은 시간을 함께 보낼 거야. 온천 순례라도, 하와이라도, 홍콩이라도.

이와조에게는 일과 종이접기밖에 없었다. 마음이 맞는다고는 해도 아내인 나는 천성이 과격하다. 좀 더 온화하고 상냥한 여자와 결혼했다면 다른 인생을 보낼 수도 있었을 텐데. 같이 종이접기를 즐기는 아내나 온천 순례 계획을 함께 세우는 아내, 그런 반려자였다면 이와조는 인생이 더 즐겁지 않았을까.

아냐, 이와조는 분명 살아날 거야. 만약 죽으면 장례식장은 넓고 추우니까 무릎 담요를 준비해달라고 하자. 그렇지만 가장 먼저 할 일은 선조의 위패를 모셔놓은 절에 연락하는 것이다. 법명 문제도 있다. 아니, 병에 익숙지 않아서 그만 나쁜 쪽으로 생각이 흐르지만 사람은 그리 쉽게 안 죽는다.

유키오가 의사에게 대답하고 있었다.

"아버지가 넘어진 건 8월의 더운 날이었는데요, 얼른 병원에 가자고 말했지만 '이렇게 걸을 수도 있으니 아무 문제 없어'라며 웃어넘기셔서요."

그 목소리로 정신이 들었다. 그랬다.

"아버지는 그다음 날이 되자 기운차게 돌아다니셨어요. 가족들도 안심해서 결국 병원에는 안 갔지요."

그랬다. 그다음 날이 되자 병원에 가야한다는 생각조차 들지 않았다.

"그러셨군요. 대부분의 경우 자각 증상이 없어서 병원에 안 가는 사람이 많아요. 무리도 아니죠……."

나와 유키오를 정당화하듯 의사는 그렇게 말했다. 문을 노크하는 소리가 들리고 간호사가 얼굴을 내밀었다.

"선생님, 오시 씨 데이터가 모였어요. 훑어보시고 수술실로 들어오세요."

의사는 일어서며 "긴급 수술은 계획적인 수술에 비해 사전 검사를 꼼꼼하게 할 수 없어요. 가능한 검사는 했지만 리스크가 큽니다. 그래도 저희 팀이 최선을 다 할게요"라고 말하고 나갔다.

그날 밤, 이와조는 숨을 거두었다.

3부

이와조가 죽고 오늘로 닷새째다. 내 머리는 어제쯤부터 겨우 제대로 돌아가기 시작했다.

그날 밤 베란다에서 움직이지 않는 이와조를 보고 허둥지둥 구급차를 불렀다. 그리고 병원에서 임종을 선고받았다. 그러고 난 뒤 쓰야*와 장례식, 유골함을 안은 유키오와 가족들이 다 함께 가게로 돌아왔을 때까지의 기억이, 하나도 없다.

쓰야와 영결식에는 이치고의 딸 마리코가 남편인 해럴드와 함께 런던에서 달려온 모양이다. 나는 해럴드의 손을 잡고 "해리, 할아버지를 위해 먼 곳까지 와줘서 고마워"라고 말했다, 라고 한다. 유키오의 장남 마사히코도 센다이에서 날아와 쓰야에서도 영결식에서도 나를 지키듯 옆에 딱 붙어 있었다, 라고

---

* 장례식 전날 죽은 사람의 곁을 지키며 가족이나 지인이 하룻밤을 새우는 일본의 풍습.

한다.

나는 내내 의연하게 행동했으며 흐트러진 모습도, 남들 앞에서 우는 모습도 전혀 보이지 않았던 듯하다. 이치고가 "엄마도 참 대단하네. 아빠랑 사이가 좋았으니까 쓰러져 우는 건 아닐지 걱정했어"라고 했지만, 나는 쓰야에서도 영결식에서도 반듯하게 고개를 들고 장례식장에 온 손님 하나하나에게 정중하게 감사의 인사를 했다, 라고 한다. 그 모습에 우는 사람들도 있었던 모양이지만 기억에 없다.

내 상태를 살피던 마사히코가 유키오에게 말했다고 한다.

"할머니한테 뼈를 집게 하는 건* 관두자. 뼈를 보면 충격이 너무 크실 거야."

유키오는 "괜찮아. 할머니는 의연하게 대처하고 계시니까"라며 상대하지 않았다고 이즈미에게 들었다.

"아니, 나한테는 왠지 빈껍데기가 서 있는 것처럼 보인단 말이야. 충격이 너무 커서 본인 상태를 잘 모르시는 게 아닐까?"

"그야 남편이 갑자기 죽으면 누구라도 놀라서 상황을 잘 이해하지 못하지. 할머니는 상주이기도 하니까 뼈를 안 집을 수는 없어."

"하지만 저 빈껍데기 상태로 뼈를 보면 실신할지도 몰라. 지

---

* 일본에서는 화장 후 젓가락으로 유골을 집어서 유골함에 넣는 풍습이 있다.

금은 아슬아슬하게 버티는 거니까. 뼈를 본 충격이 그 뒤로도 내내 꼬리를 물 수 있어. 정신적으로 망가지면 어쩔 거야?"

이즈미의 이야기대로라면 유미가 끼어들어서 "마사히코 말이 맞아. 나도 그런 잔혹한 일은 안 시켰으면 좋겠어. 어머님은 대기실에 있으시라고 하고 누가 옆에 붙어있으면 돼. 계속 의연하게 행동하신 걸 손님들도 아니까, 뼈를 집지 않아도 납득할 거야" 하고 유키오를 설득했다고 한다.

혹시라도 내가 정신에 이상을 일으키면 유미는 그림을 못 그리게 되고 나를 돌봐야만 하니 당치도 않다고 생각했을 게 틀림없다. 있을 법한 일이다.

어쨌거나 마사히코 덕분에 나는 남편의 뼈를 보지 않고 넘어갔다. 무엇보다 그 언저리의 일은 전혀 생각이 나지 않으니, 설령 뼈를 주웠다 해도 기억하지 못했을지 모른다.

하지만 혹시라도 그 부분만 기억하고 있다면 나는 정말로 다시 일어서지 못할 것이다. 오십오 년이나 함께 살아온 상대가 갑자기 자취를 감춰버린 것이다. 갑자기 자취를 감추는 것은 사라진 본인의 문제가 아니다. 남겨진 자의 문제다.

남겨진 자는 사라진 상대를 떠올리며 앞으로의 인생을 살아가야만 한다. 처음 만난 날부터 죽을 때까지의 웃는 얼굴과 화난 얼굴과 했던 말……. 귀여운 데가 있었지, 좋은 사람이었지, 이때는. 그때는…….

먼저 사라지는 자는 행복하다.

나에게 기억이 돌아온 것은 장례식을 마친 날 저녁이다. 유골함과 함께 가게로 돌아왔고, 곧 마리코 부부는 나리타공항으로 향했다. 거기서부터의 기억은 전부 있다. 다음 날 아침에 마사히코가 센다이로 돌아간 것도, 그리고 지금에 이르기까지도 전부 알고 있다.

이건 텔레비전 드라마에서나 봤던 '기억 상실증'일까? 그렇지만 임종 뒤와 쓰야, 영결식 언저리만 쏙 사라지는 기억 상실증이 있을까?

이 일은 유키오에게도 이치고에게도, 누구에게도 말하지 않았다. 전부 기억나는 것처럼 이야기를 잘 맞추고 있다. 혹시라도 들킨다면 유미 같은 애가 "충격이 크면 뭐가 뭔지 모르게 된다고들 하죠. 젊게 꾸미고 의연하게 행동했던 어머님이지만, 역시 마음은 약한 사람이었던 거예요"라는 식으로 말을 퍼뜨려서 상점회 사람들이 그런 식으로 나를 보는 건 견딜 수 없다.

그렇다 해도 문득 걱정되기 시작했다. 노망의 전조는 아니겠지……

나는 쓰야에 와준 듯한 데라모토 의사를 찾아가 처음으로 자초지종을 털어놓았다.

"머리에 무슨 장애가 생긴 걸까요?"

데라모토는 고개를 가로저었다.

"역행성 기억 상실이라는 것의 일종일지도 모르겠네요. 제 전문 분야는 아니지만, 기억이 부분적으로 사라지는 겁니다. 장기간의 기억을 잃는 사람도 있어요."

그러더니 웃는 얼굴로 말했다.

"뇌 손상 때문에 일어나는 경우도 있지만, 심적 외상이나 심한 스트레스 때문에 일어나기도 하거든요. 하나 씨의 경우는 후자겠지요."

이와조의 죽음이 나의 마음을 깊숙이 후벼 파고 박살 내고 강렬한 스트레스를 줬다. 의연해 보였다면 그 시점에서 내가 기억 상실의 한복판에 있었기 때문이겠지.

"하나 씨는 아무것도 기억하지 못해서 다행이었던 건지도 몰라요."

생각에 잠겨 있던 내가 고개를 들자 데라모토는 미소 짓고 있었다.

"보기 드물게 사이 좋은 부부였으니까요. 아내로서는 병원에서 침대차로 유체를 옮겨 오고, 깨끗이 닦고, 입관하고, 장례식 제단이 쌓여 올라가는 걸 봐야만 합니다. 하나 씨처럼 모든 괴로운 순간에 참석했지만 전혀 기억나지 않는 건 다행한 일이에요."

그런가. 나는 모든 것을 봤지만 아무것도 안 본 것이다. 행복한 일이었다.

"분명 남편분이 하나 씨가 괴롭지 않도록 그 기간의 기억만 잊게 해준 거겠죠. 어휴, 의사가 한 말치고는 너무 로맨틱하지만요."

나는 도쿄타워가 보이는 길을 걸으며 이 말을 떠올리고 있었다. 이와조는 나의 충격을 염려해서 가장 괴로운 사흘 동안만 기억을 없애준 것이다. 그 사람이라면 그리 해줄 법하다. 나를 '자랑거리'라 말하고, "하나랑 결혼한 게 인생에서 가장 행복한 일이었어"라고 만년까지 계속 말했던 사람이다.

해가 크게 기울기 시작하고 나무들 너머로 도쿄타워가 떠오르고 있다. 이곳은 이와조가 세상을 뜨기 얼마 전에 둘이 걸었던 길이다. 그날도 데라모토 클리닉에서 돌아오는 길이었다. 무릎 통증을 호소하는 내게 데라모토는 엑스레이 사진을 보며 "노화 현상입니다"라고 딱 잘라 말했다.

돌아오는 길, 이 앞에 있는 담의 툭 튀어나온 부분에 나란히 걸터앉아 우리가 젊었던 시절의 이야기를 나눴다.

그때 이와조는 가방에서 파인애플 눈깔사탕을 꺼냈다. 어린 이치고가 좋아했던 사탕이다.

"노화라는 소리를 듣는 나이까지 당신이랑 힘을 합쳐서……. 부부란 보통 인연이 아니네."

그때 파인애플 눈깔사탕의 그리운 맛을 입 안에 퍼트리며 나는 그리 말했다.

"응. 여러 일이 있었지. 유키오의 성적이 심하게 나빠서 둘이 같이 불려가기도 했고."

"그때 당신, '아들한테는 일용품점 사장으로서의 영재 교육을 시키고 있으니 선생님은 마음 푹 놓으세요'라고 했지."

이와조는 큰소리로 웃었다.

"자식 일이라면 난 강하게 나갈 수 있거든."

"가게 경영이 어려워져서 우리 둘이 은행에 상담받으러 간 적도 있었잖아."

"응. 주문받는 직원인 다쓰오가 가게 돈을 멋대로 써버렸을 때였지. ……피해가 컸어."

"은행에서 돌아오는 길에 당신, '아이들도 데리고 죽을까?'라고 말했어."

"그거 반쯤 진심이었어."

"집에 갔더니 세 살 이치고랑 두 살 유키오가 가게를 보고 있었는데, 이치고가 '점심은 유키오한테 가게 우유를 먹였어'라고 했잖아. 자기도 턱받이 하고 있는데 누나티를 내면서. 그때 당신이 '데리고 죽을 수 없어' 하면서 울었지."

"하나도 그렇잖아. 세 살짜리 애한테 '가게 좀 봐줘' 하고, 앞뒤 생각해보지도 않고 은행으로 달려갔으니까."

우리는 그날 파인애플 눈깔사탕을 하나씩 더 먹었다.

"우리 아버지 장례식 때 험상궂은 인부들을 당신이 통솔해준 적도 있었어."

"장인어른을 좋아했거든."

많은 일이 있었다. 이렇게 작은 일들이 하나하나 겹겹이 쌓여서 흔들림에도 꿈쩍하지 않는 토대가 되었다. 그것이 부부겠지. 애인이나 불륜 상대와는 그 부분이 다르다.

"기억해? 이치고가 여덟 살 때였나, 고열이 나서 구급차에 실려 갔잖아. 그때 당신, 중학교 동창회 때문에 유가와라에 가있었지."

"아아……."

"얼른 돌아오라고 전화하려 해도 숙소도 어딘지 못 들었고 핸드폰도 없는 시대였으니까. 중학교 동창들은 이름도 모르고."

"그리고 둘이 같이 세무서에 간 적도 있었어."

"있었지. 그래서 중학교 동창회 말인데, 당신이 다음 날 돌아왔더니 난 이치고랑 병원에 가 있어서 집에 아무도 없었잖아."

"내 이야기는 이제 됐어."

"자기가 불리한 얘기는 꼭 이런다니까."

나는 웃으며 생각했다. 부모가 죽고 자식이 둥지를 떠나도 '남편'이라는 남자가, '아내'라는 여자가 쭉 곁에 있다. 원래는 타인이었는데도 말이다.

지금, 그 사람은 없다.

혼자서 천천히 걷다 보니 이윽고 그 담장의 툭 튀어나온 부분이 보이기 시작했다.

걸터앉아봤다. 그날 오른쪽 옆에는 이와조가 있었다. 이제 두 번 다시 여기에 나란히 앉을 일은 없다. 바람이 없는 날인데도 오른쪽 몸 절반만 바람을 맞는 기분이다.

지금이야말로 의연하게 살아야 한다. 나이에 걸맞게 보이는 걸 거부해온 여자는 슬픔도 걸맞아 보여서는 안 된다.

가게로 돌아오자 유키오가 배달을 마친 참이었다. 가게는 쓰야와 영결식까지 사흘간만 쉬고 그다음부터는 평소처럼 문을 열었다.

나는 쓰야부터 사흘 동안은 여기서 머무르며 이즈미의 방에서 잤지만, 오늘 밤부터는 집으로 돌아가려 한다. 이와조와 살았던 아파트에 혼자 있고 싶지 않다. 이 가게에서 자식과 손주와 함께 있는 편이 쓸쓸하지도 않고 기분 전환이 될 것이 분명하다. 하지만 그런 기색을 내비치는 건 꼴사납다.

"지금까지 고마워. 무슨 일이 생기면 도와줘"라는 식으로 말하고 돌아가자. 혼자 있을 수 있는 강인함도 이와조가 좋아하는 '노인의 품격'이겠지. 게다가 그런 태도야말로 내가 목표하는 나이 듦과 어울린다.

만에 하나라도 '역행성 기억 상실'을 연극조로 고백하며 "얼마나 괴로운지 알겠지? 지금은 혼자 두지 마"라고 강요하거나 "이 나이에 갑자기 혼자가 되다니…… 불안해. 고독사해도 아무도 모를 거야"라며 협박하는 건 내가 이상으로 삼는 할머니상과 다르다.

외모를 중시하고, 네일숍에서 손톱을 관리받고, 흔한 할머니와 일선을 긋는 겉모습이라면 고독사는 싫다느니 혼자 두지 말라느니, 흔한 할머니가 하는 말을 해서는 안 되는 것이다. 여든이 되든 아흔을 지나든 마찬가지다.

거실에서는 유미가 저녁 식사를 차리고 있었다. 몇 번을 빨았는지 알 수 없는 낡은 스웨트 셔츠에 청바지는 아줌마들이 잘 입는 신축성 있는 소재다. 꼴도 보기 싫은 모습이지만 유미 나름대로는 신경 쓰고 있는 거겠지. 쓰야부터 내내 한 번도 점프슈트를 입지 않았다. 그림도 안 그렸다.

"유미, 지금까지 고마워. 난 오늘부터 집으로 돌아갈게."

"네에? 초칠일*까지 여기서 함께 지내시는 게 어때요? 저희는 전혀 상관없어요."

"고마워. 하지만 일단은 돌아갈게. 돌아간다고 해도 걸어서 삼 분인 곳이니까."

"아뇨, 거리의 문제가 아니라 아버님과 내내 사이좋게 지내셨던 집으로 벌써 돌아가시는 건 너무 이른 것 같은 생각이 들어서요……."

* 죽은 지 7일째 되는 날로, 일본에서는 불교식으로 장례를 치를 경우 고인이 이날 삼도천 강변에 도착한다고 하여 법회를 연다.

오호, 유미에게도 이런 다정한 구석이 있었나. 그만 눈시울이 붉어졌지만 이와조가 죽은 지금, 완전히 내 우위에 선 며느리의 여유겠지.

"고마워. 하지만 집에 있는 남편 물건도 정리해야 하니 돌아갈게."

"그러면 아버님이 좋아하셨던 소고기 감자조림을 만들었으니 저녁 드시고 가지 않으실래요?"

지나치게 다정한데? '시어머니의 불행은 꿀맛'인가?

"그러면 집에 들고 갈까? 이와조 영정에 바치고 나도 같이 먹을게."

"드시고 가면 좋을 텐데요……."

"또 지나갈 때마다 들를게. 유미 너도 평소 생활로 돌아가렴. 고마워."

여기서 유미의 제안을 받아들여서는 안 된다. 노인은 조류를 읽어야 한다. 호의에 기대면 처음에는 좋아도 반드시 '언제까지 있을 작정이야, 망할 할망구' 하고 속으로 외치는 날이 온다. 외모를 가꾸는 여자는 망할 할망구가 되어서는 안 된다. 어떤 경우라도 썰물 때는 반드시 찾아온다. 그때 그 조류를 탈 용기가 없는 할배, 할매는 민폐를 끼치게 된다.

나를 데려다주는 유키오와 함께 집으로 돌아왔지만 문을 열 때는 긴장했다. 이와조가 없는 집은 어떨까?

유키오는 들어가자마자 온 방의 불을 켰다.

"유키오, 먼저 커튼을 열려무나. 아직 좀 밝잖니."

"아니, 환자든 혼자 사는 사람이든 누구든 해 질 때가 가장 괴롭다고 하니까. 굳이 해 지는 풍경을 볼 필요 없어."

이런 세련된 말을 할 수 있게 됐나. 마사히코의 아버지같지 않은 멍청이라고 내내 속으로 한탄하고 있었는데, 인간은 나이를 먹으며 나름대로 성장하는 법이다.

유키오는 큰 종이봉투에서 소고기 감자조림과 샐러드가 든 밀폐 용기를 꺼내고, 된장국이 든 보온병과 갓 지은 밥으로 만든 주먹밥을 식탁 위에 늘어놓았다.

"이거 전부 유미가 만든 거니?"

"응. 그 녀석, 그렇게 보여도 할 때는 하거든."

유키오는 기쁜 기색이었다.

궁상맞게 생긴 며느리라서 남 앞에 내보일 수 없다 해도, 아마추어 주제에 화가인 척한다 해도, '할 때는 하는' 것이 오 년에 한 번이라 해도, 본인들이 좋다면 그걸로 됐다. 누구 하나의 오른쪽 몸 절반만 바람을 맞을 날은 싫어도 온다. 그때까지 사이좋게 둘이서 지내면 된다.

이와조가 없는 집은 묘하게 넓었다. 싸늘할 정도로 공기가 맑고 날이 서 있다. 인간 둘이 숨 쉬던 공기와는 확연히 다르다. 여기서 홀로 소고기 감자조림을 먹는 건가……. 이럴 때 마사히코라면 "나도 같이 먹어도 돼?"라고 말하겠지. "같이 먹어주고 갈까?"라고 거만하게 말하지 않는, 배려심 있는 손자다. 하지만 그 아버지 유키오는 둔한 아들이다.

"이제 난 집에 갈게."

예상대로 이렇게 나온다.

"어머, 그럴래? 여기서 소고기 감자조림 같이 먹고 가도 되는데."

"유미랑 이즈미가 기다리니까 우리 집에서 먹을래. 그러면 이만."

며칠 전에 남편을 떠나보낸 일흔여덟 살 독거노인 앞에서 망설임도 없이 가족이 기다린다고 말한다. 냉큼 돌아가 버려.

홀로 남겨지자 '의연하게 산다' 족자가 눈에 들어왔다. 매일같이 그것을 바라봤던 이와조의 뒷모습이 떠오른다. 이와조의 죽음은 내 예상을 뛰어넘는 사건이었다. 사람은 반드시 죽는다는 것을 알고 있는데도, 정말로 상대가 죽으면 예상 밖이라서 쩔쩔맨다.

커튼을 젖혔다. 베란다에는 가든 테이블과 의자가 그날 밤 그대로 놓여 있었다. 이와조의 마지막 밤, 여기서 둘이 함께 맥주를 마시며 이야기를 나눴다. 바로 닷새 전까지 이와조는 살아서 여기에 있었다.

10월 초의 해는 눈 깜짝할 사이에 떨어져 아자부 일대의 네

온사인이 빛나기 시작했다. 가을의 밤바람이 지나간다. 집 안 공기보다 훨씬 따뜻하다.

돌아보면 이와조가 있을 것 같아서 그렇게 할 수가 없다. 있을 리 없는데도.

창문을 닫으려던 참에 베란다 바닥에서 작은 은색 물체가 보였다. 그 앞에 금색 물체도 보인다. 주워봤더니 종이로 접은 쌍봉낙타였다. 그날 밤 여기서 이 젓가락 받침을 접고 있을 때 상태가 나빠졌던 것이다.

나는 두 마리를 손바닥에 올리고 조금 웃었다. 은색 안장을 붙인 쪽은 다 접었고, 금색은 접는 도중이었다. 내 것부터 접은 거겠지.

"당신, 내 낙타 타고 여행을 떠났네. 그치?"

소리를 내어 그렇게 말했다. 대답하는 사람은 없다. 알고 있다.

이와조가 죽고 이제 곧 한 달이 되는데, 일주일도 지나지 않았을 때부터 나는 홀로 지내는 생활이 답답해지기 시작했다. 만약 그런 말을 입 밖에 낸다면, 듣는 사람은 넓은 아파트에서 혼자 지내면서 무슨 소리냐며 불쾌해하겠지.

답답한 이유는 물건이 움직이지 않기 때문이다. 가령 아침에 내가 나간다면 물건은 아침에 있었던 장소에서 1밀리도 움직이지 않는다. 아침에 있었던 그대로다. 당연하다. 아무도 없으니까. 생활 소음도 나지 않는다. 내가 내는 소리뿐이다. 이와조가 있었을 때는 조간신문을 가지러 문을 여는 소리도 났고, 감기에 걸려 드러누운 나에게 죽을 만들어주는 소리도 났다. 가게에서 지내던 시절에는 손님의 발소리와 목소리도 들렸다.

타인의 움직임과 타인이 내는 소리가 없는 생활, 그것을 독거라고 한다. 그래서인지 나는 집에 벌레가 있으면 기뻐하게 되었다. 모기든 파리든, 심지어 바퀴벌레조차도 말이다. 움직이고 있는 것을 나도 모르게 눈으로 좇는다. 이런 것에도 안심이 되었다.

하지만 그런 나와는 달리 일주일쯤 지나자 모두가 일상의 생활로 돌아갔다. 유미는 다시 점프슈트를 입고 아틀리에에 틀어박혀 있다. 이즈미는 대학교에 간다. 아버지가 죽었는데도 유키오마저 콧노래를 흥얼거리며 배달 준비를 한다.

가족조차도 회복이 이렇게 빠르다. 완전한 타인들은 영결식에 왔다가 돌아가는 전철 안에서 "배고프네. 뭐 먹고 가지 않을래?", "가자, 가자!" 하며 손뼉을 치겠지. 타인에게는 상관없는 사람, 게다가 후기 고령자인 사람의 죽음 같은 건 동네에서 버스가 달리는 것과 마찬가지로 당연한 일이다.

어떤 식으로든 사람은 반드시 죽는다. 한 사람도 남김없이 죽는다. 그렇게 체념하고 나도 원래의 생활로 돌아가자. 매일 밤 그렇게 다짐한다. 그런데도 벌써 한 달이나 잠을 설쳤다. 시름에 잠겨 있다가 꾸벅꾸벅 졸고, 다시 눈이 떠져서 시름에 잠기는 밤이 이어진다.

이와조가 사라진 현실을 받아들이고 의연하게 살아야 한다. 이와조도 그것을 바라겠지.

이치고와 이즈미는 혼자가 된 나를 걱정해서 틈만 나면 찾아온다. 그리고 그때마다 둘 다 안심한 듯한 미소를 보인다.

"다행이다. 할아버지가 살아 있을 때와 완전히 똑같잖아, 할머니."

"엄마, 진짜 훌륭해. 상중에는 상중인 대로 검은색이나 회색 옷을 멋지게 차려입고 말이야. 화장도 빈틈없었지만 기술로 옅어 보이게 했잖아."

요전에는 무언가에 이성을 잃었는지 유미까지 내 상태를 보러 왔다. 늘 보던 아줌마들이 즐겨 입는 청바지에 늘 보던 몇십 번 빨았는지 알 수 없는 스웨트 셔츠였다. 원래는 남색이었던 모양이지만 지금은 시궁창 색깔이다. 그 시궁창 색깔의 가슴에는 'NIKO NIKO MILK'라는 글자와 흑백의 거대한 젖소 일러스트가 그려져 있다.

니코니코* 우유의 경품인지 뭔지로 받은 거겠지. 죽을 만큼

• 일본어로 '생글생글'이라는 뜻.

빨아도, 시궁창 색깔이 되어도 아직 입을 수 있으니 경품이라고는 해도 품질은 고집했지 않은가. 대단하네, 니코니코 우유.

"어머님, 언제든지 저희 집에 식사하러 오세요."

니코니코 우유가 상냥하게 말한다.

"얼마나 괴로우실까 싶지만, 어머님은 아주 오랜 세월을 함께 보낸 남편을 잃은 것처럼은 안 보여요. 세련되고 밝으셔서요."

네가 오히려 남편을 잃어서 풀 죽은 여자로 보여. 궁상맞은 꼴로 말총머리를 하고.

그래도 '노력하지 않는 못난이' 건은 없던 일로 쳐준 모양이다. 대단한 도량에 나도 응해야겠지.

"유미, 고마워. 초대해주는 것만으로 기운이 나는걸. 이치고도 이즈미도, 할머니는 걱정할 필요 없어. 할아버지는 오랫동안 병을 앓지도 않고, 온몸을 튜브로 연결하지도 않고 꼴깍 죽었잖아. 그런 좋은 죽음은 없거든. 그리 생각하면 할머니는 행복해서 평소와 다름없이 지낼 수 있단다."

세 사람은 안심한 듯 돌아갔다.

전부 거짓말이다. 평소와 다름없을 리 없다. 내 신조가 '겉모습이 중요하다'여서 속마음을 내보이지 않을 뿐이다.

이와조는 종종 '베터 하프$^{Better\ half}$'라고 말했다. '하프'에는 '불완전한'이라는 의미도 있어서, 부부는 서로의 절반을 붙여서 완전해지는 거라고 했다. 파랑과 분홍 색종이로 '베터 하프'라는 창작 종이접기 작품을 출품하여 상을 받은 적도 있다. 지금, 불완전한 절반이 된 내가 살아 있는 의미는 무엇일까? 그런 건 이와조와 함께였을 때도 없었다고 생각한다. 하지만 남편과 함께였던 시절에는 노령이긴 해도 현역이라는 느낌이 있었다. 그 점을 확실히 느낀 것은 이와조의 친구가 자비출판을 기념하여 파티를 열었을 때다. 나도 잘 아는 친구라서 혼자 참석했다.

참석자 대부분은 노부부였는데, 나를 보는 이들마다 "어때요? 조금 안정되셨나요? 아내랑 걱정했어요", "하나 씨가 놀러 와 주시면 좋겠다고 늘 얘기한답니다", "맞아요. 꼭 놀러와 주세요"라고 말한다. 그때마다 두 사람이 나란히 있는 모습을 보게 된다. 나보다 나이가 많은 부부라도 한쪽만 먼저 죽지는 않은 것이다.

기분이 가라앉아서 인사를 하고 돌아가려고 주최자 부부에게 다가갔더니, 다른 부부와 담소를 나누고 있었다. 나를 보자 주최자 아내는 팔을 붙잡았다.

"지금 말이죠, 다음 주에 넷이 한잔 하고 노래방도 가자고 얘기하던 참이에요. 하나 씨도 꼭 와요."

"……고마워요. 하지만……."

"이분들은 금방 친해지는 타입이니까 같이 노래 불러요."

"하나 씨라고 하셨나요? 우리는 정말로 대하기 편한 사람들이랍니다. 함께 가시죠."

　나는 웃는 얼굴로 애매하게 거절하고 그 자리를 떠났다. 팔십 대든 구십 대든, 이와조와 나란히 참석했다면 아마 현역이라는 느낌이 있었을 것이다. 부부 단위의 동료들 틈에도 자연스레 끼였을 것이다. '하프'가 된다는 건 현역이 아니게 된다는 뜻이다. '여생'으로 돌입했다는 뜻이다. 그리 생각했을 때, '베터 하프'라는 다정하고 온기 있는 영어가 아니라 잔혹한 일본어가 떠올랐다.

　'미망인未亡人.'

　'아직도 죽지 않은 사람'이다. 남편이 죽었으니 아내도 슬슬 가는 게 어떠냐는 뜻인가. 파티 회장에서 일찌감치 나온 나는, '미망인'이란 여생을 소화하고 있는 사람이라고 생각했다. 인간에게 '남은 생' 같은 게 있을 리 없다. 하지만 지금의 나를 바라보면 왜 살아있는지 모르겠다. 어떻게 생각하든 나의 현재에도 미래에도 의미는 없다. 그런데도 이와조가 불러줄 때까지 계속, 이렇게 의미 없이 숨을 들이쉬고 내쉴 수밖에 없는 것이다.

　매일 이런 생각을 하던 중, 조금씩 살아 있는 것이 귀찮아지기 시작했다. 뭘 먹어도 맛이 없고 아무것도 하기 싫다. 즐겁지도 않고 바라는 것도 없다. 밖에 나가는 것도, 사람을 만나는 것도 성가시다. 이와조는 종종 말했다.

"사람은 적당한 시점에 죽는 게 행복이야. 그게 노인의 품격이지."

나는 혼자서 아침을 먹으며 전에 봤던 텔레비전의 정보 프로그램을 떠올렸다. 인도네시아에서 실제 나이가 백마흔다섯이라는 남자가 발견되었다는 뉴스였다. 그 나이인데도 남자는 자리보전을 하지 않고 평범하게 생활하고 있었다. 백마흔다섯 살이라는 나이를 믿지 못하겠다는 의견도 있지만, 일단 정부는 인정하고 있다고 한다. 취재 기자가 "지금 가장 하고 싶은 일은 무엇입니까?"라고 묻자 남자는 전혀 움츠러드는 기색 없이 대답했다. "죽고 싶어." 지금이 되니 가슴에 파고든다.

인도네시아의 평균 수명은 분명 예순아홉 살이라고 했다. 남자가 정말로 백마흔다섯 살이라면 칠십육 년이나 여생을 소화해온 셈이다. 현역이라는 느낌 없이, 생산적인 일을 기대받지도 못하고 책임도 없다. 그런 예외적인 틀 안에서 살아 있는 것이 여생일 테지. 언제 끝날지도 모르는 채 숨을 들이쉬고 내쉬기를 계속한다. '적당한 시점에 죽고 싶다'고 바라는 건 당연하다.

사람은 질린다. 여행에도 취미에도 연애에도, 그리고 살아가는 데도. 나는 이제 쫓아가고 싶은 것도 없고, 쫓기는 일도 없고, 의무도 의욕도 없다. 죽기에 적당한 시기다. 할 일도 없고, 이와조도 없고, 질리기 시작했으니 슬슬 떠나는 편이 좋다.

그리 생각하며 아침 식사인 햄에그에 칼질을 했다. 손이 멈쳤다.

왜 먹는 건가. 살고 싶어서겠지. 즐겁지도 않고, 바라는 것도 없고, 맛있다고도 느끼지 않고, 죽는 것도 괜찮다고 생각하는데도 왜 먹나……

멋대로 눈물이 넘쳐흘렀다. 이와조가 죽고 나서 처음으로 울었다. 울면서 크게 입을 벌려 햄에그를 입 안 가득 넣었다.

아침 식사 후 소파에 누웠다.

아아, 오랜 세월 부부로 지낸 남편과 보내는, 특별할 것 없는 평범한 생활이 보석이었다. 이제 와서 깨닫는다. 정말로 힘이 나지 않는다. 그래도 가발을 쓰고 화장도 했다. 회색 모헤어 스웨터에 흰색과 검은색 타탄체크 스커트다.

사실은 꾸미는 것도 귀찮아지고 있다. 그러나 단장을 소홀히 해서 나의 할머니 얼굴을 보고 싶지는 않다. 남들도 보기 싫을 것이다. 그게 싫어서 어떻게든 꾸민다. 하지만 어차피 곧 죽을 거고, 아무도 나 같은 사람에게 관심 없으니 소홀히 해도 괜찮다. 무엇보다 편하다.

같은 세대의 꾀죄죄한 할머니는 다들 "편한 게 제일"이라고 말한다는 것을 떠올렸다. 나도 그 생각에 가까워지고 있다. 이제까지의 나라면 소름이 끼칠 텐데, 안 끼쳤다.

소파에서 깜빡 졸던 중 "엄마, 벨소리 안 들렸어?" 하며 이치고가 열쇠로 문을 열고 뛰어들었다.

"놀라게 하지 마. 쓰러진 줄 알았잖아. 선잠 자면 감기 걸려. 아니면 몸이 안 좋은 거야?"

"응…… 뭐랄까……."

"뭐랄까……?"

"살아 있는 게 귀찮아졌달까."

"그야 갑자기 아빠가 돌아가셨으니 그런 기분도 들겠지."

나는 크게 기지개를 켜고 상체를 일으켰다.

"그렇다기보다 어차피 앞날도 없고, 딱히 즐거운 일도 없으니 이제 슬슬 됐다 싶기도 하고."

이치고는 들고 온 슈크림을 접시에 늘어놓았다.

"이 가게, 옛날에 유키오나 중학생들이 클럽활동 마치고 오는 길에 달달한 빵을 사서 군것질하던 곳이야. 그게 지금은 연예인한테 엄청 인기 있는 거만한 케이크집이 됐거든. 여간해서는 못 산다고, 특히 슈크림은."

"아아, 예전의 야마다당 말이지?"

"지금은 플뢰르 드 플로레종이래. 이제 홍차 끓일게."

"아, 엄마는 차도 빵도 필요 없어. 방금 아침밥 먹었으니까."

"디저트 배는 따로 있다고 늘 말했으면서."

"그랬지만…… 이제 젊을 때처럼은 들어가지 않더라."

베란다 밖을 바라보자 가을 하늘에 비행운이 선명하게 선을 그리고 있었다.

이와조는 자주 종이비행기를 접어서 어린 유키오와 날리며 놀았다. 멀리까지 날아가는 쪽을 유키오에게 건네고, 자기가 지면 "대단해! 유키오, 천재야. 아빠는 분한걸" 하고 큰소리로 외쳤다. 유키오는 소리를 지르며 기뻐하고, 빙빙 돌며 뛰어다니고, 아버지의 다리를 부둥켜안았다.

자식 사랑이 끔찍한 사람이었다. 그로부터 얼마나 많은 시간이 흘렀는지.

나이를 먹는다는 건 잃는 게 늘어난다는 뜻이다. 체력도 기억력도 기력도 그렇지만, 젊은 시절에는 아버지가 있었다. 어머니도 있었다. 남편도 있었다. 이제 아무도 없다. 다들 사라졌다.

"자, 홍차. 일단 한 개 먹어봐."

"오늘 밤 눈을 감고 잠들고 나서 아침에 눈이 안 떠지면 행복할 텐데."

"그건 눈병이야. 눈곱 때문에 눈이 붙는 병이 뭐더라? 트라홈이었나?"

이치고는 귀찮아하고 있다. 나와 같은 입장이 되어보면 알 게다. 밤이 오면 '아아, 기뻐. 잠들어버리면 아무것도 생각하지 않아도 돼' 하는 기분을.

"아참, 내 인생 상담 블로그를 프린트해왔어. 엄마가 읽어도 재미있을 상담이 들어왔거든."

"그러니……. 너는 '헤어져'라고만 답변한다며?"

"그게 호평을 받아서 두 번째 단행본을 내자는 이야기가 진행되고 있다니까."

상담자는 "육십 대 주부입니다. 자식 둘은 성인이 되었습니다. 작년에 남편이 세상을 떠났습니다. 반년 동안은 울면서 지냈고, 뒤를 따르고 싶을 정도로 정신적으로 힘들었습니다. 정말 좋은 사람이었거든요. 그런데도 지금은 혼자 있는 게 너무나 행복해서, 일주기도 자식이 말하기 전까지 까먹고 있었습니다. 남편을 떠올리는 경우가 거의 없어서 저의 냉담함에 스스로 넌더리가 납니다. 블랙베리 님은 어떻게 생각하시나요?"라고 썼고, 이치고는 이렇게 답변했다.

"반년이나 울면서 지냈다면 충분합니다. 애도가 차고 넘칠 지경입니다. 일주기를 까먹었다 해도 어쩔 수 없죠. 이 세상은 살아있는 자의 장소니까요. 냉장고 문에 '매월 마지막 날에는 떠올리자'라고 쓴 종이를 붙여두는 건 어때요? 그래도 까먹는다면 다음 달에 한꺼번에 떠올리면 되고요. 또 까먹으면 다음다음 달이라도 괜찮습니다."

이런 게 책으로 나오는 건가.

"넌 남편이 안 죽었으니까 이런 말을 할 수 있는 거야."

"나도 반년은 분명 슬퍼할걸. 아마 누구라도 반년에서 길어야 일 년이지 않을까? 자식이 죽으면 평생 슬퍼하겠지만 부부는 글쎄, 얼마든지 대신할 게 있잖아."

"그리 간단한 게 아니야."

"어머, 그래? 그보다 두 번째 책이 나오면 말이지, 와이드쇼에서 다뤄준대. 그걸 계기로 패널로 불려나가면 어쩌지!"

이치고의 목소리가 들떠있다. 젊으니까 의욕을 낼 수 있는 것이다. 이런 부끄러운 게 책이 되어도 기쁜 것이다. 나는 생각만 해도 피곤하다.

"이치고는 좋겠네. 엄마는 언제 죽든 이 세상에 미련 없어."

"또 그런다. 이 상담자를 본받으라고. 일단은 슈크림 먹어."

아무리 이치고가 권해도 슈크림은 내키지 않았다. 겨우 홍차만 반쯤 마셨다. 나는 상담자와는 달라서 이와조를 잊는 일은 평생 없을 것이다. 좋은 사람이었다.

며칠쯤 지나 부의 답례품 건으로 유미와 이즈미를 불렀다. 내가 가게로 나가는 건 귀찮았다. 도중에 아는 사람을 만나는 것도 싫다. 가발을 쓰고 간단히 눈썹을 그렸지만, 요즘 몸치장을 상당히 대충 하고 있다. 옷은 내내 같은 것인데 회색 스웨터에 타탄체크 스커트다.

유미는 평소의 점프슈트에 다운점퍼를 걸치고 민낯으로 왔다. 그림을 그리고 싶은데, 하며 못생긴 낯짝에 성가셔하는 기색이 비쳤다.

"할머니, 피곤해 보여."

이즈미가 걱정스레 말했다. 피곤한 게 아니라 꾸미기를 대충 해서 할매 얼굴이 드러난 것이다. 생각해보면 유미 같은 여자에게도 이점은 있다. 처음부터 궁상맞은 얼굴에 차림새도 추레하니까 단장을 소홀히 해도 전혀 눈에 띄지 않는다.

"전화로도 말했지만 부의 답례품은 이치고랑 셋이 상의해서 정해줄래?"

"그래도 괜찮지만, 어머님이 희망하시는 물품은요?"

"전혀 없어."

두 사람은 침묵했다. 내 말투가 자포자기하는 양 들린 걸까.

"세 사람한테 맡길게."

"할머니, 왠지 의욕이 없네. 할머니답지 않아. 그치, 엄마?"

"맞아요. 늘 기운차고 젊고 멋쟁이인 어머님인데."

남편이 먼저 죽어서 살아갈 의미도, 앞날도 없는 할머니가 의욕이 나지 않는 건 자연스러운 일일 테지. 백 살이 되어서도 밝고 긍정적인 사람도 드물지 않지만 보통은 따라할 수 없다.

"됐어, 맡길게."

"할머니, 괜찮아? 몸이 안 좋아?"

"그런 건 아니야. 그저 밤에 잠들면서 이대로 내일 아침에 눈이 안 떠지면 행복할 거라고 생각할 때는 있단다."

유미와 이즈미가 얼굴을 마주봤다. 나는 밝게 말했다.

"만약 그리되어도 다들 슬퍼하지 말렴. 할머니가 이상적으로 여기는 죽음이니까."

이즈미가 손가락으로 동그라미를 만들었다.

"알겠어. 오케이. 하지만 할머니는 아직 안 죽어. 지금은 할아버지가 돌아가셔서 살짝 우울해진 것뿐이야. 우리랑 놀러 다니면 나아질 거야."

"맞아요. 정말로 사이좋은 부부셨으니 충격이 큰 것도 당연해요."

"사이가 좋았으니까 이와조가 빨리 불러주지 않을까……. 나는 오늘이라도 좋은데."

이즈미가 가방에서 책자를 꺼내더니 웃는 얼굴로 말했다.

"답례품은 이 기프트북에서 할머니가 마음에 드는 물건을 고르는 게 좋을 것 같아."

"아니면 어머님, 차나 김처럼 흔히들 하는 식품을 보내는 편이 좋으세요?"

어느 쪽이든 상관없다.

"맡길게. 젊은 사람이 고른 물건이 좋아. 앞날이 없는 사람이 고른 것보다."

그렇게 말하고 '의연하게 산다' 족자로 시선을 던졌다. 이와조는 지금 옛 동료나 부모님과 술잔치라도 벌이며 즐기고 있을까?

슬슬 나를 불러주지는 않을까…….

기분은 나날이 가라앉았다. 만사가 다 귀찮다. 입원하고 싶다. 건강해지는 치료를 받기 위해서가 아니라, 하루 종일 잠들어 있고 싶은 것이다.

그런 와중에 종이접기 전람회의 안내장이 날아들었다. 리더인 이와조가 얼마나 힘을 쏟아붓고 고대했는지 모를 전람회다. 외출 같은 건 도저히 할 기분이 안 들고 사람과도 만나고 싶지 않다. 하지만 이와조가 갑자기 죽어서 이 전람회는 오픈일을 미뤘다. 어떻게 해서든 보러 가지 않으면 이와조에게도, 멤버들에게도 면목이 없다.

생전에 이와조는 참신한 전시안을 거듭 가다듬었고, 무대 장치는 한참 전에 프로에게 발주했다. 그것은 우리 몇 개가 있는 동물원이다. 각 우리에는 종이로 접은 기린과 사자, 판다와 쌍봉낙타 등이 들어 있다.

그리고 동물들의 고향 영상이 우리를 비춘다. 사자라면 아프리카의 초원, 쌍봉낙타는 고비사막, 판다는 중국의 산속을 비추는 식이다. 종이로 접은 동물들은 우리 안에서 그 풍경을 보고 있다. 이와조는 말했다.

"동물원에서 잘 대접받고 먹이 걱정도 없지만, 동물은 고향이 그립지 않을까? 애처로운 일이지……."

죽는 걸 예상치 못하고 앞날을 보고 있었던 인간도 애처롭다. 전람회는 긴자의 중심부에 있는 '아사리 화랑'에서 열리고 있다.

마음이 무거웠지만 '이와조를 위해서야', '이와조가 좋아했던 긴자야' 하며 힘을 냈다.

스스로에게 구령을 붙이며 손톱만큼의 소홀함도 없이 화장을 했다. 충격이었다. 작정하고 게으름을 피운 탓인지 피부 감촉이 다르다. 파운데이션은 둥둥 뜨고 분은 가루가 날린다. 초조해졌다. 하지만 가장 잘 어울리는 밤색 가발을 쓰고 어떻게든 멋을 냈다.

원피스는 짙은 베이지색 바탕에 진한 녹색, 주황색, 갈색의 마른 잎 색깔이 가을을 연상시키는 체크무늬. 거기에 큼직한 금귀고리를 함께 착용했다. 3센티짜리 굽이긴 해도 하이힐을 신고 전신을 현관의 큰 거울에 비추어본다. 좋았어! 일흔여덟 살로는 안 보인다. 이와조를 위해 세련된 아내의 모습으로 전람회장에 가고 싶다.

죽는 것도 괜찮다고 생각했던 건 진심이고, 여생을 소화하고 있을 뿐이라고 생각했던 것도 진심이다. 하지만 슬플 때일수록 겉모습을 단장하는 게 좋다는 걸 실감한다. 마음에 조금은 활기가 돈다.

긴자에서 맛있다고 소문난 시폰케이크를 사서 그 상자를 껴안고 아사리 화랑에 갔다. 유리문을 지나 들어가자 손님이 열다섯 명 정도 있는 게 보였다. 성황이다. 전시실 구석에는 테이블과 의자가 있어서 나도 아는 요시다와 이가와, 하라가 여자들과 담소를 나누고 있었다.

내가 들어가자 요시다를 비롯한 세 남자가 일제히 자리에서 일어섰다.

"오시 씨! 잘 오셨어요."

"사십구재 날의 법회 건도 있고, 와주셨으면 좋겠다고 다들 이야기하고 있었어요."

"별말씀을요. 회기 일로 폐가 많았습니다. 게다가 장례식에 와주셔서 정말 감사했습니다."

"아무런 도움도 못 돼드렸는걸요. 이쪽 여성분들은 모임 임원이에요."

여자 중 하나가 기품 있는 알토 톤으로 말했다.

"오시 회장님의 사모님이시군요. 장례식장에서 뵀어요."

"어머, 와주셨나요?"

"네. 저희 셋 다 회장님을 무척 좋아해서요."

"감사합니다. 그리 말씀해주시니 남편이 기뻐할 거예요."

나는 예의 바르게 몸을 굽혀 인사했다. 예쁘게 보이는 각도로 말이다.

"회장님의 유작, 찬찬히 감상해주세요."

기품 있는 알토는 아주 호감이 간다. 호감이 가지만 근사한 여자는 아니다. 칠십 대 초반일까? 양판점의 싸구려 상품 같은 갈색 스웨터에 다리가 없는 노안경을 목에 걸고 있다.

"회장님의 동물원, 손님들한테 굉장히 인기가 좋아요."

다른 여자 하나가 웃는 얼굴로 전람회장 중앙을 가리켰다. 육십 대 중반이겠지. 큼직한 스카프를 어깨에서 삼각형으로 늘어트렸다. 멋을 부릴 생각이었겠지만 티베트 스님 같다. 이런 여자들과 있다 보니 이와조가 나를 '보석', '자랑거리'라고 말하고 싶어졌겠지. 납득이 간다.

이와조의 유작은 전람회장 중앙에 있었다. 동물들은 각자의 고향을 가만히 바라본다. 초원을 달리는 기린들, 대나무가 푸릇푸릇하게 무성한 산에서 시종일관 먹기만 하는 판다들, 쌍봉낙타는 사막에서 달빛을 받고 있다.

그 앞에 하얀 보드가 세워져 있었다.

사람도 동물도 고향을 좋아합니다. 그런데도 인간에게 기쁨을 주기 위해 동물들은 좁은 우리에 들어가 일생을 마칩니다. 그들의 마음을 생각해줬으면 합니다.

작가 · 오시 이와조
(은행나무 종이접기회 회장)

※ 지난 9월 15일, 오시 이와조가 급서하여 본 작품은 유작이 되었습니다.

이 보드를 둘러싸듯 조그만 젓가락 받침인 쌍봉낙타가 늘어서 있다.

안내해주는 김에 함께 보던 요시다가 "낙타 젓가락 받침은 원하는 사람이 가장 많아요. 두 혹 사이에 젓가락을 놓다니, 대단한 아이디어니까요"라고 말하자 이가와도 "의기양양해하는 회장님 표정이 눈에 선하네요" 하며 낙타 젓가락 받침을 집어 들었다.

"여러분 덕분에 남편의 작품을 이렇게 눈에 띄는 장소에, 이렇게 센스 있게 전시할 수 있어서 정말로 감사합니다."

"아뇨, 회기 중에 몇 번이나 생각했는걸요. 회장님이 살아 있었다면 하고요."

"회장님이 없어서 모임 운영도 영 순탄치 않답니다."

"내년부터는 어느 방향으로 나아가면 좋을지 앞이 캄캄한 상황이에요."

이런 말을 듣는 이와조는 행복한 것이다. 결혼 전부터 거의 육십 년이나 종이접기만이 도락이었던 인생도 나쁘지 않았겠지.

나는 두 사람에게 거듭 감사의 인사를 한 다음 손님맞이 코너를 가리켰다.

"새로운 손님이 기다리시는 것 같으니 얼른 가보세요. 저는 느긋하게 여러분의 작품을 감상할 테니까요."

소파 쪽을 돌아본 요시다는 새로운 손님들에게 손을 들며 "저 두 사람도 임원이에요. 여기서 임원회를 하려고 불렀죠. 그럼 모쪼록 천천히 감상하세요" 하고 이가와와 함께 떠났다.

나는 한 작품 한 작품 찬찬히 살펴보기 시작했다. 그렇다 해도 원래 아무런 흥미도 없는 종이접기라서 찬찬히 본다 한들 뭐가 대단한지 모르겠다. 게다가 작은 화랑이다. 금방 다 보면 난처할 텐데 시간을 벌 방도가 없다.

흘끗 소파로 시선을 던졌더니 요시다를 비롯한 임원들은 서로 고개를 끄덕이기도 하면서 컴퓨터 화면을 보며 생각에 잠겨 있다. 인사하고 휙 돌아간다면 지금이다.

그리 생각해서 다가가자 이야기를 시작하는 목소리가 들려왔다.

"내년의 주제는 '미래 도시' 같은 거 어때? 언제까지나 '젓가락 받침' 같은 일상적인 걸 할 건 아니잖아. 우리 모임이 변할 기회야."

나는 반사적으로 전시를 보는 것처럼 등을 돌렸다.

"맞는 말이네. 이미 오리가미ORIGAMI*는 세계 공용어잖아. 우리도 변해야겠지."

"종이로 이 정도를 접어내는 건 일본인뿐이니까. 어떻게 해

* 종이접기의 일본어 발음.

서든 아이들에게 전수하는 걸 최우선으로 삼아야지. 지난번 임원회에서 의견을 모았듯 지금이 낡은 발상을 바꿀 기회야."

"맞는 말이야. 젊은 요시다 씨가 새 회장이 된 지금이지."

"어쨌든 아이들이 우선이라는 방향성은 명확해."

"내년에는 아이들에게 종이 접기를 가르치는 코너를 만들려고 해."

이가와는 목소리를 낮췄다.

"그래서 내년엔 여기보다 큰 화랑에서 할 거야."

요시다가 말을 이었다.

"요전에 문화재단에서 표창받았을 때 상금이 나왔잖아. 그걸 끌어 쓰면 운영은 문제없어."

나는 전시 작품을 차분히 살펴보는 척하며 온몸의 신경을 곤두세워 등 뒤의 목소리를 들었다. 방금 요시다와 이가와는 방향성도 정해지지 않았고 운영도 영 순탄치 않다고 말했다. 회장님이 살아 있었다면, 하고 말했다. 하지만 실제로는 방향성이 분명하게 정해져 있고 운영도 문제없는 모양이다. 무엇보다도 이와조의 발상은 낡았고, 이와조가 없어진 지금이야말로 '기회'라고까지 말한다.

이와조는 일흔아홉 살, 새 회장인 요시다는 마흔일고여덟일까? 발상은 확실히 젊겠지.

물론 그들이 이와조의 죽음을 바랐던 건 아니고, 죽음을 기뻐하고 있는 것도 아니다. 그저 새로운 방향을 정하고 거기에 푹 빠져 있는 것이다. 내가 지척에 서 있는 것조차 알아차리지 못한다. 이것이 현실이며 건강한 일이다.

나는 일부러 발소리를 내며 소파로 다가갔다.

"슬슬 가볼게요. 정말로 감사합니다."

모두가 일제히 일어서서 마주 인사했다.

"저희야말로 와주셔서 감사합니다."

"회장님 작품은 전람회가 끝난 뒤에 책임지고 돌려드리러 가겠습니다."

"그때 보고를 겸해서 분향하게 해주세요."

"정말로 회장님이 계셨다면 좋았을 텐데요."

나는 웃는 표정을 지으며 "그렇게 말씀해주시는 것만으로도 아내로서 행복하네요. 앞으로도 잘 부탁드립니다" 하고 유리문을 열었다.

문이 닫히자마자 돌아봤더니 다섯 명은 이미 이마를 맞대고 컴퓨터를 들여다보고 있었다.

나는 해 질 무렵의 긴자를 4가 방향으로 걸었다.

'죽은 이는 나날이 멀어진다'는 말처럼 사람은 사라지면 금방 잊힌다. 각계의 어떤 대스타건 중진이건 예외는 없다. 잊히기만 하는 게 아니라 삼 년쯤 지나면 "그 사람, 아직 살아 있었나? 뭐? 죽었어? 그랬나" 하는 식이 된다.

한 사람이 사라져도 당연하게 돌아가는 것이 세상이다. 누가 빠지든 세상은 변함없이 움직일 힘을 갖추고 있다.

어둑어둑해지는 긴자 거리의 북적임 속에서 문득 생각했다. 이와조의 개인전을 열 수 없을까?

어차피 잊힌다면 화려한 일주일을 만들어주고 싶다. 이와조를 잃은 뒤로 나는 죽는 게 두렵지 않아졌다. 이 세상에 어떤 미련도 집착도 없다. 하지만 남들은 죽은 사람 따위 그날 안에 잊는다. 이번 전람회에서도 통감했다. 나도 어차피 곧 죽는다. 이와조 곁으로 떠났을 때 화려한 추도 개인전을 선물로 가져가고 싶다.

"하나는 내 보석", "하나는 내 자랑거리", "하나랑 결혼한 게 인생에서 가장 좋았어"라고 말했던 반쪽의 남편에게 반쪽의 부인이 주는 답례다.

'오시 이와조 추도 종이접기전'을 열자.

요시다 같은 종이접기 동료도 초대해서 충격을 줄 만큼 센스 있는 개인전을 꾸밀 거야.

다행히 이와조는 물건을 못 버리는 사람이라서 접은 종이를 깔끔하게 정리하여 연대순으로 거의 다 보관해뒀다. 입체 작품은 작은 전용 상자에 넣어뒀는데 그 수가 어마어마하다. 게다가 자식이나 손주에게 가르쳐서 어린 그들이 접은 것까지 보관해두는 사람이었다.

이와조가 자기 방에서 작품을 만들고 있는 모습을 유미에게 유화로 그려달라고 하자. 그것을 입구에 전시하는 거다. 이와조에게 주는 최고의 선물이다.

이 이야기에 누구보다도 의욕을 보인 사람은 유미였다.

"저 같은 신진 화가에게 의뢰해주시다니, 감격했어요. 그것도 입구에 전시하신다니요."

'신진'이 아니라 '아마추어'겠지.

"대작을 그릴 거예요. 아버님이 손주들에게 종이접기를 가르치고 있는 구도가 금방 떠올랐어요. 차랑 과자를 가져온 어머님이 그 옆에서 웃는 얼굴로 보고 있는 구도랍니다. 아니면 무서울 정도의 눈빛으로 종이를 접는 아버님을, 가을의 보름달이 창문을 통해 휘영청 비추고 있는 쪽이 좋을까요?"

왠지 듣고 있자니 소름이 끼쳤지만 어차피 아마추어 화가다. 이치고와 이즈미는 추도 개인전을 계기로 유품이 정리되는 것을 기뻐했다. 두 사람은 전부터 "아빠 물건이랑 옷 같은 거 정리해야지" 하며 나를 재촉했지만 그럴 마음이 들지 않았다. 이와조의 애용품을 보는 것도 슬프고, 정리해서 말끔하게 없어지는 것도 괴롭다. 무엇보다 정리하는 게 귀찮았다.

"엄마, 토요일 아침부터 정리하자. 이즈미도 학교 쉬는 날이지?"

"응. 할머니 집은 쓰레기장 일보 직전이니까 하루로는 안 끝날걸."

"미안해, 모처럼의 휴일인데. 고마워."

내 대답에 유키오가 손뼉을 쳤다.

"엄마 순순하네."

"응……. 이걸 성공시키면 언제 죽어도 괜찮으니까."

"그렇게 말하는 사람일수록 오래 살더라."

농으로 돌리는 유키오와 그 자리에 있는 모두가 지긋지긋해하며 눈빛을 주고받는 것처럼 보였지만, 아무래도 상관없었다.

토요일 아침, 이치고와 이즈미가 찾아왔다. 이치고가 "먼저 옷부터"라고 명했다. 이럴 때 마음의 농담濃淡이 드러난다. 가장 건조한 사람은 이치고였다.

"이 스웨터 필요 없지? 이것도. 이 셔츠도 버린다."

가로막는 것은 이즈미다.

"잠깐 기다려. 그 셔츠, 할아버지가 엄청 아끼던 거야."

"그렇다고 누가 입니? 안 입으면 쓸모없는 거야. 폐기."

그렇게 말하고 이치고는 골판지 상자에 처넣는다.

나는 이것저것 다 귀찮아져서 기세 좋게 개인전을 열기로 한 것이 벌써 후회되었다. 하지만 성공시켜서 이와조가 있는 곳으로 가고 싶다.

결혼기념일에 내가 선물한 더플코트가 나왔다. 캐멀색의 조

화가 좋고 일흔아홉 살이 되어도 댄디한 이와조에게 잘 어울렸다.

"엄마, 이것도 폐기야. 유키오도 마사히코도 안 입으니까."

알고 있지만, 이것을 입고 있던 이와조가 떠올랐다. 시간 벌이를 하듯 주머니를 뒤졌더니 작은 종이가 들어 있었다. '빵, 우유, 하나 약'이라고 이와조의 글씨로 쓰여 있다. 나한테 부탁받아 먹을 것을 사고 약을 찾으러 간 날의 메모겠지.

"엄마, 눈물 글썽일 때가 아니야."

이치고는 나한테서 거칠게 더플코트를 뺏더니 살 것 메모까지 모조리 '폐기' 상자로 내던졌다. 이렇게 하지 않으면 정리가 안 된다. 나로서는 도저히 무리였다.

점심은 이즈미가 편의점에서 주먹밥과 샐러드와 즉석 된장국을 사왔다.

"아빠는 생각한 것보다 물건이 더 많네."

"고모는 너무 휙휙 버려. 그치, 할머니?"

"그러네. 하지만 지금 해두면 내가 죽었을 때는 정리하기 편하니까."

"엄마, 또 죽는 얘기야? 요즘 칠십 대는 노인 축에도 못 껴. 죽는 얘기하면 부끄러운 거야."

"하지만 앞날은 그리 많이 남지 않았어."

세 사람 다 잠자코 된장국을 먹었다.

"아 참, 까먹고 있었어!"

이즈미가 밝은 목소리로 가방에서 클리어파일을 꺼냈다.

"이거, 부의 답례품 보낼 사람 리스트야. 부조금 액수에 따라 세 단계로 나눴고, 전부 '답례품 고르기' 책자에서 추렸어."

"아아, 주방용품부터 먹는 것까지 마음에 드는 물건을 고를 수 있는 그거 말이지?"

도중에 몇 번인가 나한테 물어봤지만 생각할 기력이 없었다. 처음으로 리스트를 보고 "장례식장에 꽤 많이 왔네. 백 명이 넘잖아" 하고 놀랐고, 또다시 가슴이 멨다. 나의 남편은 많은 이에게 존경받고 사랑받은 사람이었다.

리스트를 보다 보니 이름만 적혀 있는 사람이 있었다.

"이 모리 가오루라는 사람은 누구야? 회사 이름도, 주소도 안 적혀 있는데."

"아, 그래서 그 사람한테만 못 보내. 명함도 없고 말이야. 얼굴은 선명하게 기억나는데."

"그러니. 여자야?"

"남자. 어째서 얼굴을 기억하냐면, 엄청난 훈남이거든. 삼십대쯤 되려나. 그치, 고모?"

"응. 연예인인가 싶을 정도로 훈남이었지. 종이접기 모임 관계자일까?"

"그렇다면 주소를 썼겠지. 훈남 모리 가오루라. 할머니도 전혀 짐작 가는 데가 없네."

답례를 못 하는 것은 어쩔 수 없다.

점심을 다 먹고 이번에는 책상 주변 정리에 들어갔다. 서랍은 가위와 자, 클립과 지우개 등등 잡다한 것으로 가득 차 있었다. 대학교 때의 휘장까지 있다.

"이건 필요 없어. 이것도 필요 없고. 네, 필요 없음."

이치고는 획획 버린다. 블로그에서 "네, 헤어지세요. 네, 바이바이. 네, 필요 없네요"라고 답변하는 것과 똑같다. 캐비닛을 정리하던 이즈미가 "아, 패스 케이스가 있어. 종이접기 교실에서 가르치시던 무렵의 정기권 케이스야" 하며 안을 조사하기 시작했다.

"이런 거 안에 비상금이 들어 있기도 하잖아. 돈이 들어 있으면 발견한 내가 가져야지."

얼마 뒤 찾던 손이 멈췄다.

"아……."

"엇?! 진짜 돈이 들어 있어?"

"아니……."

"뭔데?"

"모리 가오루."

"뭐라고?!"

이즈미는 사진 한 장을 들고 있었다. 낡아서 변색됐다.

"좀 보여줘. 어째서 모리 가오루야?"

"틀림없어. 어리지만 모리 가오루야."

"그럴 리 없잖아. 어린 모리 가오루의 사진일 리가."

이치고는 웃으며 이즈미가 내민 사진을 받아들었다. 보자마자 웃음기가 사라졌다.

"모리 가오루다……."

이치고는 내게 사진을 내밀었다.

"엄마, 이 사람."

전혀 기억에 없는 얼굴이었다.

4부

사진 속 남자는 확실히 잘생겼다. 길게 뻗은 눈꼬리를 가진 또렷한 눈과 쭉 뻗은 콧날이 총명한 분위기를 자아낸다. 키도 클 것 같다.

"이거 십 년도 더 지난 사진이야. 그치, 이즈미?"

"응, 엄청 옛날이네. 너무 어려."

이치고는 사진을 뒤집었다.

"앗, 1998. 4. 25.라고 날짜가 적혀 있어."

들여다본 나는 몸이 굳었다. 틀림없는 이와조의 글씨다. 둘이 내내 일용품점을 꾸려나가고 장부를 적었으니 숫자라도 금세 알아볼 수 있다. 이와조의 글씨다.

하지만 두 사람에게는 그렇게 말하지 않았다. 사이좋은 부부로 소문이 났고, 실제로 그것을 감추려고도 하지 않았던 이와조였고 나였다. 혹시라도 아내가 모르는 무언가가 있었다면 딸이나 손주에게도 부끄럽다.

"엄마, 이날 일 뭔가 기억나는 거 없어? 아빠가 어떻게 했다던가 말이야."

"그런 거 기억할 리 없잖아. 십구 년 전인걸."

"그치. 그나저나 모리 가오루가 누굴까? 사진을 남몰래 소중하게 패스 케이스에 넣어둔 느낌이잖아."

셋 중 누구도 짚이는 데가 없었다.

"알겠다!"

이즈미가 새된 소리를 냈다.

"할아버지, 사실은 남자를 좋아했던 거야."

무시하고 이치고가 말했다.

"숨겨둔 자식인가."

"이치고, 아빠가 그런 걸 할 수 있다고 생각해?"

내가 터무니없다는 듯 웃자 이즈미도 손사래를 쳤다.

"응, 그럴 리 없지. 숨겨둔 자식이라면 우리 아빠 형제잖아. 하나도 안 닮았는걸. 너무 훈남이야."

이치고도 고개를 끄덕였다.

"나랑도 전혀 안 닮았어. 나랑 유키오는 어딘가 남매라는 느낌이 있지만, 모리 가오루를 봤을 때 그런 느낌은 확실히 없었거든."

이즈미는 패스 케이스의 포켓을 구석구석 뒤지며 "돈은 없네. 약간은 넣어두지, 좀" 하고 투덜거리다가 "이게 뭐지?" 하며 카드 한 장을 꺼냈다.

"뭐야, 진찰권인가. 이런 건 한 푼도 안 돼."

흘끗 봤더니 '고쿠분지 정형외과 클리닉'이라고 쓰여 있다. 들어본 적도 없다.

"이즈미, 좀 보여줘."

고쿠분지라면 JR 주오선으로 미타카와 무사시코가네이를 지난 곳이다. 조금 더 가면 하치오지와 다카오가 나온다. 이제까지 어떤 인연도 없었던 동네다.

이와조가 종이접기 회의 등으로 갈 일이 있었다 쳐도, 어째서 진찰권인가.

"왜 그래, 할머니?"

"아니, 왜 고쿠분지의 진찰권인가 싶어서."

발권일은 올해 8월 8일이라고 되어 있었다. 바로 삼 개월 전이다.

"이치고, 삼 개월 전에 아빠가 정형외과에 갈 만한 일이……."

말을 끝내기 전에 생각이 났다. 이와조가 어딘가에서 넘어진 것은 그 무렵이다. 사인인 경막하혈종을 일으켰다고도 볼 수 있는 사고다. 어쩌면 이와조는 고쿠분지에서 넘어져서 이 정형외과에 간 게 아닐까?

하지만 왜 고쿠분지인가.

게다가 그날 평소처럼 전철로 집에 온 이와조는 분명히 어느 병원에도 안 갔다고 말했다. 다음 날부터는 통증도 잦아들었는지 완전히 평소 때와 같아져서 우리 역시 병원에 가라고 말하지 않았다.

"엄마, 이제 모리 가오루도 고쿠분지도 내버려두자. 아빠가 죽었으니 밝혀낼 수 없는걸. 그건 그냥 두라는 뜻이야."

"응. 엄마도 그렇게 생각하던 참이야."

이치고에게는 그리 대답했지만 신경이 쓰여 견딜 수 없다. 정리가 끝나고 두 사람이 돌아간 뒤 가계부를 펼쳤다. 거기에는 짧은 일기를 쓸 수 있는 공간이 있다. 8월 8일 칸에는 '이와조는 오후부터 종이접기 강좌 일로 신바시에 감. 무더위 속에서 하나는 베란다 화분에 아침저녁 두 번 물을 줌'이라고 쓰여 있다.

신바시와 고쿠분지는 방향이 완전히 다르다. 거짓말을 한 건가. 아니면 신바시에 간 뒤에 종이접기 일로 급히 고쿠분지에 간 것일까?

혹시…… 혹시 훈남 모리 가오루는 그 정형외과의 의사가 아닐까? 이와조는 모리 가오루가 어렸을 때부터 알고 지냈는지도 모른다. 그렇다면 장례식에 온 것도 이해된다. 하지만 그럼 왜 나에게 비밀로 했는가. 모리 가오루는 어째서 주소를 적지 않았는가.

잠을 잘 수 없었다.

다음 날 아침, 유키오가 뭔가 알고 있지 않을까 해서 가게로 가봤다.

"고쿠분지에는 아는 사람이 없는데."

유키오는 곧바로 그렇게 말했다.

"혹시 종이접기회 사람 아니야?"

"그렇게 생각해서 명부를 찾아봤는데, 고쿠분지는 무사시노 지부에 속해 있더라고. 멤버는 다들 그 주변 사람이야. 아사가야, 고다이라, 후추 같은 곳. 이름도 들어본 적 없는 사람뿐이었어."

"갑자기 무슨 일인데?"

"저기, 아빠가 말이지. 고쿠분지에 있는 정형외과에 갔던 모양이야. 왜 갔을까 싶어서."

"그 동네에서 술자리라도 있었던 거 아냐?"

"응, 아마 그렇겠지."

이 이상 말할 필요는 없다. 유키오는 아무것도 모르는 것 같다. 집으로 가려던 참에 아틀리에에서 유미가 나왔다.

이 여자, 만날 때마다 점점 궁상맞아진다. 무늬 있는 플리스 점퍼는 색깔이 군데군데 희멀게졌다. 신축성 있는 청바지는 암만 봐도 버릴 때다.

"어머님 목소리가 들려서 의논드리려고 나왔어요. 저, 아버님 추도 종이접기전 그림에서 마티스의 〈라 프랑스〉 같은 색의 모험을 해보려고 해요."

그렇게 말하고 마티스의 화집을 펼쳤다.

"이거예요, 이거."

거기에는 새빨간 드레스를 입고 머리에 녹색 깃털을 장식한 여자가 레몬색을 배경으로 팔을 펼치고 있었다. 하지만 나는 지금 그걸 생각할 형편이 아니다. 애초에 아마추어 화가가 잘도 마티스를 입에 올린다 싶다.

그런데도 아마추어는, 아니 아마추어라서 그런지, 태연하게 한숨을 내쉬어 보였다.

"하지만 저는 아마 이 빨간색을 표현 못 하겠죠. 게다가 깃털 장식의 테두리는 빨강의 보색이에요. 보색을 쓰면 그림에 힘이 생기지만, 천박하지 않게 쓰는 건 어렵거든요."

"아, 그러니. 유미라면 보색을 쓸 수 있을 거야, 쓸 수 있어. 문제없어."

나는 '보색'의 뜻도 모르지만 그렇게 말해줬다. 이쪽은 보색을 신경 쓸 형편이 아니란 말이다.

"그렇게 말씀해주시니 자신감이 생겨요!"

"아, 그러니. 이제 아틀리에로 돌아가서 그리려무나."

"네엡!"

뛰어오를 듯 가는 유미의 등을 보고 유키오는 나에게 손을 모아 인사했다.

"종이접기전 기획, 정말로 고마워. 덕분에 유미가 계속 기분이 좋거든."

"그러니. 잘됐네. 그럼 이만."

집으로 돌아온 나는 곧바로 옷을 갈아입었다. 그리고 한 시간 반 뒤, JR 주오선 고쿠분지역에 내렸다. 왠지 모를 불안감을 느껴서 외출이 귀찮다는 생각도 안 들었다.

파출소에서 '고쿠분지 정형외과 클리닉'이 어디에 있는지 묻자, 남쪽 출입구에서 걸어서 칠팔 분인 건물에 있다고 한다. 젊은 경찰은 거리로 나와서 "이 길을 쭉 따라가면 주유소가 있습니다. 그다음 신호의 모퉁이예요. 번화가고요" 하고 친절하게 설명해줬다.

그런데 십 분 넘게 걸어서 겨우 주유소에 도착했다. 경찰은 칠팔 분이면 그 건물에 도착한다고 했지만 아직도 멀었다. 나이 탓에 보폭이 좁아져서 걸음도 느려졌다.

아아, 늘 생각하는 거지만 지금보다 열 살만 젊었다면, 예순여덟이라면 얼마나 좋을까.

이리하여 십오 분 가까이 걸어서 겨우 목표한 건물에 도착했다. 으리으리한 칠 층짜리 건물이다. 입구로 들어서자 엘리베이터 옆에 입거해 있는 회사와 사무소 등의 안내판이 있었다. 진찰권에 쓰여 있었으니 고쿠분지 정형외과가 오 층이라는 건 안다. 그래도 일단 안내판에서 확인했다. 틀림없다. 있다.

엘리베이터가 오 층에서 열리자 눈앞에 밝은 햇살이 비치는 접수처가 있었다.

"오늘은 진찰받으러 온 건 아니고요, 선생님께 좀 여쭙고 싶은 게 있어서요. 8월 8일에 제 남편 오시 이와조가 진찰을 받았거든요" 하며 진찰권을 꺼냈다.

접수처 직원은 그것을 손에 들고 안쪽으로 사라졌다. 그러고는 금세 되돌아왔다.

"예약한 환자분 순서가 끝나면 불러드릴 테니 잠시 기다려주세요."

나는 창가의 소파에 앉았다. 창밖은 아자부와는 완전히 다른 풍경이다. 무슨 산인지 저 멀리로 줄지어 있는 봉우리가 보인다. 잡목림인지 공원인지, 동네 여기저기에 녹음이 우거진 구역이 보인다. 이와조도 이 소파에 앉았을까?

아내나 가족에게는 말 못 할 비밀이 누구에게나 한두 개쯤 있을지 모른다. 그렇다 해도 이와조에게 비밀이 있었다고는 생각하기 어렵다. 결혼한 뒤로 죽을 때까지 오십오 년 동안 계속 말해오지 않았는가.

"내 인생에서 가장 좋았던 일은 하나랑 결혼한 거야."

"언제까지나 젊고 아름답게 지내려는 당신 생각이 난 좋아."

그것도 내 비위를 맞추기 위한 게 아니라 숨 쉬듯 지극히 자연스럽게 말했다.

세상에는 그렇게 말하면서 뒤로는 속이는 남자도 분명 있을 것이다. 그래서 더욱 겉으로는 입에 발린 소리를 하는 남자도 있겠지. 하지만 이와조는 다르다. 아마도, 아니 틀림없이 어떤 아내라도 알 것이다. 자기 남편이 그런 짓을 할 수 있는지 없는지. 억지로 우기는 게 아니다.

"오시 님, 들어오세요."

한 시간 정도 기다렸을 때 접수처 직원이 불렀다. 진찰실에는 오십 대 중반쯤으로 보이는 남자 의사가 있었다. 모리 가오루가 아니었다. 그 사진과는 다른 사람이다. '원장 오타 유키히코'라는 명찰을 달고 있다. 장례식에 온 모리 가오루는 삼십 대 중반으로 보였다는데 오타는 그 나이대가 아니다.

오타는 이와조의 진찰권을 보더니 키보드를 두들겼다.

"오시 이와조의 아내입니다. 남편이 왔을 때 오타 선생님이 진료해주셨나요?"

"그렇습니다."

온화하게 대답했지만 그 이상은 아무것도 말하지 않는다. 컴퓨터로 이와조의 진료 기록 같은 것을 볼 뿐이다. 개인 정보는 아내한테도 발설해서는 안 되는 거겠지. 그러면 내가 물어보면 그만이다.

"남편은 그날 넘어져서 머리를 세게 부딪쳐 여기로 왔죠."

"네. 그 뒤로 어떠신가요?"

"그이는 얼마 전에 세상을 떠났어요."

"네에?!"

"경막하혈종으로 급서했어요."

"……그러셨군요."

"저는 넘어진 상황에 대해 아무것도 몰라요. 선생님께 폐를 끼치지는 않을 테니, 아시는 것을 알려주면 안 될까요? 아내로서 알고 싶은 마음, 오직 그뿐이니까요."

오타는 그날 일을 떠올리듯 천천히 대답했다.

"넘어져서 머리를 세게 부딪쳤다고 말씀하셨습니다. 그 시점에는 말하는 것도 걷는 것도, 몇몇 간단한 테스트도 전혀 문제없었죠. 단, 내일이라도 큰 병원에서 반드시 CT를 찍으라고 강하게 말씀드렸습니다. 그리고 CT에 이상이 없더라도 몇 개월 뒤 뇌에 출혈이나 혈종이 생겨 대화나 보행을 못 하게 되는 경우가 있어요. 그렇게 되면 즉시 큰 병원에 가시라고, 이것도 강하게 말씀드렸고요."

내가 아는 한 이와조는 큰 병원에서 CT를 찍지 않았다. 다음 날부터 지극히 평범한 생활을 했다.

"선생님, 남편은 이곳에 혼자 왔나요? 아니면 누군가 동행이 있었나요?"

"혼자 오셨습니다."

거짓말은 아닌 것 같았다.

"저희 집은 아자부라서 이 병원과는 아주 멀거든요. 남편은 요 근처에서 넘어져 우연히 이곳을 발견해서 온 걸까요?"

오타가 대답하기까지 한순간, 지극히 짧은 순간 공백이 있었다. ……그랬던 것 같다.

"남편 분께 어디서 어떻게 넘어지셨냐고 당연히 여쭤봤습니다. 도로의 단차를 못 봐서 아스팔트 보도에 머리부터 부딪치며 고꾸라졌다고 말씀하셨죠. 보험증의 주소가 아자부였으니, 이 근처에 와서 넘어졌는데 우연히 우리 병원 간판 같은 걸 보셨겠지요."

더 물어도 말하지 않을 거라고 생각했다. 아니, 어쩌면 오타는 지금 대답한 것 말고는 정말로 아무것도 모를지도 모른다.

나는 천천히 걸어서 역으로 되돌아갔다.

기분 탓인지 공기가 도심과는 다르다. 이렇게 역에서 가까운 큰길이라도 어딘가 수풀 냄새가 난다. 다마가와 상수*를 따라 난 잡목림이 있는 오솔길이라면 무사시노의 분위기가 더 나겠지. 언제 한번 가볼까?

이와조는 이 동네를 좋아했던 걸까. 어째서?

이와조에게는 아무래도 이면이 있었던 듯하다. 화가 난다. 하지만 그 이면이 무엇인지는 짐작도 가지 않는다.

---

* 옛 도쿄(에도)에 음수를 공급했던 도랑으로 무사시노 대지를 동쪽으로 돌아 나간다. 작가 다자이 오사무가 이곳에서 애인과 함께 투신자살한 것으로 유명하다.

그렇다면 그걸로 된 것이 아닌가. 본인이 빨리 죽은 건 무언가 좋지 않은 이면을 가지고 있어서 벌을 받은 것이다. 그리 생각하는 수밖에 없다. 게다가 나도 앞날은 없다. 어차피 곧 죽는다. 저세상에서 만나 혼을 내주면 된다.

나는 역을 지나쳐 좁은 보폭으로나마 발길이 닿는 대로 조금 걸어봤다. 기분을 가라앉히고 나서 돌아가고 싶었다. 얼마쯤 걷자 드러그스토어와 휴대전화매장 사이에 끼인 부티크가 있었다. 세련된 진열창이 눈길을 끌었다.

생각해보면 이와조도 한숨 돌리고 싶었겠지. 매일매일 내가 코디한 옷을 입고, "실제 나이로 보이면 안 돼"라고 채근당했다. 게다가 나는 이와조가 불길한 말을 하면 뭐라고 꼭 잔소리를 했다. 유언이니 엔딩노트니도 절대로 쓰지 말라고 단호하게 일렀고, 이와조는 그렇게 했다.

성실한 이와조는 옷부터 언령까지 적당히 흘려듣지 못했겠지. 아내가 귀찮아서, 뭔가 조그만 비밀을 만들어 잠시 숨을 돌렸던 건지도 모른다.

진열창에 이끌려 부티크의 문을 열었다.

"어서 오세요."

헐렁한 흰 와이셔츠에 실크 스카프를 길게 늘어트리고 블루진을 입은 가게 주인 여자가 웃는 얼굴로 맞이했다.

"뭐 찾으시는 거 있으세요?"

"딱히 뭘 찾는 건 아녜요. 사장님, 블루진이 잘 어울리네요. 다리가 아주 길어서."

"아뇨, 다리가 길어 보이는 효과가 있는 하의와 호리호리해 보이는 효과가 있는 상의를 함께 입은 것뿐이에요. 그리고 세로로 길어 보이도록 스카프를 길게 늘어트렸고요. 눈의 착각을 노린 거죠."

"와. 나도 집에서는 블루진을 입지만 사장님이 입고 있는 그 형태라면 밖에 입고 나가도 괜찮을 것 같군요."

외출할 마음은 생기지 않지만 그렇게 말해둔다.

"괜찮죠. 저희 어머니는 이제 일흔셋이지만 제가 말한 대로 잘 입고 계시니까요. 손님이라면 아무 문제 없죠."

이 말을 들으니 나를 일흔셋보다 젊게 보는 것 같았다. 하지만 언제 죽어도 상관없다는 생각이 든 뒤로는 예전처럼 기뻐할 수 없다.

"그러면 사장님 것과 같은 형태의 블루진이랑…… 거기 있는 폴카 도트 스웨터 좀 보여줘요."

그녀는 스웨터를 손에 들고 말했다.

"손님, 육십 대로밖에 안 보이시는데 혹시 조금 더 드셨나요?"

"네?"

"죄송해요. 저어, 폴카 도트라는 단어도 알고 계시고, 게다가 그걸 상의로 입는 건 젊은 감각이라고 생각하지만 아까부터 '블루진'이라는 단어를 쓰셔서요. 어쩌면 육십 대는 아닐 수도 있겠다 싶었거든요."

무슨 소리인지 못 알아듣겠다. 블루진으로 보이지만 실은 블루진이 아니라는 얘기인가.

"요즘은 '데님'이라고 해요."

"네?"

"블루진이라고 부르던 건 옛날 옛적이랍니다. 데님은 옷감 이름이라서 상의류에도 전부 쓰이는데, 바지만 가리키는 경우에는 데님 팬츠라고 하는 사람이 많죠."

"……몰랐네. 그런 데서 나이를 들키는군요. 난 일흔여덟 살이니까요."

"네엣?! 일흔여덟이라고요? ……일흔여덟이세요?"

그녀는 큰 소리를 지르며 나를 머리부터 발끝까지 훑어봤다.

"제 어머니보다 다섯 살이나 위세요. 전혀 그렇게 안 보이시는데요."

"사장님 같은 프로에게 칭찬받으면 기쁘죠."

"검정 가죽 블루종에 검정 가죽 치마, 포인트 컬러로 블러드 오렌지 포켓치프. 너무 잘 어울리세요. 이렇게 센스 좋은 일흔여덟 살은 없어요."

그녀가 단숨에 내뱉은 칭찬은 듣기 좋았다. 집에서 나올 때,

어쩌면 정형외과 의사가 모리 가오루일지도 모른다는 생각에 작정하고 왔다. 시원시원한 모습을 보여주기로.

모리 가오루가 이와조와 어떤 관계인지는 모르지만, 딱 봐도 할머니 같은 아내로 보이고 싶지는 않았다. 외출도 옷을 갈아입는 것도 귀찮아서 견딜 수 없었지만 스스로를 북돋웠다.

이 마당에 이르러서도 이런 걸 생각하는 아내다. 이와조는 성가셨겠지.

나는 폴카 도트 스웨터와 블루진, 아니 데님 팬츠를 샀다.

"손님, 데님 팬츠나 티셔츠 같은 캐주얼한 옷을 입으실 때는 화장을 좀 연하게 하는 편이 젊어 보인다고 생각해주세요. 제 어머니는 기모노를 입을 때나 데님 팬츠를 입을 때나 똑같이 진하게 화장을 해서 제가 종종 주의를 주거든요. 연세가 있으신 분은 나이를 감추려고 무심결에 화장을 두껍게 하기 쉬운데, 캐주얼 스타일에 두꺼운 화장은 금기랍니다."

이 사람은 자신의 어머니를 핑계 삼아 나에게 주의를 주고 있는 것 같았다. 이 주의는 고마웠다. 젊고 근사한 여자로 지내는 데는 이런 프로의 조언이 중요하다.

나는 산 옷을 들고 다시 역으로 돌아갔다. 그리고 역시 이 세상은 살아있는 인간의 것이라는 생각에 발걸음이 조금 가벼워졌다. 살아있으면 스웨터나 데님 팬츠를 살 수 있다. 그것만 해도 이득이다.

집으로 돌아오자마자 '의연하게 산다' 족자 앞에 앉았다. 이와조는 장사가 나락으로 떨어졌던 시절뿐만 아니라 다른 때도 이 족자 앞에서 오랫동안 움직이지 않는 모습을 자주 보였다. 아마도 마음에 수많은 불씨를 품고서 '의연하게 산다', '의연하게 산다' 하고 몸에 주입시켰던 거겠지.

나도 그렇게 하자. 추궁하지 못하는 일은 추궁하지 말고, 의연하게 살다가 이와조의 곁으로 가고 싶다.

다음 날 아침, 느지막이 아침밥을 먹던 중 유키오로부터 전화가 왔다.

"좀 와줘. 급한 일이야."

나는 폴카 도트 스웨터와 데님 팬츠로 옷을 갈아입었다. 이 진은 정말로 다리가 길어 보인다. 물론 화장은 옅게 했다. 확실히 좋다.

실은 그렇게 할 기력을 쥐어짜는 건 아직 편하지 않다. 하지만 밖에 나가면 반드시 누군가와 마주친다. 어쩔 수 없다.

가게와 연결된 거실에서는 역시 유키오에게 불려왔다는 이치고가 차를 마시고 있었다. 드물게 유미까지 있다. 여전히 시궁창 색깔의 니코니코 우유 스웨트 셔츠에 버릴 때가 된 데님 팬츠, 아니 이 애한테는 '블루진'이라고 해도 된다. 멋쟁이 시어머니를 보면 보통은 스스로를 돌아볼 텐데.

니코니코 우유가 나한테도 차를 권하던 중 유키오가 보퉁이를 들고 들어왔다.

"그게 뭐야?"

이치고의 물음에 대답하지 않은 채 유키오가 보퉁이를 풀었다. 안에서 하얀 상자가 나왔다. 가게의 권리서나 온갖 서류 같은 걸 넣어두는 상자다.

"내가 이 가게를 물려받을 때 아버지한테 받았는데, 제대로 안 보고 금고에 넣어뒀거든. 근데 아버지가 돌아가셨으니 한번 봐두는 편이 좋을 것 같아서 어젯밤에 상자를 열었더니……."

유키오는 겉봉이 봉해진 봉투 하나를 꺼냈다.

"이런 게 제일 밑에 있었어."

"그게 뭔데?"

이치고가 아무래도 좋다는 듯 묻는다.

"아버지의 유언장."

"뭣? 유언!"

나는 다음 말을 이을 수 없었다. 이와조는 유언장이니 유서니 하는 건 안 쓴다고 말했다. 내가 싫어하기 때문에 그렇게 맞춰줬을 뿐, 실제로는 썼던 건가…….

"그것도 봉투 겉에 '가정법원에서 열어주십시오'라고 아버지의 글씨로 쓰여 있어."

"가정법원? '이혼할 걸 그랬다'라고 쓰여 있는 거 아냐?"

나는 농담인 척 말했지만 목소리가 조금 날카로웠다.

"인터넷에서 검색해보니 이건 '자필 증서 유언'이라는 건데 본인이 직접 쓰면 된대. 공증인이 쓰는 거와는 달라. 그래도 쓰는 형식은 따로 있어서, 그걸 만족시키면 유언장으로서 효력을 가진대."

"하지만 유키오, 아빠는 유언장 종류는 일절 안 쓴다고 말했으니 정말로 아빠가 쓴 건지 모르잖아."

"나도 그렇게 생각했어. 근데 이것 좀 봐."

유키오는 유언장의 봉인을 가리켰다. 인감도장이었다. 이와조와 나와 유키오밖에 모르는 장소에 넣어둔 인감도장이다.

이치고가 딱 잘라 말했다.

"아빠가 유언장을 안 쓴다고 말했던 건 그저 엄마가 잔소리를 해댔기 때문이야. 연령이 어쩌고저쩌고 시끄러우니까, 앞에서는 엄마 말을 따랐을 뿐이겠지. 뒤에서는 본인이 죽은 뒤에 싸움이 일어나기를 원치 않았으니 썼고. 그거야."

뒤에서 몰래 쓸 정도로 내가 무서웠나.

유미는 어젯밤에 유키오한테 들었는지 "자필 유언서는 가정법원에서 검인 수속이라는 걸 밟아야 한대요. 저도 인터넷으로 알아봤어요"라며 그 부분을 프린트한 것을 나와 이치고에게 건넸다.

'검인'이란 자필 증서 유언의 위조나 변조를 막기 위해 가정법원에서 집행하는 것으로, 민법 1004조로 정해져 있다고 쓰여 있었다. 가정법원이 상속인을 앞에 두고 유언장의 형태나 내용을 더하거나 빼거나 정정한 상태 등을 명확히 확인하는 것이라고 한다.

이치고가 귀찮다는 듯 얼굴을 찌푸렸다.

"그러면 엄마랑 우리도 가정법원에 가야 한다는 거야?"

"그런 셈이지. 상속 내용에는 가정법원이 관여하지 않고 검인만 한대."

"그것만 하는데도 굳이 가야 해? 못해먹겠네."

"엄마는 안 갈래. 밖에 나가기 싫고, 아무것도 필요 없으니까 상속 포기할게. 가는 게 귀찮아."

"요즘 엄마는 뭐든 이렇다니까."

"가정법원에 가는 건 오늘내일 일이 아니야. 아무튼 유언자의 제적 등본, 상속인 전원의 호적 등본 등을 떼서 가정법원에 보내야 한대. 그러면 삼 주에서 한 달 정도 지나서 출정出廷 일시 통지가 와."

이치고의 목소리가 갈라졌다.

"출정? 대단한 행차네."

"그렇게 말하지 마. 아버지가 어머니를 거스르면서까지 쓴 유언이야. 모두가 출정할 필요는 없는 모양이지만, 가정법원은 흔히 갈 수 있는 곳이 아니니까 재밌다고 생각해줘."

나는 기사 프린트를 가리켰다.

"아까부터 신경 쓰였는데, 여기에 적혀 있는 '유언 집행자'는 뭐야?"

"나도 인터넷에서 보고 처음 알았어. 유언이 제대로 집행되도록 상속 수속을 하는 사람인가 봐. 유언장에 이름을 써둔대."

"누구야, 그게?"

"그러니까 가정법원에 가서 안을 보지 않으면 모른다고."

이치고는 유키오에게 프린트를 난폭하게 되밀치더니 "어차피 '가게는 장남 유키오에게'라든지, '아파트는 아내 하나에게'라든지 안 봐도 뻔한 내용인데 말이야. 정말이지 정부가 하는 일은 귀찮다니까" 하고 내뱉었다.

그리고 "혹시라도 '가게는 이치고에게'라고 쓰여 있으면 그건 그것대로 재밌겠지만. 이 가게 당장 팔아치워야지" 하며 농담인지 진심인지 모를 눈으로 유키오를 봤다. 유미가 억지웃음으로 중재했다.

"아이참, 형님. 그런 무서운 말씀은 하지 마세요."

이와조가 구태여 써서 남긴 만큼 그런 예상치 못한 내용일지도 모른다. 다들 같은 생각을 했는지 말이 없었다.

집으로 돌아와 '의연하게 산다' 족자 앞에 앉았다. 요즘 걸핏하면 여기에 앉는다. '의연하게 산다'를 바라보고 있으면 이 세상 대부분의 일은 사소하며 심각해질 필요 없는 것으로 느껴진다. 모리 가오루가 누구든, 고쿠분지의 정형외과에 간 이유가 무엇이든, 이와조는 내내 아무런 변함없이 나와 의연하게 살지 않았는가.

나는 지금, 의연하게 죽을 수 있다. 이제 사는 건 정말로 충분하다.

가정법원에서 출정 연락이 온 것은 삼 주쯤 지난 무렵이었다.

통보받은 시각에 인감도장으로 봉인된 유언장을 든 유키오와 나, 이치고 세 사람의 상속인은 법원에 갔다. 변호사를 대동하는 사람도 많은 모양이지만 우리는 고문 변호사도 없고 의뢰할 정도의 상속도 아니다.

나는 귀찮았지만 마지막 의무라는 생각으로 출정했다. 자식들이 부끄러워하지 않도록 말쑥한 정장을 입었다. 차콜그레이 상하의에 하얀 터틀넥 스웨터, 터키블루 스카프다. 이와조가 생일 때 선물해준 것인데 얼굴색이 하얗고 예뻐 보인다. 유키오도 정장이었고 이치고는 고상한 어스 컬러* 원피스를 입었다.

가정법원의 어느 방으로 안내된 우리를 앞두고 재판관은 유언장 봉투를 열었다. 고친 부분의 상태와 서명 등을 확인했다. 이윽고 "문제는 없습니다"라고 말하고는 낭독했다.

---

* 자연을 연상시키는 갈색이나 녹색 계열의 색.

나, 유언자 오시 이와조는 다음과 같이 유언한다.

〈제1조〉

나는 다음 재산을 아내 오시 하나(1939년 4월 21일생)에게 상속한다.

1. 한 채의 건물 표시

 주 소 | 도쿄도 미나토구 아자부 기타마치 3번가 1번 2호

 건물의 명칭 | 기타아자부 레지던스

2. 전유부분의 건물 표시

 가옥번호 | 1번 2호

 건물의 명칭 | 601호

 종 류 | 주택

 구 조 | 철골철근콘크리트구조 10층

 건 평 | 6층 85.3제곱미터

제2조는 예저금과 유가증권 등을 장녀 이치고에게 상속한다는 내용, 제3조는 가게를 장남 유키오에게 상속한다는 내용이었다.

이치고가 나에게 속삭였다.

"봐, 생각했던 대로야. 딱히 이런 걸 쓸 필요 없잖아."

나도 고개를 끄덕이며 미소로 답했지만 이와조의 마음이 사무쳤다. 내가 싫어하는 일은 안 하는 척해두고, 뒤에서는 가족을 위해 주도면밀하게 준비했던 것이다. 고마웠고, 사랑받고 있었다는 실감에 가슴이 뗐다.

"제4조, 유언자는 이 유언의 유언 집행자로 장남 오시 유키오를 지정한다."

재판관의 말에 유키오가 "뭣!" 하고 소리를 질렀다. "나?" 하고 속삭이고는 재판관에게 말했다.

"저기…… 아무 얘기도 못 들었는데요."

"지정하는 건 유언자의 자유고, 그것을 승낙할지 말지를 선택하시면 됩니다."

나는 유키오를 쿡쿡 찔렀다.

"승낙하렴. 장남으로서 이렇게까지 신뢰받았다는 뜻이야."

유키오는 마지못해 고개를 끄덕였지만, 그 옆얼굴은 왠지 자랑스러워하는 것처럼 보였다.

재판관은 제5조, 제6조를 읽고 제7조로 나아갔다.

"제7조 다음 사람은 유언자 오시 이와조와 모리 가오루 (1949년 5월 10일생) 사이의 자식이다."

뭐? 뭐라고 했어, 방금? 방금 뭐라고? 이치고를 쳐다봤다.

이치고는 유키오를 쳐다봤다. 유키오는 나를 쳐다봤다.

아무도 말뜻을 이해하지 못하고 있었다.

무슨 소리야. "다음 사람은 유언자 오시 이와조와 모리 가오루 사이의 자식이다"라고…… 분명히 말했지…….

재판관은 사무적으로 낭독했다.

본　적 | 나가사키현 나가사키시 쓰루마치 7가 2번지
현주소 | 도쿄도 고쿠분지시 다이젠초 3가 5번지
　　　　그랜드하이츠다이젠 505호실
필두자[*] | 모리 가오루
아　들 | 모리 이와타로(1981년 10월 15일생)
상기 모리 이와타로는 성인이 된 뒤에도 인지認知[**]를 청구하지 않는다. 그 취지의 각서는 별첨.

모리 가오루는, 모리 가오루는 여자였나.

그런가, 있을 수 있는 일이다. '가오루'는 남자한테도, 여자한테도 붙일 수 있는 이름이다.

모리 가오루는 이와조의 애인이었나.

그렇다는 건, 장례식에 온 훈남 삼십 대라는 사람은 이와타로가 분명하다.

---

[*]　일본의 호적에서 최초로 기재되어 있는 사람으로 기존의 호주를 대체한 개념.
[**]　혼인 외의 관계로 태어난 자녀를 생물학적 부모가 자신의 자녀임을 법적으로 인정하는 것.

현주소는 고쿠분지인가……. 이와조는 애인의 집으로 가는 길에 넘어진 것이었다. 틀림없다. 모든 게 딱 들어맞았다.

재판관은 내 기분 같은 건 아랑곳하지 않고 사무적으로 제8조를 낭독했다.

"제8조, 상기 모리 가오루에게 주식회사 다도코로 대표이사 사장 다도코로 쇼지로(1967년 6월부터 1993년 6월까지 동직)의 휘호 족자 '의연하게 산다' 한 점을 유증한다. 이는 모리 가오루 본인의 희망에 따른 것이다."

뭐라고…… 방금…… 방금, 족자를 모리 가오루에게……라고 말했다. 본인의 희망에 따른 것……이라고 말했다.

빈혈을 일으켰을 때처럼 눈앞에 어두운 아지랑이가 꼈다. 눕고 싶다. 손이 차갑다.

하지만 그런 기색은 내비치기 싫다. 얼마만큼의 충격을 받았는지, 그에 상응하게는 보여주지 않을 테다. 언제 죽어도 상관없다고 생각하는데도 아직 이런 고집이 있다는 데 스스로도 놀랐다.

핸드백 속의 페퍼민트 캔디를 입에 넣고 깊게 호흡한다. 걱정하는 듯한 이치고의 시선을 느낀다. 분명 애인과 숨겨둔 자식이 있었다는 충격으로 컨디션이 나빠졌다고 생각하겠지.

그야 물론이다. 하지만 어째서 그 소중한 '의연하게 산다'를 애인에게 물려주는 것인가. 나에게 일격을 가할 셈인가. 이와조와 나에게 그 족자는 우리 부부가 필사적으로 위기를 극복해온 역사 그 자체다. 이와조가 강연회 대기실에 쳐들어가서 받아온 그것은 어느 틈에 우리 부부를 분발하게 만드는 물건이 되어 있었다.

'의연하게 산다' 앞에 앉으면, 불황으로 죽으려고 했을 만큼 괴로워하던 이와조나 비웃을 입고 배달을 갔다가 크게 다친 내 모습 같은 게 연달아 떠오른다. 아마추어의 글씨지만 우리 부부에게는 더없이 소중한 물건인 것이다.

그러나 애인에게는 아무런 추억도 없는 물건이다. 필요 없는 물건이다. 게다가 이전에도 이후에도 자식의 인지조차 필요 없다고 했다면서 왜 그런 족자를 원할까. 애인한테는 대형 폐기물이잖아.

그런데도 뺏어간다. 그 이유는 하나밖에 생각할 수 없다. 본처인 나에 대한 앙갚음이다. 이와조는 어떤 이야기 도중에 이 족자가 부부의 보물이라는 말을 엉겁결에 흘렸는지도 모른다. 있을 법한 일이다.

재판관은 낭독이 전부 끝나자 담담하게 "그러면 검인 완료증명서를 작성하겠습니다" 하며 서기관에게 유언장을 건넸다. 그리고 "부언이 있지만 그건 검인에 영향을 주는 게 아니라서 오늘은 이로써 수속을 완료하겠습니다"라며 가볍게 인사했다.

서기관은 방금 작성한 검인증을 유언장 말미에 덧붙여 철했고, 재판관은 그것을 유키오에게 되돌려주었다.

"오늘의 검인 조서를 작성할 테니 나중에 필요하시면 그 등본 교부를 신청해주세요. 수고하셨습니다."

두 사람은 방을 나갔고, 우리는 인사를 하는 것도 잊은 채 우두커니 서 있었다.

"유키오, 부언에 뭐라고 쓰여 있어? 읽어봐."

이치고의 목이 쉬었다.

"부언, 나에게 또 하나의 가정이 있었던 것은 정말로 면목 없습니다. 나 때문에 얼마나 놀라고 슬플까요. 하나와 이치고, 유키오에게 진심으로 사죄함과 동시에, 모쪼록 유미까지 어른 넷이서 손잡고 정답게 지내주기를 바랍니다. 이치고와 유키오는 어머니의 힘이 되어주세요. 나는 용서받지 못할 일을 했습니다. 그러나 하나와 이치고, 유키오와의 인생은 거짓 없이 즐겁고 행복했습니다."

유언장은 몇 번인가 가필 정정되어 있었지만, 처음으로 쓴 날짜는 '1991년 10월 1일'이라고 되어 있었다. 이와조가 쉰세 살, 내가 쉰두 살 때인가…….

그렇게 생각하다가 퍼뜩 깨달았다. 그 족자를 손에 넣은 무렵이다. 이듬해에 내가 다쳐서 입원했으니 틀림없다. 그런가, 그렇게 오래전에 쓴 거였나.

그날 밤, 유키오의 집에 모여서 검인받은 유언장을 다시 한번 읽었다. 아무도 움직이지 못했다. 유미로부터 사정을 전해들은 이즈미도 말없이 앉아 있었다.

이와조에게 애인이 있었다. 그 애인은 예순여덟이다. 내가 언제나 '아아, 열 살만 젊었으면' 하고 바라던 나이다. 이와조는 애인과의 사이에서 자식까지 만들었다. 그 아이가 벌써 서른여섯 살이다.

이것은 실제로 일어난 일일까? 눈을 뜨면 이불 속에서 '뭐야, 꿈이잖아' 하는 게 아닐까?

아니…… 틀렸다. 소설 같은 데서는 불행한 일이 일어나면 '꿈이기를 바랐다'라는 식으로 나오지만, 실제라면 그런 생각은 안 한다. 당사자는 현실이라는 걸 알고 있다.

모리 가오루와의 사이에서 생긴 아이가 1981년에 태어났다는 것은, 이와조가 적어도 삼십육 년 동안 나를 속였다는 뜻이다. 당연히 그전부터 사귀어 왔을 테니 사십 년 가까이가 되겠지.

부언에 '또 하나의 가정'이라고 본인이 썼다. 그것은 애인과 호텔에서 만나거나 돈만 보내는 관계가 아니었다는 뜻이다. '생활'이라고 불리는 것이 애인과 그 아들과의 사이에도 있었던 거다. 사십 년 가까이, 실로 교활하게 내 눈을 속이며 애인의 집을 드나들었던 것이다. 아마도 상당한 빈도로.

평범한 외박은 들킬 가능성이 있으니 안 했겠지. 그럴 바에야 종이접기 스케치 여행이니 학창 시절 친구와의 온천 여행이니, 얼마든지 거짓말을 하고 숙박하는 여행을 했을 것이다. 그러고 보니 여덟 살 이치고가 갑자기 입원했을 때, 이와조는 중학교 동창회라며 온천에서 일박을 해서 연락이 안 되었던 적이 있다. 이와조가 죽기 얼마 전 내가 농담 삼아 그 이야기를 꺼내자 필사적으로 화제를 딴 데로 돌렸다.

이제야 생각한다. 그건 애인과의 일박 여행이었던 것이다. 그러면서도 "하나는 내 자랑거리야"라고 태연하게 말할 수 있는 사람이었나.

나는 의심조차 하지 않고, 결혼한 뒤로 내내 이와조의 힘이 되어주고 싶다는 생각으로 지내왔다. 무엇보다 가게와 가정을 지키는 것을 우선시해왔다. 아내란 무엇이었나. 열심히 일하고 섹스까지 서비스하는 식모인가. 무엇보다 요 사십 년 동안은 섹스리스였다. 어느 집이나 마찬가지겠거니 했고, 딱히 하고 싶다고도 생각하지 않았다.

하지만 애인과의 사이에서는 그런 것도 있었겠지. 머릿속 피가 단번에 빠져나갔다. 이윽고 그 피가 전신을 맹렬히 도는 것처럼 몸이 뜨거워졌다.

침울하게 말이 없던 유키오가 갑자기 입을 열었다.

"나, 아버지한테 얼마나 우습게 보였는지 알았어."

애기할 기력도 없는 나였지만 이것만은 유키오를 위해 말해 두고 싶었다.

"유키오, 그렇지 않아. 절대로 아냐. 아빠가 얼마나 너를 소중히 여겼는지는 엄마가 가장 잘 알아."

유키오를 위해서라면 고등학교 때의 담임선생한테도 날카롭게 퍼부었다. 장사에 미련이 있어도 가게를 냉큼 물려줬다. 그럴 때의 이와조의 얼굴이 떠오른다. 자신의 소중한 아들에게 절대로 비참한 기분을 맛보게 하지 않겠다는 그런 얼굴이었다.

"그러면 어째서 저쪽 아들 이름이 '이와타로岩太郎'인 거야? 아버지 이와조岩造에서 한 글자를 딴 데다, 심지어 장남을 뜻하는 '타로'라고. 이와조의 장남이라는 뜻이니까 보통은 나한테 붙일 이름이잖아."

이치고가 식은 차를 마셨다.

"유키오, 눈치챘구나. 눈치 못 챌 것 같아서 잠자코 있으려 했는데."

"뭐야, 누나도 나를 우습게 보고 있잖아. 나라도 그 정도는 눈치챘다고."

농담 삼아 말했겠지만 아무도 웃지 않았다.

"나, 유언 집행자 관둘래. 장남 이와타로 님이 하면 되지."

"그러면 안 돼. 그치, 엄마? 도장 찍고 검인받았으니까."

"응."

"못해먹겠군."

유키오를 위해 내 생각을 말하는 수밖에 없었다.

"아빠는 유키오가 아니라 아내인 나를 우습게 여겼던 거야. 유키오가 아냐. 첩과의 사이에서 생긴 아이한테 일부러 그런 이름을 붙인 게 그 증거지."

굳이 '첩'이라고 말했다.

"자기한테는 첩이 더 소중하다는 걸 아내에게 알려주고 싶었던 거야. 미안해, 내 문제인데 유키오를 기분 나쁘게 만들어서."

유키오는 일어서서 거실을 나갔다.

나는 사십 년 가까이 배신당했던 나 자신보다 유키오가 더 가여웠다. 아무리 아내보다 첩이 소중해도 그렇지, 어째서 진짜 장남을 슬프게 만들 짓을 하는가.

결국 첩은 심술부리듯 족자만 달라고 말했고, 이와조는 그 말대로 유언을 남겼다.

용서 못 해. 절대로 용서 못 해.

문득 정신을 차려보니 원망은 전부 이와조를 향해 있었다. 모리 가오루라는 여자와 공범인데도, 모조리 이와조를 향해 있다.

이미 이 세상에 없는 이와조이며, 어차피 곧 죽을 나다. 그러니까 뭐든 할 수 있다. 곧 죽을 나이는 사람을 자유롭게 만들어준다. 나이를 먹는 것의 유일한 장점이다.

유키오가 노트북을 들고 돌아왔다.

"여기저기 검색해서 알아냈어. 모리 가오루의 정체."

유키오가 가리키는 노트북 화면에 '초록 숲 내과 클리닉'이라는 글자가 떠 있었다. 무성한 새잎 같은 초록색 화면에 세련되고 부드러운 인상을 주는 글씨였다.

"모리 가오루는 여기 의사야. 원장."

"원장 애인?! 아빠도 제법이네."

이치고가 장난스럽게 목소리를 높였다.

나는 그 병원의 주소에서 시선이 멈췄다. 고쿠분지 정형외과가 있는 건물의 칠 층이었다. 나는 구태여 그 건물에 갔으면서도 오 층의 고쿠분지 정형외과를 확인했을 뿐, 다른 층은 보지도 않았다. 애초에 봤다 해도 '초록 숲森 내과 클리닉'과 모리森 가오루를 연결시키지 못했을 테고, 무엇보다 첩이 의사라고는 생각지도 못했다.

화면을 들여다보던 이치고가 "원장 프로필이 나와 있어. 나가사키현 나가사키시 출신…… 도쿄도립 의과대학을 나온 의학 박사. 도쿄국제병원, 무사시노 의료센터의 소화기 내과의를 거쳐 2008년에 초록 숲 내과 클리닉을 개설. 소화기를 중심으로 내과 전반을 진료……. 아빠랑은 전혀 접점이 없는 여자잖아. 그치, 엄마?" 하며 나를 봤다.

애매하게 고개를 끄덕이며, 이렇게 잘난 여자를 첩으로 둔 이와조는 나를 어떻게 보고 있었을까 생각했다.

5부

두 사람은 어디서 만났을까?

결혼한 뒤로 이와조는 고쿠분지의 내과를 다닌 적이 없다. 하지만 태연하게 사십 년이나 두 얼굴을 가져온 남자. 내가 모르는 사이에 다녔을 수도 있다.

나는 이와조에 관해 무엇을 생각해도 점점 자신을 가질 수 없게 되었다. 남편은 너무도 오랫동안, 너무도 능숙하게 아내를 속인 남자다. 이와조에 대해 잘 안다고 생각한 나의 자신감은 송두리째 뿌리 뽑혔다.

단, 내가 고쿠분지 정형외과를 찾아가 의사 오타에게 집이 멀다는 이야기를 하며 "남편은 요 근처에서 넘어졌고, 우연히 이곳을 발견해서 온 걸까요?"라고 물었을 때 대답이 돌아오기까지 한순간, 아주 짧은 순간 공백이 있었다. 그것은 틀림없다.

아마도 이와조는 가오루를 만나기 위해 고쿠분지에서 걸어가다 넘어졌을 터다. 가오루는 연락을 받고 곧바로 오 층의 정형외과에 이와조를 보낸 것이다. 오타는 이와조가 '혼자 왔다'고 말했지만, 같은 건물의 잘 아는 의사 동료 가오루가 미리 전화로 부탁해두었겠지.

지금 와서도 가오루에 대한 분노나 증오는 별로 끓어오르지 않는다. 만난 적도 없으니 실체가 느껴지지 않아서일까? 그저 이와조를 용서할 수 없다. 그것은 혐오이자 반감이며, 분명 원한도 있었다. 불을 내뿜는 듯한 증오가 있었다. 이는 나 자신을 용서 못 하기 때문이기도 하다. 한심했다. 쥐구멍에 숨고 싶을 정도로 한심했다. 사십 년 동안이나 속았지만 태평하게도 사랑받고 있다고 믿어 의심치 않았던 것이다. 실제로는 사십 년 동안 "하나는 둔하니까", "하나는 맘대로 조종하기 쉬우니까", "칭찬은 고래도 춤추게 하니까"라며 우습게 봤겠지.

내 인생에 더 이상 앞날이 없어서 다행이다. 삼십 대나 사십 대 때 이걸 알았다면 견딜 수 없었을 것이다. 하지만 곧 죽을 몸이니까 괴로워하는 시간은 금방 끝난다.

말이 없어진 나를 격려하려는 생각인지 이치고가 밝게 얘기했다.

"아빠가 눈이 뒤집혀서 애인이랑 그 자식한테 이것저것 다 물려준다고 유언하지 않은 게 다행이지 뭐야. 그런 잡동사니 같은 족자 따위, 장소만 차지하니까 얼른 줘버려."

유미도 위로할 생각이었겠지.

"맞아요, 어머님. 다들 그러잖아요. 배신하는 것보다 배신당하는 쪽이 좋다고요."

누구라도 상투적으로 할 수 있는 말에 부아가 치밀었다.

"그런 흔해빠진 격려, 난 좋아하지 않아. 병이 나면 '쉬라는 신의 계시예요'라고 말하는 사람이 많잖아. 뭐, 무난하게 마무리할 생각으로 말이지."

무심코 말해버렸다. 역시 평정심을 유지하지 못한 거겠지. 당연하다.

이치고가 유미한테 '미안해'라고 하듯 두 손을 모으는 게 보였다. 유키오는 노트북을 닫았다.

"나는 회복하는 데 시간이 걸릴 것 같아. 정말이지 잘도 '이와타로'라고 붙였군."

유미가 유키오의 무릎에 손을 올렸다.

"괜찮아. 포기하지 마. 포기하지 않으려는 마음이 있으면 반드시 회복할 수 있어."

더는 입 밖에 내지 않았지만, 세상은 진절머리가 날 정도로 '포기하지 마'라는 말을 좋아한다. 포기하지 않는다고 무슨 일이든 달성할 수 있는 게 아니다.

나는 일어서며 말했다.

"그러면 집에 갈게. 난 포기함으로써 회복할 거야."

이 빈정거림은 유미한테는 전혀 통하지 않는 모양이었다. 유키오도 일어서며 "뭐, 어느 순간 마음이 편해졌어. 나한테 이와타로라는 이름을 붙였다면 가게를 못 망치겠지만, 내가 오히려 애인의 자식 같은 이름이잖아. 아무런 책임도 없다는 생각이 들어서 편해" 하고 웃었을 때, 방 한구석에서 내내 잠자코 있던 이즈미가 흐느껴 울었다.

유키오는 그 등을 툭툭 두들기더니 "할머니 데려다드리고 올게" 하며 나를 봤다.

집에 도착하자마자 "맥주라도 마실래?"라고 물었다. 유키오는 손사래를 치며 거절하고는 곧장 족자 앞에 섰다. '의연하게 산다'라는 두꺼운 글자를 바라보고 있다.

"누나 말대로 역시 이건 잡동사니야. 아마추어의 습자잖아."

"엄마도 그렇게 생각해. 하지만 죽은 뒤에도 백화점 왕이라고 불렸던 전설의 다도코로 쇼지로야. 그 정도 되는 사람한테 직접 써달라고 해서 받은 글씨니까 본인한테는 보물이겠지."

아무래도 '이와조'나 '아빠'라고는 칭하고 싶지 않았다.

"아버지가 강연회 대기실에 쳐들어갔다고 했지?"

"경비가 삼엄해서 보통은 안 되는 모양인데 무작정 들어갔대. 마사오카 시키인지 누군지가 쓴 이 구절을 읽은 뒤로 다도코로 씨의 장사가 잘되기 시작했다는 얘기를 듣고 거기에 기대고 싶었던 거겠지."

"어머니, 아버지한테는 추억의 물건이라도 애인한테는 전혀 의미 없잖아."

"심술이지 뭐."

"응?"

"그 여자는 그늘에서 사십 년을 살았잖니. 아무에게도 들키지 않도록 애써왔으니 본처에 대한 분한 마음이 한구석에 쭉 있었겠지. 아마도 족자 이야기를 듣고 우리 부부가 함께 소중히 여긴다는 걸 알아차린 거야. 그런 소중한 것이라면 본처에게 건넬까 보냐 싶었던 거지."

"있을 법한 일이네. '난 딱히 필요 없으니까, 뺏기만 하고 버릴래' 했던 건가."

"그렇겠지."

"족자, 얼른 그 여자한테 보내서 매듭지어버려."

"으응" 하고 대답하긴 했지만 우리 부부가 정들었던 족자였다. 이와조에게는 이제 혐오밖에 느낄 수 없지만 좋은 점도 잔뜩 있는 사람이었다. 이런 생각을 문득 하게 되니까 오랜 세월 함께 살아온 부부는 성가시다.

"……어째서 아버지는 이와타로를 인지하지 않았을까? 보통 자기 자식이라는 확신이 있으면 했을 텐데, 남자로서."

"그 애는 필요 없었던 거지. 아들은 유키오 하나로 충분했던 거야."

"필요 없는 아들한테 '이와타로'라는 이름은 안 붙이지."

나는 이야기를 딴 데로 돌렸다.

"여자가 인지할 필요 없다고 한 건, 본인이 의사고 자립해 있기 때문이겠지."

"그래도 보통은 해달라고 하잖아. 아이를 생각하면 아버지가 서류상 공란이어서는 곤란하니까."

맞는 말이다.

"이제 생각해봤자 별수 없잖아. 냉큼 족자를 보내고 매듭지을 거야."

"엄마는 그 여자를 한 대 후려갈겨도 될 것 같은데."

"그럴 마음 전혀 없어. 만나고 싶지도 않고, 앞으로도 일절 만날 생각 없어. 후려갈기고 불 싸지르고 싶은 건 유키오 네 아버지야. 무덤을 파헤쳐서 유골함을 열고, 펄펄 끓는 기름을 부어주고 싶어."

유키오는 웃었다.

"하지만 애인은 예순여덟이잖아. 예순여덟은 여자로서 한창 때가 지난 나이지. 보통 남자한테 일흔이 다 되어가는 할머니는 신경도 안 쓰이거든."

그렇긴 해도 예순여덟은 전기 고령자다. 아직 '인생 게임'의 미래에 '후기 고령자'가 있다. 내게는 앞날이 없다. 후기 고령자의 앞날은 없는 것이다. 있다면 종기 고령자, 만기 고령자인가?

말기 고령자인가? 그다음은 종말 고령자고, 마지막은 임사臨死 고령자겠지.

예순여덟 살은 젊다. 이와조에게 안겨서 자식까지 만든 젊은 여자의 모습은 보고 싶지 않다.

그러나 딱 한 가지 그 첩이 훌륭하다고 생각한 건, 사십 년 동안 그림자도 형체도 기색조차도 내비치지 않았다는 점이다. 본처에게 부아는 치밀지만 완전히 그늘의 사람으로 지낼 각오를 한 거겠지. 옛날 기생처럼 말이다.

요즘은 정치가의 내연녀든, 사업가나 연예인의 내연녀든 여차하면 표면으로 나와서 모조리 다 털어놓는다. "그 사람을 믿었는데 속았습니다. 속은 제가 바보였습니다"라고 지껄인다. 그러다 마지막에 가서는 '재출발 누드' 따위를 찍기도 한다. 정말이지 내연녀의 수준으로 남자의 수준을 알 수 있다.

이와조의 첩은 그 점만은 장했다. 사십 년이라는 세월 동안 인기척을 내비치고 싶을 때도 있었을 텐데 전혀 그러지 않았다. 가장 마지막 순간에 우리 부부가 함께 소중히 여겼던 족자를 빼앗음으로써 다년간의 울분을 풀려 했던 거겠지. 훌륭하지 않은가. 도둑도 할 말은 있다더니.

유키오가 돌아간 뒤 나는 창고를 열었다. 추도 개인전에 쓰기 위해 모아둔 종이접기 작품 상자를 끌어냈다. 이와조가 소중히 여기던 작품이 연차별로 단정하게 정리되어 있다. 평면 작품은 접어서 겹쳐놓았고, 입체 작품은 형태가 망가지지 않도록 하나씩 작은 상자에 넣어뒀다.

나는 그것들을 거칠게 움켜쥐고 마구 찢었다. 아무것도 생각하지 않고 차례차례 잡아 찢었다. 4분의 1도 채 못 찢었을 때 손이 아파왔다. 이래서야 내 손이 찢어지겠다.

생각 끝에 부엌에서 45리터짜리 쓰레기봉투 다발을 들고 왔다. 거기에 닥치는 대로 처넣었다. 발로 밟고 또 처넣었다. 평면으로 접은 장미꽃과 백합은 꽃잎이 뜯겨 날아다녔고, 입체 빌딩과 괴수는 납작해졌다. 아아, 기분 좋다.

그 쓰레기봉투를 베란다 바닥에 두고 입구에 호스를 처박았다. 수도꼭지를 최대로 틀었다. 작품은 격렬한 물줄기를 맞았다. 물을 흡수해서 흐물흐물해지자 쓰레기봉투를 밟아서 차오른 물을 빼냈다. 한 자루 완성. 다음 봉투다. 옛날에는 인쇄가 조악했는지 오래된 작품에서는 빨강과 초록 등의 색깔이 번져서 베란다로 탁한 물이 흘러나왔다.

처음에는 욕실에서 작품에 물을 마구 끼얹을까 생각했다. 하지만 그러면 나중에 청소하기 힘들다는 사실을 깨닫고 관뒀다. 처음부터 쓰레기봉투에 처넣으면 버리는 게 편하다. 좋은 생각이었다. 물고문을 당한 봉투를 손수레에 싣고 아파트 쓰레기장으로 옮겨서 '소각용 쓰레기' 칸에 던져 넣었다.

다음에는 음식물 쓰레기와 함께 불고문이 기다리고 있다. 단

말마의 비명을 지르는 편이 좋을 거다.

그날 밤, 새벽녘까지 잠들지 못했다. 이 정도의 일을 당하게 한, 비참한 꼴을 보게 한 남편인데도 좋은 점이 머릿속을 스쳤다. 그것은 1퍼센트일지언정 아무래도 깨끗이 닦아낼 수 없다.

이와조는 아내를 배신하는데 1퍼센트의 망설임도 없었던 걸까? 없었으니 사십 년씩이나 계속할 수 있었던 걸까?

일주일 뒤, 겨우 동네 상점가에 뭘 사러 나갈 마음이 생겼다. 되도록 마트나 편의점이 아니라 동네 상점에서 물건을 사고 있지만, 이와조가 죽은 뒤로는 거의 밖으로 나가지 않았다. 아는 사람이 바글바글한 상점가니까 다들 말을 걸겠지. 귀찮지만 어쩔 수 없다. 창밖에 부는 섣달 바람이 차가울 것 같다. 회색 하늘도 무겁게 내려앉았고, 마른 나뭇가지는 노인의 혈관을 연상케 한다.

고쿠분지에서 산 다리가 길어 보이는 효과가 있는 데님 팬츠에 모카 브라운 터틀넥 스웨터를 함께 입었다. 그 아래로 밝은 레몬옐로 스카프를 둘러서 아주 살짝 삐져나오게 했다. 거기에 짙은 남색 더플코트다.

사람들의 눈이 있으니 대충 입지 않는다. 단, 이웃이란 아무래도 이러쿵저러쿵 떠드는 법이다. "남편이 죽었는데 화려한 옷을 입었더라", "상중인데도 쩔렁거리는 액세서리를 하고 나들이 옷 차림으로 낫토를 사더라니까" 하는 식이다.

그렇다고 초라한 몰골로 거리를 거닐면 "충격이 엄청나게 오래 가나 봐", "지금까지 화장이나 옷으로 감춰왔지만 푸석푸석해진 걸 보니 역시 나이가 드러나더라고" 같은 소리를 듣는다. 이웃 관계에서는 균형을 잘 잡아 치장하는 게 중요하다. "자기가 입고 싶은 걸 입어야 해. 남을 위해 멋 부리는 게 아니야"라고 나잇살 먹고도 자랑인 양 말하는 사람도 있는데, 그 얕은 생각을 부끄러워해야 한다.

나는 옅은 화장처럼 보이게 하면서도 해야 할 것은 다 하고 밖으로 나갔다. 걸으면서 다시 사십 년이나 날 속였던 이와조를 생각한다. 첩을 생각한다. 그러자 몸이 무거워졌다. 이 정도로 멍청이 취급을 받은 아내이건만 몸의 절반이 없어진 느낌은 강렬했다. 이 상실감은 첩에게는 없겠지. 이 느낌은 아내만의 것이다.

이와조가 죽었는데도 첩은 태평하게 살아있다. 끝내는 족자를 넘기라고 지껄인다. 처음에는 이와조의 처사가 너무 충격적이어서 첩에 대한 분노나 증오는 그리 끓어오르지 않았다. 옛날 기생 같다고 감탄했을 정도다. 하지만 시간이 지날수록 첩에 대한 원망과 증오도 확실히 커져간다.

이대로 괜찮은가.

아무렴, 괜찮지. 얽히지 말자.

정말로 괜찮은가.

괜찮다.

상점가 입구까지 갔더니 "하나 씨!" 하는 소리와 함께 전 찻집 안주인이 뛰어나왔다. 이어서 신발 가게, 화장품 가게, 전통 과자 가게의 전 안주인들이 잇달아 뛰어나왔다.

"하나 씨, 건강해 보이네. 다행이야."

"이제부터 점심 먹으려고 모두 모였어."

"하나 씨도 같이 안 갈래? 느긋하게 수다 떨면서 점심 먹자."

생각해보면 여기 모인 네 사람은 다들 '전 경영자의 안주인'이다. 우리 집도 그렇지만 가게 대부분은 아들이나 딸에게 대물림했다. 뒤를 이을 사람이 없는 가게는 문을 닫았고 점주 부부는 어딘가로 이사 갔다.

어느 가게나 점주 부부가 동년배였던 시절은 뭘 하든 즐거웠다. 상점회의 버스 여행이나 납량 본오도리*, 계절별 할인 행사에도 적극적으로 참여했다. 점주 부부끼리 아침까지 노래방에서 놀기도 하고, 스터디 모임에 나가기도 하고, 어째서 그렇게 즐거웠을까?

지금은 더 이상 그런 걸 즐겁다고 생각하지 않고, 뭘 해도 피곤하다. 무엇보다 하고자 하는 의욕이 생기지 않는다. 이것이 나

---

* 일본에서 백중 기간에 죽은 이를 공양하기 위해 여는 행사 또는 그 행사에서 추는 춤.

이를 먹었다는 증거일까?

전 찻집 안주인이 나를 위로하듯 봤다.

"하나 씨 부부는 사이가 좋았으니까, 그리 빨리는 회복이 안 되겠지."

"하나 씨가 밖으로 나오지 않는 건 집에 틀어박혀 울고만 있어서가 아닐까 하고 다들 걱정했어. 살펴보러 가기도 어렵다고들 했지."

나는 웃는 얼굴로 대답했다.

"고마워. 유품 정리 같은 건 일단락됐지만 짝이 없는 생활에는 어지간히 적응이 안 되네."

"그렇겠지. 이와조 씨는 상점회 잔치 등에서 언제나 '하나는 내 보물'이라고 태연하게 말했으니까. 외롭겠어."

나는 웃는 얼굴을 일그러트리지 않았다.

"그런 말을 했어? 정말 듣기 거북했겠네. 미안해. 하지만 나도 '뭐, 좋은 결혼 생활이었어'라고 생각하면서 웃고 있어. 남편은 웃는 내가 제일 좋다고 말했으니까……. 이렇게 죽은 사람을 자랑해봤자 소용없지만."

전 화장품 가게 안주인이 찬찬히 나를 봤다.

"하나 씨가 젊고 세련된 건 이와조 씨의 자랑거리였어."

"아이참, 그런 말까지 했어?"

"했지. 근데 그 말대로야. 하나 씨는 생활이 확 바뀌었을 텐데 오늘도 세련되고 예쁘잖아."

"진짜 그래. 하나 씨는 센스도 좋고 젊지."

"고마워. 죽어도 왠지 남편이 집에 있는 느낌이 들어서 몸단장을 소홀히 할 수 없달까."

자연스럽게 죽은 남편을 그리워하는 아내의 대사를 덧붙였다. 다른 여자가 있었고 자식까지 뒀던 것은 아무도 모른다. 정도의 차이는 있겠지만 누구나 남의 불행에 조금은 설렌다. 그런 고소한 맛을 보여줄까 보냐. 남편이 사십 년이나 다른 가정을 가지고 있었던 것은 상점회 사람뿐만 아니라 친구나 지인에게도 절대로 알리고 싶지 않다.

알려진다면 무슨 말을 들을지 모른다. 나를 두고 "젊고 패셔너블해서 이와조 씨의 자랑거리였어"라고 말하던 사람들이 "스타일리스트도 아니면서 본인이 입는 옷에 자신감이 넘치고, 요컨대 젊어 보이려고 용쓰는 아내잖아. 그걸 남편한테까지 억지로 시키니까 이와조 씨도 귀찮았던 거겠지. 애인을 만들고 싶어지는 것도 무리는 아냐" 하며 태도를 싹 바꾸는 것이 세상 사람들이다.

전 안주인들과 헤어져 걷기 시작했다. 분명 모두가 내 등을 배웅하고 있을 것이다. 시선을 의식하며 등줄기를 쭉 펴고 평소보다 큰 보폭으로 걷는다. 숨이 차지만 저 모퉁이를 돌기 전까지는 절대로 이 자세를 무너트릴 수 없다.

모퉁이를 돌 때 뒤돌아보자 예상대로 네 사람이 지켜보고 있었다. 나는 숨이 찬 기색조차 내비치지 않고 네 사람을 향해 크게 손을 흔들었다. 나는 이런 후기 고령자가 되고 싶었던 것이다.

모퉁이를 돈 다음 거친 숨을 몰아쉬며 가드레일에 기대어 잠시 쉬었다.

나는 누구를 위해 외모를 가꿔 제 나이보다 젊고 멋진 여자로 보이고 싶은 것인가. 남편을 위해서라는 이유도 없지는 않았지만, 딱 그 정도다. 그건 전부터 알고 있었다. 남편이 죽어서 없어져도 남의 눈이 있는 곳에서는 이처럼 몸치장을 소홀히 하지 않는다. 원래 남편한테 칭찬받아도 그렇게 기쁘지 않았다.

나는 다른 여자들의 눈을 의식해서 몸단장을 대충하지 않았던 것이다. 그 사실을 새삼 깨달았다. 여자들은 엄격하다. 그렇기에 더욱 세련된 여자에게 칭찬받거나, 〈코스모스〉의 편집자나 부티크 주인 같은 젊은 프로의 찬사를 받는 게 무엇보다 격려가 된다.

동창회에서 만난 마사에나 아케미 같은 할머니들은 "노인은 편한 게 제일"이라고 말했다. 그렇게 하지 않는 내게 달갑잖은 듯한 눈빛을 보내고 가시 박힌 말을 던졌다. 이는 뒤집어 보면 전부 여자들의 칭찬이다.

가드레일에서 떨어져 발걸음을 내딛자 다시 이와조가 머릿

속에 잠입했다.

왜 사십 년 동안이나 나를 속인 걸까? 왜 나를 보석이라고 계속 말했을까? 내 어디가 불만이었을까? 첩은 내게 없는 무엇을 가지고 있었을까? 나와 첩 가운데 누가 더 좋았을까?

아무리 생각해도 답은 나오지 않는다.

남자든 여자든, 살아있는 인간에게는 표리가 있다. 결국 답은 여기로 다다른다.

거울에는 표면밖에 비치지 않지만, 비치지 않는 이면이 있다. 하지만 비치고 있는 평면만이 전부라고 믿는 부부나 부모 자식도 있겠지. 그건 행복이다. 거울에 비치지 않는 이면을 알아봤자 좋은 일은 아무것도 없다.

문득 '뒷면을 보이고 앞면을 보이고 떨어지는 단풍'이라는 료칸˙의 시구가 떠올랐다. 이 시구를 종종 읊었던 이와조는 자신의 이면을 단번에 보여주고 떨어졌다.

세상에는 자식을 먼저 보내거나 남편이나 자식이 범죄자가 되는 등 나보다 더 괴로운 상황에 처한 사람들이 있다. 그래도 괴로워하면서 어떻게든 다시 일어서려 한다. 이미 죽어버린 옛 남편한테 첩이 있었던 것쯤이야 웃어넘기면 된다. 나는 그런 여자가 되고 싶었을 터다.

˙ 에도 시대 후기의 승려이자 가인.

사실은 나도 이와조를 얕보고 있었다. 여자랑은 인연이 없는 남자라고 생각했고, 종이접기가 유일한 취미인 성실하고 고지식한 사람이라며 마음껏 안심하고 깔봤는지도 모른다.

이제 전부 다 잊고 싶다. 이와조와 결혼했던 것조차 잊고 싶다.

필요한 것을 사서 집으로 돌아오자 족자가 눈에 들어왔다. 얼른 이걸 첩한테 보내버리자. 이와조에 대한 복수는 내가 이 일을 가뿐하게 극복해서 떠올리지도 않는 것이다. 만약 어딘가에서 이와조 이야기가 나온다면 아무런 힘도 주지 않고 "좋은 남편에, 좋은 아버지였어요"라고 웃으며 말하는 거다.

그리고 '의연하게 사는' 거다. 이만한 복수는 없다. 첩과 만나서 서로에게 욕을 퍼붓는 촌스러운 여자가 되고 싶지는 않다. 나는 족자를 떼어냈다. 이와조가 있는 힘을 다해 손에 넣은 글이다. 이것을 보내버리고, 나는 있는 힘을 다해서라도 의연하게 살 것이다. 뭘 위해 일흔여덟씩이나 되었는가. 애송이와는 다르다. 얼마 남지 않은 인생을 의연하게 살아갈 정도는 단련되어 있다.

된장국과 샐러드로 저녁밥을 먹은 뒤 족자 포장을 시작했다. 이 글귀를 족자로 만들었을 때 받은 상자가 남아 있다.

먼저 함께 보낼 편지를 썼다. 만년필이다. 이럴 때 붓은 지나치게 힘을 줬다는 게 뻔히 보여서 약점이 된다. 늘 사용하는, 빛에 비추어보면 무늬가 드러나는 편지지에 블루블랙 잉크가 적당하다.

> 오시 이와조의 아내입니다.
>
> 덕분에 남편의 장례식과 사십구재를 무사히 끝마칠 수 있었습니다.
>
> 모리 님께는 생전에 오시가 신세를 많이 졌습니다. 진심으로 감사드립니다.
>
> 오시의 유언장에 이 족자는 모리 님께 남긴다고 쓰여 있었습니다. 보내드리니 모쪼록 받아주세요.
>
> 이제부터 추위가 더더욱 심해질 테니 거듭 몸조심하시기를.
>
> 끝으로 아드님께도 인사 전해주시고요.
>
> 2017년 12월
> 오시 하나

 '님'이나 '씨'를 붙이지 않고 '오시'라는 성으로만 남편을 부를 수 있는 건 아내뿐이다. 그 점을 의식하고 썼다.

 마지막의 '아드님' 구절은 쓰는 편이 좋을지 안 쓰는 편이 좋을지 엄청나게 고민했다. 쓰면 전부 다 알고 있으면서도 소중한 족자를 보내는 본처의 도량이 드러난다. 그것도 정중한 자필 편지를 곁들여서다.

 하지만 굳이 아들을 언급하면 굉장히 신경 쓰는 것처럼 보일지 모른다. 신경 쓰이는 게 당연하지만 첩 따위에게 그렇게 보이고 싶지 않다.

나는 좌우간 얼른 잊고 싶을 뿐이다. 생각 끝에 언급하지 않기로 하고 다시 썼다. 그리고 장례식 당일에 나눠준 조문 감사 엽서를 동봉했다. 거기에는 감사 인사와 함께 다음과 같이 인쇄되어 있다.

> ·· **상주** 아내 오시 하나   **장남** 오시 유키오
> **장녀** 구로이 이치고

포장은 구석구석 신경 써서 정성껏 했다. 족자의 손상을 막기 위해서가 아니다. 본처의 자상함을 보여주기 위해서다.

다음 날, 유키오더러 그것을 가지러 오라고 했다. 유키오의 이름으로 보내면 유언 집행자로 장남이 지명되었다는 사실도 드러낼 수 있다. 웬일로 유미까지 따라와서 "꽤 무겁네요. 포장도 힘드셨죠?" 하며 알랑거렸다.

나도 싸울 마음은 없어서 "아니, 깔끔하게 잘 포장됐어. 맞다, 맛있는 쿠키가 있었지" 하며 차를 권했다.

유미는 쿠키를 집어먹은 뒤 마치 방금 생각났다는 듯이 물었다.

"저어…… 아버님 추도 개인전은 예정대로 하나……요?"

과연, 이걸 물어보고 싶어서 일부러 온 건가. 가장 의욕을 보였던 유미라고는 해도 이런 질문을 하다니. 이 녀석, 바보인가?

"할 리 없잖아."

그리 대답하고 미소를 띠며 목소리를 낮췄다.

"종이접기 작품은 하나도 남김없이 물고문을 해줬어. 지금쯤은 불고문을 당하고 있을걸."

유미는 이해를 못 한 모양이지만 유키오는 입술을 일그러트리며 웃었다.

"물고문은 욕실에서?"

"쓰레기봉투에 처넣고 베란다에서."

"대단해! 엄마, 잘했네."

유키오는 손뼉을 치며 기뻐했다. 이런 애가 아니었는데 이름 건이 어지간히 분하고 비참했던 거겠지.

이쯤 되자 유미도 이해한 모양이다.

"당연하죠. 어머님 마음은 그래도 안 풀리겠지만요."

힘없이 그렇게 말하고는 내게 고개를 끄덕여 보였다. 낙담한 모습은 감추지 못했지만 그래도 "맛있어요" 하며 웃는 얼굴로 쿠키를 집어 먹고 잠자코 식은 홍차를 마셨다. 보풀이 일어난 스웨터에 낡은 폴로셔츠 옷깃이 나와 있는, 빈상에 비쩍 마른 유미가 필사적으로 웃음을 지으며 나에게 동의하자 왠지 처량하다.

빈틈없는 화장에 화려한 옷을 입은 여자라면 이렇게까지 처량해 보이지는 않을 것이다.

나는 왠지 불쌍해져서 "유미, 이 쿠키 안 뜯은 게 있으니까 가져가렴. 두 캔 받았거든" 하고 자비를 베풀었다.

족자를 떼어낸 벽은 그 부분만 볕에 바래지 않아서 희멀겠다.

며칠 뒤 저녁, 이치고가 커다란 종이봉투를 껴안고 찾아왔다.

"런던의 마리코가 남편이랑 같이 스코틀랜드에 여행 가서 우리 모두에게 선물을 보내줬어. 엘긴인가 하는 동네의 유명한 캐시미어야. 비싸서 나랑 유미랑 이즈미는 머플러고 엄마 것만 스웨터를 샀대. 봐."

아이보리 화이트의 무척 근사한 스웨터였다. 나를 위로하는 거구나 싶었다.

"마리코한테 첩 이야기 했니?"

"첩이라고 계속 부르는 것도 대단하네, 엄마. 얘기했지. 놀라서 말도 못 하더라."

첩이 있었던 것은 나의 수치다. 손주에게조차 알리고 싶지 않았지만 어쩔 수 없다.

"이제 유미한테 머플러 갖다주러 갈 건데 엄마도 안 갈래?"

"그러지 뭐. 유키오한테 확인하고 싶은 것도 좀 있고."

나는 방금 받은 캐시미어 스웨터를 입었다. 부드러운 아이 보리 화이트에 검은색과 금색 스카프를 옷깃 밖으로 조금 삐져나오게 했다. 강렬한 색조가 신기하게 잘 어울린다.

"엄마, 잘 어울려. 난 아빠가 아니지만 이런 엄마는 자랑스러워."

그렇게 말하는 이치고는 기쁜 기색이었다.

가게에서 유키오를 만나자마자 물어봤다.

"첩한테 족자 받았다고 연락이 왔니?"

"아니, 벌써 일주일 가까이 지났어. 나도 엽서 한 장이라도 곧 오겠거니 해서 매일 신경 쓰고 있는데 말이지."

아직 저녁 무렵인데도 이즈미는 벌써 술상 준비를 시작했다. 본인은 미성년자인데 어른처럼 술상을 보는 자신이 기특해서 견딜 수 없는 모양이다.

"아빠는 답장 하나 안 보내는 수준 낮은 여자의 어디가 좋았을까?"

"그치. 본처한테 정중한 편지를 유품에 곁들여 받으면 보통은 금방 답장할 텐데. 의사라도 변변치 않네."

"변변치 않은 여자의 아들도 변변치 않아. 나이도 먹을 만큼 먹었으니 어머니 대신 감사 편지를 보낸다든지, 생각할 수 있잖아?"

유키오의 원망은 반드시 이와타로에게로 이른다.

"훈남 따위, 변변치도 않네."

이즈미는 그렇게 말하며 잔을 늘어놓았다.

이렇게 해가 저물락 말락 할 때부터 가족끼리 술을 마신다. 첩이 있든 말든 이런 행복을 준 것은 이와조다. 게다가 오늘은 드물게 유미가 만두를 구웠다. 마늘 냄새가 가득한 가운데 맥주나 위스키 등 저마다 좋아하는 술을 따라 잔을 기울인다.

최고의 안줏거리는 첩이다. 다들 입에 침이 마르도록 욕을 퍼붓는다.

"어차피 첩밖에 못 되는 수준의 여자야."

"그건 다른 첩한테 실례잖니. 제대로 된 사람도 있어."

"나는 이제 아빠를 이 집 사람으로 생각 안 해."

"나도 누나랑 마찬가지야. 이름 문제뿐만 아니라 엄마한테 한 행동이 최악이야."

"나도 할아버지의 손녀라고는 생각 안 해. 할머니 한 사람의 손녀야."

이즈미가 차를 마시며 악담을 하더니 나를 보고 미소 지었다. 이 아이는 여기서 20킬로그램만 빼면 얼마나 귀여워질까.

가족이 있어서 다행이었다. 혼자 있으면 이와조를 향한 혐오와 원망, 스스로의 한심함과 비참함만이 나를 덮친다. 가족과 있어도 그 기분은 사라지지 않지만, 어차피 곧 죽을 거니까 모두 함께 즐겁게 살아가면 된다는 생각이 든다.

젊은 시절 사회의 최전선에서 일했던 사람이라도, 중요한 지위에 있었던 사람이라도, 마지막에는 누구나 가족의 품으로 돌아간다고 들은 적이 있다. 가족의 소중함을 깨닫는 거라고 한다. 곧 죽을 몸인 인간에게 무엇보다 아까운 것은 괴로워하는 시간이다.

그때 초인종이 울렸다. 가게 입구와는 별도로 자택의 문이 있다. 밖으로 나가본 이즈미는 금세 돌아왔다. 왠지 얼굴이 상기되어 있다. 그리고 우두커니 선 채로 말했다.

"모리 이와타로야."

순간 방이 고요해졌다.

"내가 나갈게."

이치고가 일어섰다.

잠시 후 현관에서 목소리가 들려왔다.

"마침 엄마도 와 있으니 안으로 들어오세요."

"아뇨, 여기서……."

"들어오세요. 엄마랑 얘기해주세요. 저는 잘 모르니까요. 자, 얼른요."

이치고의 말투는 온화했지만 거역할 수 없는 힘이 있었다.

이윽고 이치고를 따라 이와타로가 들어왔다. 들었던 대로 몹시 빼어난 용모였다. 이 청년이 이와조의 아들인가.

키는 유키오보다 커서 180센티미터는 넘을 것 같다. 강인해 보이는 가무잡잡한 피부에 이목구비가 반듯해서 짙은 남색 양

복이 태가 난다. 배다른 형제라지만 어디를 봐도 유키오의 남동생으로는 보이지 않는다.

이와타로는 카펫에 무릎을 꿇고 앉아 "모리 이와타로라고 합니다. 어머니와 저의 일은 정말 죄송합니다" 하며 두 손을 바닥에 짚고 머리를 숙였다.

나는 미소로 답했다.

"이와조의 아내, 오시 하나예요."

"어머니도 저도 사죄드려서 용서받을 일은 아니라고 생각합니다만, 죄송합니다."

똑바로 바라보는 눈이 어딘가 이와조를 닮은 것 같기도 하다.

캐시미어와 강렬한 인상의 스카프라는 세련된 옷차림으로 와서 다행이었다. 그것만으로 자신감을 가질 수 있다. 이와타로는 나의 젊음과 분위기에 조금은 놀랐을 것이다.

이와타로는 명함을 내밀었다. '야마베 도루 건축설계사무소 일급 건축사 모리 이와타로'라고 쓰여 있었다. 야마베 도루는 나도 아는 세계적인 건축가다.

나는 사근사근 재촉했다.

"우선 아버님께 분향하세요."

이와타로는 놀란 기색으로 숨을 멈췄다. 이치고와 유키오 부부도, 이즈미까지 모두 그랬다.

"제가 분향을 해도 될까요?"

"당연하잖아요. 아버님도 기뻐할 거예요."

이와타로는 내게 깊숙이 고개를 숙인 채 잠시 동안 들지 않았다.

나라고 해서 '아버님'이라고 칭하고 싶을 리 없다. 하지만 그렇게 말하는 편이 여자를 도량 넓어 보이게 한다. 싸움은 샅바를 맞잡고 일어선 순간 결정된다.

이와타로는 거실 한구석에 있는 불단 앞에 정좌하고 두 손을 모았다. 머리를 숙이고 합장하는 뒷모습으로 목덜미 중간의 움푹한 곳이 보였다. 목덜미의 그 골짜기는 이 청년을 어딘가 가냘프게 느껴지게 했다.

이와조의 우수하고 아름다운 아들은 일류 건축사무소에 들어가서 보람찬 일을 하고 있겠지. 하지만 태어났을 때부터 아버지가 없었고 인지를 받지 못했으니 호적상으로는 누가 아버지인지 모른다. 옛날 같은 차별은 없어졌지만 어릴 때는 틀림없이 슬픈 일도 많았을 것이다. 기댈 곳 없어 보이는 무방비한 목덜미의 골짜기가 그런 생각을 하게 만들었다.

"감사합니다."

우리 앞으로 돌아와 다시 두 손을 바닥에 짚은 이와타로에게 유키오가 "제가 오시 이와조의 장남, 오시 유키오입니다" 하고 스스로 이름을 댔다. 그 눈에서 첩의 소생보다 우월한 입장이라는 패기가 보였다.

이와타로는 곧바로 명함을 내밀며 인사했지만 유키오는 자신의 명함을 꺼내지 않았다.

유키오가 모두를 소개했고, 이와타로는 하나하나 머리를 숙이며 바라보았다. 이즈미는 똑바로 시선을 받지 못하고 고개를 숙이고 있었다.

유키오가 조용히, 그러나 강하게 단언했다.

"저희 가족은 모리 님 모자와 가깝게 지낼 마음이 없고, 앞으로 만날 필요도 전혀 없다고 생각하고 있습니다. 그래서 제 명함도 드리지 않았습니다. 어머니도 죽은 남편이 생전에 저지른 잘못에 대해 이제 와서 왈가왈부할 마음은 없다며 웃고 있습니다. 그렇기 때문에 유언장 집행자의 책임에 따라 족자를 보내드린 것입니다."

유키오가 전에 없이 또박또박 말했다. 이름 일이 어지간히 참기 힘든 거겠지. 완전히 유키오가 우위에 있는 것처럼 보였다.

그러나 내 안에서는 미묘하게 마음이 바뀌고 있었다. 이 사람이 이와조와 첩 사이에서 태어난 자식이다, 하고 강제로 눈앞에서 보게 된 탓이다. 갑자기 찾아왔다고는 해도 이와타로를 보고 싶지는 않았다. 이 아이의 피와 뼈는 남편이 다른 여자와 만든 것이다. 서른여섯 살이나 된 청년을 눈앞에 두자 속았던 세월의 길이가 느껴졌다. 이제까지 억누르고 진정시켰던 감정이 치솟기 시작했다.

첩과도 그 자식과도 만난 적이 없어서, 바로 그 때문에 지금까지 조금이나마 냉정을 유지할 수 있었다. 실체를 느끼지 않는 건 중요했다.

"방금 말씀하신 족자를 되돌려드리기 위해 오늘 찾아뵈었습니다."

이와타로는 'T. Yamabe'라고 적혀 있는 커다란 종이봉투에서 보라색 보퉁이를 꺼냈다.

"지금까지 연락을 못 드려서 죄송합니다. 어머니가 학회 일로 한국에 갔다가 어젯밤에 집에 왔습니다. 소포를 풀어봤더니 편지와 족자가 나와서 굉장히 놀랐다고 합니다. 저한테 전화를 걸어서 이건 오시 님 부부가 소중히 여기시는 물건이라 절대로 받을 수 없으니 얼른 돌려드리러 가달라고 부탁했습니다."

유키오가 즉시 되밀쳤다.

"아버지의 유언장에는 '족자는 모리 가오루에게 유증한다'라고 명기되어 있었습니다."

그리고 더욱 밀어붙였다.

"무엇보다 당신의 어머님이 우리 아버지한테 갖고 싶다고 말씀하셨죠. 우리 아버지의 유언장에는 그렇게 적혀있었습니다. 그런데도 '돌려드려라'라니, 이상하지 않은가요."

'우리 아버지'라고 두 번이나 반복해서 쓸데없이 힘이 들어가 있다. 게다가 약간 시비조다. 이래서야 싸우기도 전에 진 거나 다름없다.

내가 상냥하게 덧붙였다.

"부디 가지고 가셔서 어머님 병원에든 어디든 걸어주세요. 어머님이 갖고 싶다고 말씀하신 건 어머님한테도 애착이 있었기 때문이겠지요. 부디 남편의 유언대로 거두어주세요."

나도 '남편'이라는 단어에 힘을 줬을지도 모른다.

"아뇨, 어머니는 분명 그다지 애착이 없을 거예요. 단지 어머니가 다도코로 사장한테 받아서 드렸을 때, 생색내듯이 '필요 없어지면 나한테 주세요'라는 정도의 농담은 했을지도 모른다고 말했습니다. 그 말을 진심으로 받아들이셨나 보다 하며 미안해했어요."

……어떻게 된 일인지.

'다도코로 사장한테 받아서 드렸다'라니…… 무슨 말이야. 족자는 이와조가 대기실로 쳐들어가 받은 것이 아니었나.

모두가 표정이 굳어 있는 가운데 가장 먼저 태세를 재정비한 것은 이치고였다.

"그랬나요. 다도코로 사장한테 부탁해서 받아주신 분이 어머님이셨나요. 아버지는 저희 가족에게 어떤 분을 통해서 받았다고는 얘기했지만, 어머님이라고는 생각 못 했네요. 그야 아버지도 말 못 했겠지요."

블랙베리의 훌륭한 반격이었다.

"홈페이지에서 봤는데, 어머님은 도쿄국제병원에 계셨다고요."

"네. 마흔다섯 살까지 계셨고, 다도코로 사장의 주치의가 어머니였습니다."

"그랬군요. 그렇다면 그 카리스마 넘치는 경영자에게 부탁도 할 수 있었겠죠. 아버지가 이 족자를 얼마나 소중히 여겼는지 몰라요. 그치?"

이치고는 나를 봤다. 눈이 '잘 맞춰'라고 말하고 있다.

"딸이 말한 대로 남편은 그걸 가보라며 소중히 여겼지요. 사실은 저…… 아니, 딸도 아들도 눈치채고 있었답니다. 어딘가에 좋아하는 여자가 있고, 어쩌면 자식도 있는 게 아닐까 하고요."

유키오도 유미도, 그 대단한 블랙베리조차 어처구니가 없는 기색이었지만 나는 태연하게 말했다.

"요 삼십 년 동안 두세 번쯤 용건이 생겨서 호적 등본을 떼어 본 적이 있어요. 하지만 자식을 인지했다는 기록이 없었으니 지나친 생각이었나 하며 다 함께 웃었지요."

이치고가 이때라는 듯 말을 이었다.

"아버지는 왜 이와타로 씨를 인지하지 않았을까요. 아버지는 책임감 강한 사람이었던 것 같은데요. 인지를 못 받아서 어머님도 이와타로 씨도 살아가기 힘들지 않았나요?"

이와타로는 아무런 힘도 주지 않고 당연하다는 듯 대답했다.

"어머니 쪽에서 인지는 필요 없다고 말했다고 합니다."

"그야 경제력은 있으시겠지만, 호적의 아버지 칸이 공란인 건 보통은 피하고 싶어 하지 않나요? 당시 아직 혼외자에 대한 차별도 있었을 텐데요."

이치고는 일부러 '공란'이니 '혼외자'니 '차별'이니 하는 단어를 쓰고 있는 것 같다. 동시에 문득, 본처 가족 여럿이 우르르 달려들어 젊고 아름다운 청년을 괴롭히고 있는 듯한 기분이 들었다. 그런데 이 청년은 대담한 건지 둔한 건지, 아무것도 느끼지 못하는 모양이다.

"어머니는 자신이 도리에 어긋난 일을 하고 있으니 절대로 진짜 부인과 가족분께 민폐를 끼칠 수 없다고 늘 얘기했습니다. 저는 어린 시절부터 '아버지는 없지만 반드시 이와타로가 태어나길 잘했다고 생각하도록 키울 거야'라는 말을 들어왔습니다. 초등학생 무렵에는 자연스레 아버지와 어머니의 상황을 알고 있었습니다."

이치고가 꾸며낸 티가 나는 감동받은 표정을 짓더니 말을 꺼냈다.

"어머님은 옛날 기생 같은 애인관으로 살아오셨네요. 정말로 훌륭하세요. 하지만 당신이 커가면서 우리 아버지는 무슨 일이 있을 때마다 인지를 하겠다고 말하지 않았나요?"

"아뇨, 그보다 어머니가 이 댁에 얼마나 심한 짓을 했는지 저도 잘 알고 있었습니다. 게다가 지금은 차별해서는 안 되는 세상이니 인지를 받지 못해도 딱히 문제는 없었습니다."

이와타로는 무슨 질문을 받든 진지하게 대답했지만, 슬슬 마무리 짓고 싶었는지 족자 꾸러미를 두 손으로 내게 밀어냈다.

"소중한 물건인데 죄송했습니다."

이치고가 "아뇨, 가지고 돌아가주……"라고 입을 뗐을 때 내가 말을 잘랐다.

"일부러 보내주셨는데 다시 들고 가면 이와타로 씨가 곤란하겠죠. 애들 심부름 같잖아요."

농담하는 듯한 미소를 지어 보였다. 아마도 아이보리 화이트 스웨터와 목 언저리로 살짝 보이는 강렬한 색상의 스카프가 나를 더욱 보통 할머니가 아니라고 생각하게 만들었을 것이다.

"그치만 엄마……."

이치고를 웃는 얼굴로 저지하고 "받아둘게요" 하며 보자기를 푼 다음 접어서 다시 건넸다.

이와타로는 안도한 듯 그것을 받아들더니 내게 깊숙이 머리 숙였다. 그리고 이치고와 유키오, 유미뿐만 아니라 이즈미한테까지 한 사람 한 사람 눈을 보며 정중하게 인사했다.

유키오는 불쾌한 기색이었고, 유미는 여전히 궁상맞았으며, 이즈미는 아직도 상기되어 있었다.

이와타로가 돌아가자마자 이치고가 족자 상자를 손가락으로

튕겼다.

"어쩔 거야, 이거."

"첩 본인한테 되돌려줄 거야."

"뭐엇?!"

네 사람이 동시에 소리를 질렀다.

"안 그럴 거면 받아두지도 않았어. 너희 아빠는 족자를 직접 손에 넣었다고 했지만 그것도 거짓말이었어. 대체 이와조는 어떤 남자람. 그렇게까지 아내를 바보 취급했던 남편이라니. 그 인간이 푹 빠졌던 첩을 보러 갈 거라고. 당연하잖아."

첩은 본처의 것을 훔쳤다. 제아무리 "본처의 가정에 폐를 끼칠 수 없다"느니, "인지는 필요 없다"느니 입에 발린 소리를 지껄여봤자 절도범이다. 손버릇 나쁜 인간일 뿐이다.

이와타로를 실물로 보고 마음을 정했다. 이대로는 물러설 수 없다. 이쪽은 첩이 있었다는 사실조차 몰랐는데, 저쪽은 본가의 모든 것을 알고서도 관계를 이어왔다. 일용품점을 한다는 것도, 1남 1녀가 있다는 것도 전부 이와조한테 들었겠지. 그것을 알면서도 관계를 유지했던 첩과 아무것도 모르는 채로 남편을 완전히 믿으며 살아온 아내다. 세상이 '불륜'이라 부르는 것은 공평하지 않다.

"나도 같이 갈래."

유키오가 조용히 말했다.

"나, 이름 일은 이제 됐다고 생각했지만……."

그다음을 잇지 못하는 유키오에게 주저 없이 말해줬다.

"이와타로를 실제로 보니까 참았던 게 폭발했지?"

유키오는 수긍하지 않았지만 눈에 웃음기가 없었다.

사흘 뒤 오후, 나와 유키오는 고쿠분지역에 내렸다. 크리스마스가 다가와 역 안은 쇼핑객으로 붐비고 있었다.

나는 사흘 사이에 피부관리숍과 네일숍에 가서 외모를 가꾸었다. 후줄근한 본처라면 첩은 '이래서야 여자를 만드는 것도 당연하지' 하며 우쭐할 것이다.

본처의 모토가 '나이에 걸맞게 보여서는 안 된다'라는 것도 첩은 들었을 터다. 그렇다면 본처의 실물은 그것을 뛰어넘어야 한다. 한순간이라도 '이와조가 말한 만큼 젊지도 세련되지도 않네'라고 생각하게 만들어서는 안 된다.

이 마당에 이르러서도 이런 걸 생각하는 할머니를 보통은 비웃겠지.

하지만 고쿠분지역을 오가는 쇼핑객 할머니 중 적지 않은 수가 수수하고 편하고 후줄근한 옷을 입고 있다. 흰머리만 해도 세련된 사람들은 그것을 손질해서 스타일로 연출한다. 그런데도 나이 들었다는 핑계로 부스스한 백발 머리를 아무렇게나 묶어 처들고, 세수만 한 민낯에 구깃구깃한 옷, 거기에 배낭이다. 이런 할머니들을 보고 있으면 공연히 화가 치민다.

그래도, 그런 할머니가 아내라도 다른 여자를 만들지 않는 남편이 더 많겠지. 그건 남편도 추레한 할아버지기 때문이다. 여자가 상대해주지 않을 뿐이다.

이날 나는 진한 자주색 코트를 입었다. 캐시미어에 만듦새가 좋아서 값이 좀 나갔다. 역 안을 지나는 할머니들 대부분은 다운점퍼를 입고 있다. 홈쇼핑에서도 양판점에서도 저가 경쟁을 하고 있으며, 다운점퍼는 가볍고 따뜻해서 활용도가 높다. 그렇다 해도 그런 물건만 입으면 정신도 그런 게 된다. 진한 자주색 캐시미어를 걸치는 상대와는 게임이 안 된다.

그런데도 "인간은 내면이야"라고 말하는 사람이 있다. 그 말을 좋아하는 사람은 대체로 내면에 아무것도 없다. 그것을 자각하고 외모부터 바꿀 일이다. 겉이 바뀌면 속도 점차 바뀐다. 나는 쇼윈도에 비친 내 모습을 보고 조그맣게 "좋아!" 하고 말했다. 긴장은 여자를 더욱 예쁘게 만든다.

건물 안내판을 보자 '초록 숲 내과 클리닉'은 확실히 칠 층에 있었다. 족자 상자를 든 유키오와 엘리베이터로 칠 층에 갔다.

문이 열리자 그곳은 초록색을 기본 컬러로 삼은 밝은 대기실이었다. 접수처에서 "진료를 볼 건 아니고 모리 선생님을 뵙고 싶어요. 오늘 진료는 오후 두 시까지라고 들었는데 그 이후라면 시간을 좀 내어주실 수 있을까 해서요"라고 말하자 접수처 아가

씨가 종이를 내밀었다.

"그러시면 여기 용지가 있으신데, 성함과 주소를 적어주실 수 있으실까요. 여기 펜이 있으시니 이걸로 써주세요."

직원 수준은 이 정도인가. '용지가 있으시다', '펜이 있으시다'라며 무엇에나 '시'를 붙이는 여자를 접수처에 두는 건가. 첩의 질이 훤히 보인다.

대기실에는 의자와 소파가 많았다. 계단을 다섯 단쯤 올라가는 코너에도 소파가 있었다.

"저쪽에 앉자."

유키오는 성큼성큼 계단을 올라갔지만, 나는 난간을 꽉 쥐고 한 단씩 올라갔다. 계단은 힘들다. 겨우 다섯 단을 다 올라가 소파에 털썩 주저앉았다.

아아, 열 살만 더 젊었다면 하고 또 생각한다. 계단도 인파도 그때는 아무렇지 않았다. 지금 예순여덟이라면 남편이 죽어도 새롭게 무언가를 시작했을 텐데. 다시 해보자고 생각했을 텐데. 몸만이라도 되돌아가고 싶다. 적어도 육십 대로 되돌아가고 싶다.

한 시간 가까이 기다리자 "원장실로 가실게요. 문에 팻말이 있으신 방입니다" 하며 접수처의 '시시 양'이 손가락으로 가리켰다.

가뿐하게 계단을 내려가는 유키오의 뒤에서 난간을 더욱 꽉 쥐고 주뼛주뼛 한 걸음씩 내딛었다. 계단은 내려갈 때가 무섭다. 다 내려가자 눈앞의 문이 안에서 열렸다.

"오시 님이시죠? 모리 가오루입니다."

몸소 맞이하러 나온 첩은 상상했던 여자와 전혀 달랐다. 고상하고 지적인 인상에, 두 부류로 나누자면 '미인' 쪽에 속할 듯하다.

원장실 역시 초록색을 기본 컬러로 삼았고 소파 건너편에는 컴퓨터가 놓인 커다란 사무용 책상과 탁상 스탠드가 있었다. 창으로는 고쿠분지의 거리 등 무사시노를 한눈에 바라볼 수 있었고, 세 면은 책장으로 둘러싸여 있었다.

"여기까지 와주셔서 놀랐습니다. 지난번에는 이와타로가 실례했습니다. 여기 앉으세요."

첩은 접수처에 전화를 걸었다.

"모코, 원장실로 커피 석 잔 부탁해."

그 '시시 양'의 '애칭 님'은 '모코'인 모양이다.

유키오를 흘끗 쳐다봤더니 첩을 눈으로 좇고 있다. 이 정직한 녀석! 예쁜 여자라고 생각했겠지.

긴 머리를 꼬아서 핀으로 고정했고, 지극히 옅은 화장이었지만 관리하고 있는 피부다. 의사 가운을 입으면 긴장하는 환자도 있는지 짙은 남색 터틀넥 스웨터에 얇은 은사슬 펜던트를 목에 걸고 있었다. 그것은 풍성하게 물결치는 가슴에서 흔들리고 있었다. 이와조는 이 가슴을 사십 년 동안 소유했던 것이다.

아아, 이와조가 죽어줘서 정말 다행이다. 이제 두 번 다시 이 가슴과 시간을 보낼 염려는 없다. 그 가슴에 회색 팔라초 팬츠를 맞춰 입고 선 자세는 우아했다.

나는 의욕을 불태워 외모를 가꾸고 빈틈없이 단장해서 온 자신이 왠지 엄청 촌스럽게 느껴졌다. 이제껏 남을 그렇게 생각하는 경우는 늘 있었지만 스스로를 그렇게 생각한 적은 없었다.

나의 짙은 자주색 손톱이 첩의 짧게 자른 청결한 손톱을 앞에 두니 그저 요란해 보인다.

"오시 님이 수고스럽게 가져다주시다니, 생각지도 못했습니다. 죄송합니다."

첩의 그 말을 듣고 간신히 깨달았다. 본처가 올 필요 따위 없었던 것이다. 족자를 되돌려주려는 생각으로 머리가 가득해서 첩을 불러들인다는 발상을 떠올리지도 못했다.

첩은 소파에서 똑바로 일어서더니 몸을 90도로 굽혔다. 십 초쯤 머리를 숙이고 있었을까, 겨우 고개를 들었다.

"오랜 세월 변명의 여지가 없는 일을 했습니다. 정말로 해서는 안 될 행동을 했으니 어떤 노여움도 달게 받겠습니다. 사죄드려서 끝날 일은 아니라는 것을 잘 알고 있습니다."

소란을 피우는 것도 아니고 우는 것도 아니고 용서를 구걸하는 것도 아니다. 고상한 모습으로 오로지 사과하는 미인, 이런 여자가 가장 신경을 건드린다.

유키오가 차갑게 소파를 가리켰다.

"앉으세요. 장남 유키오입니다. 아버지랑은 언제, 어디서 처음 만나셨나요?"

유키오는 '나한테 맡겨'라는 양 엄지손가락으로 슬쩍 자신의 가슴을 가리켰다.

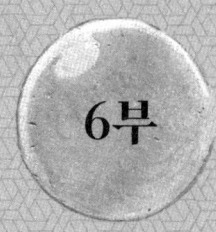

6부

인사를 마치자마자 날아든 질문은 첩이 예상치 못한 강속구였을 것이다. 얼마간 잠자코 있었다. 그저 이삼 초였을 수도 있지만 나한테는 길었다.

"부디 뭐든 사실을 말해주세요. 저도 어머니도 그걸 들었다고 해서 무슨 행동을 하는 일은 일절 없을 테니까요. 그래도 범죄 피해자가 범죄의 이면에 있는 진실을 알고 싶어 하는 건 당연하잖아요? 피해자에게 제대로 알리지 않은 채 흐지부지 넘기려는 뻔뻔함, 유들유들함은 용서 못 해요. 당신도 절도죄에 더해 '적반하장'이라는 말까진 듣고 싶지 않겠죠. 아버지가 살아 있었다면 나는 아버지한테도 같은 말을 했을 겁니다."

유키오가 느낀 배신감은 나보다 더 클지도 모른다. 여기는 유키오에게 맡기자. 그렇게 생각했다.

"오시 씨와 처음 만난 것은 제가 아홉 살, 오시 씨가 스무 살 때였습니다."

아홉 살?! 놀라서 소리를 지를 뻔했지만 아슬아슬하게 억눌렀다. 내가 놀라면 첩은 분명 이겼다며 우쭐댈 것이다.

"제 큰오빠가 오시 씨의 대학 동창이었는데, 아르바이트를 해서 돈이 모이면 나가사키에서 초등학교를 다니던 저를 불러 여름방학 때 도쿄를 구경시켜줬습니다. 오시 씨와 오빠는 가장 친한 친구 사이였는지, 아자부의 오시 씨 댁에서 어린애였던 저도 밥을 얻어먹거나 잠을 자고 갔습니다."

"아무리 당신이라도 아홉 살부터 관계는 안 가졌겠죠."

말이 심했지만 솔직히 통쾌했다. 첩은 얼굴색을 바꾸지 않았다.

"오빠가 대학을 졸업한 뒤로는 오시 씨와도 만나지 않았습니다. 저희 집은 아버지가 사업에 실패해서 경제적으로 곤궁했던 터라, 저는 고등학교 졸업과 동시에 나가사키의 약국에 취직했거든요."

그런데 어째서 지금은 의사인 거냐. 설마 이와조가 학비를 대준 건 아니겠지?

"약국에서 일했던 이유는 줄곧 의사가 되고 싶다고 생각해와서, 조금이라도 약에 대한 지식을 얻고 싶었기 때문입니다. 제가 스물네 살 때 오빠는 서른다섯 살로 병사했습니다. 오시 씨도 장례식에 와주셨던 모양이지만 전혀 기억나지 않습니다."

"그렇군요. 그래서 언제부터 연인 관계로 발전한 겁니까?"

유키오가 이렇게 강하게 나갈 수 있는 아이였나. 왜 그 소질을 공부에 살리지 않았을까.

"오빠가 죽은 해에 약국 본사로부터 도쿄에서 근무하라는 얘기를 들었습니다. 오빠를 잃은 충격도 있어서 롯폰기의 새 점포로 가기로 결심했습니다."

"지어낸 이야기 같네요. 도쿄 본사가 규슈 촌구석의 여직원을 불렀다는 건가요?"

"저는 나가사키현 내의 작은 가게를 육 년 동안 다섯 군데 돌아다녔습니다. 운 좋게도 제가 가면 가게의 매상이 올라서 그게 본사에 전해졌던 것 같습니다. 앞으로 이익이 기대된다는 롯폰기의 개점 스태프로 와달라고 했습니다."

"그래서 뭘 사러 온 아버지와 우연히 만나기라도 한 겁니까? 아자부랑 롯폰기는 가까우니 뭐, 그런 우연도 있었겠죠."

고개를 끄덕이는 첩은 손수건을 꼭 움켜쥐고 있다. 그 가늘고 하얀 손가락을 보며 생각했다. 이와조가 죽어줘서 다행이다. 이와조의 입으로 '가오루'라는 말을 안 들어도 되니까.

"제가 친한 친구의 여동생이고 어린 시절부터 잘 알고 지냈기 때문인지, 오시 씨는 무척 힘이 되어주셨습니다. 교제가 시작된 시기는 다다음 해쯤으로 제가 스물여섯 살이었을 거예요."

이와조는 서른일곱인가.

두 사람이 속인 기간은 사십이 년에 이르는 셈이다.

관계가 시작된 무렵, 아내인 나는 아무것도 모르는 채 여덟 살 이치고와 일곱 살 유키오를 키우며 가게를 꾸려 나가고 뼈가 부서져라 일하고 있었다.

그 무렵 이와조는 아이들을 자주 유원지에 데려갔고, 참관 수업에는 반드시 나와 함께 가고 싶어 했다. 유키오와 둘이 다카오 산에 올라가 "사나이끼리 하는 얘기를 했지, 유키오" 하며 기분 좋아했던 적도 있다.

그 뒤에서 첩을 만들고 또 하나의 가정을 꾸려가며 자식까지 됐다. 누가 이런 일을 예상할 수 있을까.

첩은 각오를 단단히 했는지 질문받은 것에 대해 깍듯하게, 흐트러지는 모습 없이 대답했다.

유키오도 태도를 풀지 않았다.

"자식이 태어난 뒤 당신은 인지를 거절했고, 아드님은 성인이 된 뒤로도 거절했다고 하던데 아버지가 그 일을 태연하게 받아들였을 것 같지는 않군요. 그런 면에서는 책임감이 강한 사람이니까요. 사십이 년 동안이나 여자를 몰래 숨겨두고 버리지 않았던 것도 책임감으로 인한 행동이었겠지요."

유키오의 빈정거림에도, 또 '여자를 숨겨두고', '버린다'라는 굴욕적인 말에도 첩은 마음을 단단히 먹었는지 동요하지 않았다.

"저는 스물아홉 살 때 의대에 들어갔지만 공립이기도 해서 그때까지 저축한 돈과 아르바이트비, 장학금으로 생활을 꾸려 나갔습니다. 아이를 낳은 것은 제가 서른두 살 때로, 대학교 4학년이었습니다."

"그사이에는 아르바이트도 못 하잖아요. 게다가 혼외자인 갓난아기도 책임져야 하는데, 인지를 보통 사양할까요?"

"사양한 이유는 의대를 졸업하면 혼자서 키울 정도의 경제력이 생길 거고, 저 혼자의 아이로 키워야 한다고 생각했기 때문입니다."

"그건 대답이 안 됩니다. 실제로는 그 뒤로도 삼십육 년 동안 아버지한테 달라붙어 있었잖아요. 결국 경제적으로는 혼외자까지 함께 보호받고 있었지요?"

첩은 입을 다물었다. 내리깐 눈의 속눈썹이 길다. 신경에 거슬린다. 유키오도 첩에게서 눈을 떼지 않고 입을 다물었다.

여자의 인생을 자유롭게 만드는 것은 본인의 경제력이다.

내 어머니만 해도 만약 경제력이 있고 요즘 시대에 태어났다면 자식을 데리고 남편과 헤어질 수 있었다. 술 마시고 노름하고 계집질하는 건달 남편과 된통 괴롭히는 시어머니를 버리고 자신의 인생을 다시 시작할 수 있었다.

혹시라도 이와조가 살아 있는 동안 첩의 존재를 알았다면 나는 어떻게 했을까? 경제력은 없지만 아내로서 가져올 수 있는 몫은 있다. 그 몫을 전부 가져와 헤어졌거나, 아니면 이와조를 내쫓았을 거다.

"말씀하신 대로 출산 전후로는 아르바이트도 못 해서 그동안은 오시 씨께 원조를 받았습니다. 단, 의사로 일하기 시작한 뒤로 전액을 갚았습니다. 통장에 기록이 남아 있습니다."

모든 게 몰랐던 일뿐이다. 나는 자전거 사고로 입원할 정도로 일하면서 불황의 파도를 뒤집어쓴 가게를 지탱했다. 6인실에 입원시켜 면목 없다고 사과하던 이와조는 그 뒤에서 첩을 원조하고 있었던 것이다.

사실을 알면 알수록, 이와조의 이면을 알면 알수록 헛된 고생이었다는 느낌에 사로잡혔다.

"아드님 이름은 우리 아버지가 붙인 겁니까? 아니면 당신이 졸랐던 겁니까?"

이건 유키오가 묻기 힘들 것 같아서 내가 말할 생각이었다. 하지만 유키오는 태연하게 따져 물었다.

첩은 말문이 막혀 곧바로 대답하지 못했다. 단어를 고르는 것처럼 보였다. 침묵 속에서 나는 처음으로 입을 열고 최대한 온화하게 말했다.

"궁금했던 걸 죄다 물어보고 이제 이 문제는 완전히 끝내고 싶어요. 뭐라도 말씀해주세요."

그때 깨달았다. 아까 유키오가 '아무 말도 하지 마'라는 듯 나를 저지하고서 줄곧 자기가 상대했던 이유를.

사십이 년 동안 내내 속아온 늙은 본처와 자립하여 사회적으로 인정받은 연하의 첩이 맞붙으면 어느 쪽이 이길지 뻔하다. 그 결과 자신의 모친이 욱해서 소리를 지르거나 궁지에 몰려 터무니 없는 말을 엉겁결에 내뱉을지도 모른다. 그 모습을 보고 싶지 않았던 것이다.

나는 그렇게까지 바보가 아니다. 하지만 유키오가 전면에 나서준 덕분에 한 걸음 물러나 있을 수 있었다. 곧바로 말할 필요가 없어서 여유가 있었다. 여유와 온화한 말투는 상대방에게는 두렵게 느껴질 것이다. 이는 내가 '되고 싶은' 여자의 모습이다.

이름에 대해 질문받은 첩은 여전히 입을 다물고 있었다. 무언가 말하려는 유키오를 이번에는 내가 슬쩍 저지했다. 안달이 나서 우리가 떠들어서는 안 된다. 상대가 입을 열게 해야 한다. 나도 침묵을 지켰다.

첩은 드디어 고개를 들었다.

"솔직히 말씀드리면 이와타로라는 이름은 오시 씨가 제안하셨습니다. 저는 생각지도 못했던 일로, 그건 본가의 대를 잇는 아들의 이름이니 절대로 붙일 수 없다고 거절했습니다."

창밖으로 겨울 해가 천천히 떨어져간다. 이런 시각에 이와조와 자주 저녁밥 식재료를 사러 갔다. 양파나 감자나 무 같은 무거운 것을 든 남편과 끊임없이 종알거리는 아내, 둘이 저녁 무렵의 길을 걸으면 겨울 냄새가 났다.

"오시는 아무래도 당신의 자식에게 그 이름을 붙이고 싶었나 보네요. 당신은 단호하게 거절했다는데도 말이죠."

"네."

즉시 되받아치는 듯한 속도로 분명하게 대답한 첩을 향해, 유키오는 어째서인지 작은 소리로 웃었다.

"오시 씨는 인지를 거절한 저와 아들의 장래를 몹시 걱정하셨습니다. '이와타로'라는 이름이라면 인지받지 않은 혼외자라도 조금은 콤플렉스 없이 지낼 수 있지 않겠느냐고 말씀하셨습니다."

나는 들키지 않도록 곁눈으로 유키오를 봤다. 아버지는 정식 아내에게서 태어난 장남이 콤플렉스를 가질 거라고는 생각 안 해봤을까.

유키오는 얼굴색을 바꾸지도 않고 조용히 앉아 있었다. 커피는 아무도 입에 대지 않은 채 다 식어 있다.

"용서받지 못할 일이라고 생각하면서도, 제 입장에서 그 제안은 기뻤습니다. 간* 오빠는 그렇게까지 생각해서……"까지 이야기하고 말을 삼켰다.

과연, 평소에는 '간 오빠'라고 불렀던 건가. 내내 '오시 씨'라

---

* 이와조(岩造)의 바위 암(岩) 자를 일본어로 음독한 발음.

고 둘러대 왔는데 무심결에 나왔나.

아니, 일부러 꺼냈는지도 모른다. 여자는 결국 여우다. 슬슬 승리를 확정하겠다는 건가.

"모리 씨, 오해하지 말아주세요. 저는 아버지가 붙인 '유키오'라는 이름을 좋아하고, 그쪽의 적장자 같은 이름에 어떤 반감도 없습니다. 오히려 혼외자에 대한 아버지의 책임감을 느낍니다."

잘한다, 그렇게 말해두는 편이 좋다.

"단, 일테면 세컨드의 자식에게……"라고 말을 꺼냈다가 입을 다물었다. 그리고 고쳐 말했다.

"당신의 아드님에게 그런 이름을 붙이는 건 제가 아니라 어머니를 바보 취급하는 겁니다. 이것만큼은 제안한 아버지도, 기뻐하며 그걸 받아들인 세컨드…… 아니, 당신도 같은 죄인입니다. 사회적으로 인정받은 본처의 장남으로서 어이가 없다고 말씀드려두겠습니다."

말없이 머리를 숙인 첩을 앞두고 유키오는 나를 재촉했다.

"가자."

좀 더 따져 묻고 싶은 게 있었지만, 그걸 묻는다고 어떻게 되나. 오늘 본처와 첩의 싸움은 결국 첩의 승리겠지. 적어도 본처도 장남도 유효한 펀치는 휘두르지 못했다.

나는 일어서서 "아참, 너무 신기했던 게 있는데요. 오시의 죽음과 장례식 일정은 어디서 들으셨어요?" 하며 커피를 손에 들었고, 그러자 첩도 일어섰다. 피로해 보이는 얼굴에 혈색이 없다. 본처와 장남에게 연달아 추궁당해서 완전히 지쳐버린 걸까.

피로가 배어나는 하얀 얼굴은 여자가 봐도 요염했다. 이와조는 이 여자를 잃기 싫었겠지. 예순여덟 살은 일흔이 코앞인 중년, 아니 노파다. 그런데도 남의 남편에게 그런 생각을 하게 만든 여자가 신경에 거슬린다.

"오시 씨가 갑자기 돌아가신 다음 날, 사실은 영화를 보러 갈 약속을 했었습니다."

영화라고? 이와조가 영화를 좋아한다는 얘기는 들어본 적도 없다. 하지만 나는 곧바로 대답했다.

"그랬나요. 오시는 젊은 시절부터 영화를 좋아했으니까요."

유키오가 의아한 표정을 짓는 건 당연하다. 종이접기 말고 취미가 있었다니, 가족들은 아무도 모른다. 영화 같은 건 나랑은 한 번도 보러 간 적 없다.

"저도 나가사키에서 지냈던 옛날부터 영화를 좋아했습니다."

과연, 이와조는 첩에게 맞춰 영화를 취미 삼아 둘이 데이트를 했던 건가. 때로는 거실에서 몸을 딱 붙이고 느긋하게 DVD를 보기도 했겠지. 여러모로 귀찮은 아내로부터 달아나 꽤 해방되는 시간이었을 것이 틀림없다.

"영화를 보러 갈 시간이 지나도 아무런 연락도 없고, 제가 연락을 해도 받지 않아서요."

"네, 그 전날 밤에 갑자기 그렇게 됐으니까요. 걱정하셨겠군요."

"네······. 아들한테 살펴보고 와달라고 부탁했습니다."

"어머, 이와타로 씨가 가게에 오셨나요?"

"죄송합니다."

"아뇨. 도저히 가만히 있을 수 없으셨겠지요."

좀 너무 상냥해서 나조차도 징그럽다.

"가게는 닫혀 있고 사흘 동안 임시 휴업이라는 종이가 붙어 있어서 이상하다고 생각한 모양이에요. 그래서 근처 가게에 들어가 확인했고, 비로소 돌아가셨다는 것과 장례식 일정을 알게 되었습니다."

"그렇게 된 거였나요."

너무 심하게 여유 있는 척을 한 나머지 그만 미소까지 지어 보이며 돌아가려 했다. 그때 되돌려주기 위해 가져온 족자가 겨우 생각났다. "이거, 당신이 다도코로 쇼지로의 주치의로서 받아주신 거고 오시의 유언장에도 쓰여 있었으니 부디 거두어주세요" 하며 다시 앉았다.

첩도 앉아서 필사적으로 손사래를 쳤다.

"당치도 않은 일입니다. 두 분이 소중히 여겼다는 걸 간 오빠······ 오시 씨한테 들었습니다. 정말로 죄송했습니다. 아무쪼록 들고 가주세요."

나는 족자를 테이블에 펼쳤다.

"언제 봐도 힘 있는 글씨예요. 이걸 병원에 걸어놓으면 환자에게도 격려가 될 거예요."

"아뇨, 저는 받을 수 없습니다."

"거두어주세요. 고인의 유언이니까요."

나는 족자를 다시 돌돌 말려고 했다.

그때 테이블에 놓인 커피잔에 팔꿈치가 닿았다. 전혀 입을 대지 않은 커피는 한 방울도 남김없이 족자로 쏟아졌다. 첩이 "아앗" 하고 외쳤을 때는 이미 진한 갈색 액체가 '의연하게 산다'라는 글씨의 절반 가까이 덮친 상태였다.

"미, 미안해요. 제 부주의로."

휴지로 닦았지만 화지和紙*는 커피를 듬뿍 흡수해버렸다.

"하지만 둘 다 거둘 수 없는 물건이니까 이걸로 잘된 일인지도 모르죠. 그럼 실례하겠어요."

첩이 커피로 물든 족자를 어떻게 할지 따위 내 알 바 아니다. 이미 어두워진 밖으로 나오자마자 유키오가 웃었다.

"일부러 쏟았지, 커피?"

"일부러 말했지, 세컨드?"

둘 다 "훗" 하고 웃으며 대답하지 않았다.

---

* 일본의 전통 종이.

역시나 기진맥진해서 가게에도 들르지 않고 곧바로 집으로 돌아왔다.

이와조에게 이면이 있었던 것과 이면의 생활 하나하나에 충격을 받아서, 나 자신이 뭘 어떻게 생각하는지조차 모르겠다. 더군다나 첩은 솔직하고 우아하며 일부러 젊게 꾸미지 않았는데도 젊다. 피부에서도, 옷에서도 스스로를 가꾸고 있는 티가 났다. 의사라는 바쁜 직업을 가졌음에도 도무지 육십 대 후반으로는 보이지 않았다.

그런 타입의 여자가 유키오의 아내였다면 나는 얼마나 자랑스러울까.

이제 이와조도 없으니 첩에 관해서는 이대로 잊어버리는 편이 좋다. 아니, 그러면 첩만 득을 보잖아. 그런 생각을 두서없이 하다 보니 피곤해져서 졸리기 시작했다.

얼마나 선잠을 잤을까. 현관 벨소리에 눈을 떴다. 이치고였다.

"유키오한테 들었어. 꽤 괜찮은 여자였다며? 내연녀 타입이 아니라고 하더라."

"뭐, 그렇지. 별로 싫은 느낌이 안 드는 여자랄까."

"너그럽네, 엄마."

"용서한 건 아니야. 당연하잖아. 하지만 뭘 어쩌면 좋을지 모르겠네."

"어쨌거나 엄마가 건강하게 살아가는 것만 생각하면 돼."

"그건 알아."

"내버려두는 게 제일이야."

"아니, 한 방 먹일 거야."

"뭐엇?"

"한 방 먹인 뒤에 내버려둘 거야."

"우와!"

이치고는 과장된 비명을 질렀다.

"엄마, 이제 그 말을 통 안 하네."

"뭘?"

"아빠가 죽은 뒤로는 입만 열면 말했잖아."

"그러니까 뭘?"

"나는 이제 앞날이 없다고. 곧 죽을 거니까 언제 죽어도 괜찮다고. '밤에 잘 때 눈을 감으면 아침에 눈이 안 떠지기를 빌어. 사람한테는 죽을 때가 있잖니. 이제 충분히 살았어. 뭘 해도 안 즐겁고, 아무것도 필요 없고, 얼른 아빠가 불러줬으면 좋겠어' 하면서."

그렇게 생각했으니까 그렇게 말했겠지.

"나, 엄마도 흔한 할머니들과 똑같다고 생각했어. 아마 유키오도 유미도 이즈미도 그랬을걸."

"내가 모두에게 말했어?"

"다들 넌더리를 냈으니까 모두에게 말했겠지. 말하는 쪽은 괜찮을지 몰라도 듣는 쪽은 참을 수 없다고. 얼굴만 보면 '곧 죽을 거니까', '즐거운 일은 하나도 없어' 하니까 듣기 힘들지. 엄마는 그런 넋두리를 마음속에 담아둘 수 있는 사람인 줄 알았어."

넋두리는 다른 사람에게 늘어놓지 않으면 풀리지 않는다.

"유키오가 웃더라고. 그다음 날 아침에도 눈을 뜨면 부끄러운 기색도 없이 '내일은 눈이 안 떠지면 좋을 텐데'라고 연거푸 말한다면서."

그렇게 노상 넋두리를 늘어놓았던 것 같지는 않지만, 더 이상 아무런 의욕이 없는 자신을 드러냄으로써 만족하기는 했다. 주위 사람들은 지긋지긋했겠지.

겉모습에 집착하고 젊게 지내려 노력해온 나지만 이래서야 확실히 흔한 할머니와 다를 바 없다.

"갑자기 아빠가 죽어서 충격적인 건 이해하지만, 이제 엄마는 '자기 방치'의 영역에 들어섰다고 생각했어."

방치? 그건 '육아 방치' 같은 데 쓰는 단어 아닌가.

"나도 몰랐는데 마침 마사히코한테 전화가 왔을 때 유미가 엄마 상태를 얘기했대. 그랬더니 '자기 방치 같으니 신경 좀 써드려'라고 했다나. 육아 방치 같은 게 아니야. 스스로를 방치해버리는 거래. 사람은 살아갈 의욕이 없어지면 거기에 이른다나."

나 같은 사람은 살아 있을 필요도 없다는 생각이 들었던 건 분명하다. 의욕도 없고 만사가 아무래도 좋았다. 나이를 먹는 건 이런 거라고 생각했다. 그것은 죽음에 대한 두려움이 사라졌다는 뜻이기도 했다.

"마사히코가 말하기를 자기 방치는 가까운 사람의 죽음 때문에 생기는 경우가 많대. 주위 사람들이 어떻게든 기운을 북돋아주려고 밖으로 불러내도, 도와주려고 해도 완고하게 거절한다나. 엄마도 그랬잖아."

깨닫지 못했지만 그랬을지도 모른다.

"밥 먹으러 가자고 불러도, 쇼핑하러 가자고 권해도 '붐비는 덴 싫어'라고 하고. '몸이 안 좋으면 병원에 같이 가줄게'라고 해도 '내버려둬. 폐 끼치고 싶지 않아'라며 싹 거절하고. 먹을 걸 들고 가도 '못 먹겠어'라고 하고. 흥을 깨잖아."

"응……."

"그러면 우리도 '맘대로 해, 망할 할망구'라고 생각한다고. 엄마, 아직 일흔여덟이야. 이 세상에는 팔십 대, 구십 대가 건강하게 살고 있는데."

"응……."

"하지만 자기 방치가 심해지기 전에 아빠한테 애인이 있었다는 사실을 알게 된 건 다행이었지. 엄마, 구원받은 거야. 심해지면 집이 쓰레기 천지가 되기도 한대. 버릴 의욕도 사라져서 보건소나 복지과 사람이 찾아온대."

이치고의 표정은 진지했다.

"그 여자 덕분이야. 그 여자랑 아빠한테 사십이 년이나 속았다는 걸 알고 여봐란듯이 다시 일어선 거지."

"다시 안 일어섰어."

"다시 일어섰어. 그게 아니고서야 한 방 먹여준다는 말은 안 나올걸. 여자가 있었다는 게 들통나서 정말 다행이지 뭐야. 들통나지 않았다면 이면이 있는 남편이라는 것도 모르고 남편이 죽은 충격으로 남은 인생을 전부 허비했을걸. 보건소나 경찰서에서 와서 쓰레기 천지를 처리하는 지경까지 갔다면 이 동네에서 더 이상 못 살 거고, 다들 수군거릴 거야. '젊게 꾸미고 있었지만 외로운 사람이었네'라고."

노력하는 여자에게 세상 사람들은 반드시 "외로운 사람이었어"라고 말한다. 내가 스스로를 꾸미는 건 외로워서가 아니다. 하지만 세상 사람들에게 이만큼 고소한 결론은 없다.

"엄마를 지옥의 늪에서 구해준 건 그 여자야."

이치고가 신사에서 절할 때처럼 합장을 했다.

이와조의 이면을 몰랐을 때는 역행성 기억 상실까지 일으켰던 나다. 첩의 존재를 몰랐다면 날이 갈수록 더해지는 외로움과 혼자 살아 있는 무의미함에 괴로워했을 것이다.

게다가 내가 이와조한테 너무 거칠지 않았나, 너무 드세지 않았나 하며 지난날을 되돌아봤겠지. 이와조에 대한 온갖 일로 스스로를 탓하고, 그때 이렇게 해줬다면, 그때 이렇게 말했다면…… 하고 가슴앓이를 했을 것이다. 그리고 아마도, 나보다 더 잘 맞는 사람과 결혼하는 편이 이와조는 행복하지 않았을까라는 생각에 이르렀을 터다. 안 봐도 뻔했다.

속았다는 것을 알고, 게다가 첩과 그 아들을 만난 지금 이와조가 죽은 슬픔은 단번에 사라졌다. 이렇게 해줬다면……은커녕 너무 많이 해줘서 분하다.

나는 절대 이대로 물러서지 않을 것이다. 한 방 먹이고 끝낼 것이다. 어떻게 하면 한 방 먹일 수 있을까? 사실은 첩에게 묻고 싶은 게 있었다.

"남편은 나에 대해 무슨 말을 했나요?"

"남편의 어디가 좋았어요?"

"남편은 당신의 어디가 좋다고 했나요?"

"당신은 본처에 대해 어떻게 생각했어요?"

"지금도 남편을 좋아해요?"

유키오가 리드해서 못 물어본 게 아니다. 이런 걸 물어보면 남편을 빼앗긴 흔한 할머니로 전락한다고 생각했기 때문이다. 약점을 잡히게 된다.

나에게는 앞날이 없다. 어차피 곧 죽는 건 사실이지만, 살아 있는 동안에는 절대로 흔한 할머니는 안 될 거다. 말과 행동도, 겉모습도.

그렇구나, 겉모습을 신경 쓰지 않는 할머니들은 다들 자기 방치를 하고 있는 거다. 그런 거다.

"이치고, 아빠가 살아 있을 때 첩이 있다는 사실을 알았다면 엄마는 더 재미를 봤을 거야. 첩을 혼인 침해로 고소해서 위자료를 받고, 아빠를 내쫓았을걸."

"좋네! 그런 거 흥분되지."

이치고는 멋대로 냉장고를 열어 고기와 달걀 같은 걸 강탈한 뒤 "엄마, 그 여자한테 한 방 먹일 때는 나도 불러줘. 뭐든 도와줄 테니까" 하며 주먹을 불끈 쥐어 보이고 돌아갔다.

마사히코가 갑자기 센다이에서 온 것은 그다음 날이었다.
"뭣이여, 할머니 건강해 보이는구먼. 선물로 사사카마* 사왔응게 차 좀 달랑게."

요즘은 쓰지도 않는 센다이 사투리로 쾌활하게 말한다.

"이 뒤에 연말 합숙이 있어. 그전에 집에서 하룻밤 정도 자려고. 대학은 12월 중순부터는 대부분 방학이니까" 하며 초밥집에서 쓰는 큰 찻잔으로 차를 마셨다.

---

* 센다이 지방의 명물인 조릿대 잎 모양의 어묵.

"목마르면 맥주 마실래? 할머니도 같이 마실게."

"아냐. 이제부터 운전해서 갈 데가 있거든. 그나저나 할머니, 심한 일 겪었지. 할아버지한테 여자라니, 말도 안 돼."

"하지만 덕분에 마사히코가 말하는 자기 방치가 가볍게 끝났다며 네 고모는 기뻐하던걸."

마사히코는 가져온 사사카마를 베어 먹으며 말이 없었다.

지금쯤 가게에서는 유미와 이즈미가 얼마나 열심일지 눈에 선하다. 자랑스러운 아들에게 무슨 음식을 만들어줄까, 오빠를 어떻게 기쁘게 해줄까 하며 의욕을 불태우고 있겠지.

확실히 마사히코는 유키오와 유미의 자식으로 보이지 않는다. 명석한 머리도, 용모와 자태도 이와타로보다 잘났으면 잘났지 못하지 않다. 대학의 보트부에서 단련한 몸은 근육질인데 이건 이와타로보다 낫다. 이즈미가 브라더 콤플렉스를 느끼는 것도 이해가 된다.

"할머니, 그 여자한테 앙갚음하고 싶지?"

"글쎄다."

웃으며 얼버무렸다.

"앙갚음하는 게 당연해. 너무 심하잖아."

"너도 들었겠지만 네 아빠를 상처 준 것도 범죄야."

"이름 말이지. 하지만 아버지는 '어머니를 우습게 여겼으니 태연하게 그런 이름을 붙였지'라며 화를 내던걸."

마사히코는 정면으로 나를 봤다.

"죽은 할아버지한테 지금이라도 복수할 수 있어."

"무덤을 파헤치는 거야?"

"설마, 손이 힘들잖아. 힘 안 들이고 할 수 있는 방법이 있지."

마사히코는 보온병을 끌어당겨 직접 차를 우렸다. 딱 봐도 운동부원 같은 모습으로 찻주전자에 찰랑찰랑 뜨거운 물을 붓는다.

"사후 이혼을 해버려."

무슨 말인지 모르겠다. 배우자가 죽은 뒤에 이혼한다는 뜻인가?

"요즘 사후 이혼이라는 게 급증하고 있대. 보트부 출신인 변호사 선배가 그러더라고. 상대가 죽은 뒤에도 법적으로 이혼처럼 연을 끊을 수 있어."

잘 모르겠지만 왠지 기분이 좋다.

"마사히코, 그 얘길 들은 것만으로 속이 후련하구나. 그 속 검은 영감을 죽은 뒤에도 쫓아낼 수 있다는 건 괜찮네."

"그치, 그치. 죽은 남편에 대한 원한을 풀 방법은 사후 이혼밖에 없다는 걸 깨달은 아내들이 해마다 늘고 있다고 신문이랑 주간지에도 나왔어."

"몰랐어. 그렇구나, 그런 방법이 있구나……."

"해버려, 할머니. 속 검은 영감은 저세상에서 외톨이가 되면 돼. 이럴 땐 무덤에 침 뱉는 게 당연하지. 당한 걸 생각하면 말이야."

마사히코가 갑자기 일어섰다.

"가자, 구청에."

"아직 안 정했는데."

"이야기만 들어보고 이혼 신청서를 받아두는 거야. 내는 건 언제라도 상관없지만 기분상 남편을 내쫓는 건 빠른 편이 좋아. 가자."

마사히코가 센다이에서부터 운전해온 고물차를 타고 구청으로 달렸다. 맥주를 거절한 건 처음부터 나를 구청에 데려갈 생각으로 그랬나 보다.

도착하자 나만 차에서 내리라고 했다.

"먼저 가 있어. 난 주차장에 차 대고 갈 테니까. '상담'이라는 창구 앞에 있으면 돼."

구청은 오랜만이다. 가게를 하던 시절에는 가끔 왔지만 요즘은 인연이 없었다. 소파에 앉아 마사히코를 기다리고 있었더니 한 여자 직원이 다가왔다.

"무슨 용건이신가요? 돌봄이나 노인복지센터에 관한 문의라면 3번 창구로 가세요. 어머, 죄송해요. 할머님은 그런 연세가 아니시네요."

여자 직원은 못난이였다. 못난이 주제에 남을 노인네 취급할 셈인가. 뭐가 '할머님'이냐. 그럼 나는 '못난이 님'이라고 불러줄까?

"곧 동행이 올 거예요."

차갑게 말했다.

"그러세요? 그럼 이거라도 읽으시며 기다려주세요."

구청 구보와 돋보기안경을 건네받았다. 내가 여봐란듯이 옆으로 내던지자 못난이 님은 '무례한 사람!'이라는 듯한 표정을 지었다. 남을 노인네 취급하는 쪽이 훨씬 더 무례하다는 걸 이 녀석은 깨닫지 못한다. 무뚝뚝한 직원도 곤란하지만 독선적인 직원도 곤란하다.

주차하고 온 마사히코와 나에게 '사후 이혼'을 친절하게 설명해준 사람은 사십 대로 보이는 남자 직원이었다. 지금은 공무원이든 의사든 백화점 직원이든 일을 하는 사람 가운데 나보다 연상은 없다. 연예인이든 정치인이든 학자든 90퍼센트 이상이 나보다 젊다. 내 나이를 실감한다.

젊은 직원은 "사후 이혼이라는 건 속칭이고요, 정식으로는 '인척 관계 종료 신고서'를 지자체에 내는 것을 말합니다. 인척이란 배우자의 부모와 형제자매 등이죠"라고 말한 뒤 마사히코 앞에 자료를 펼쳤다.

"배우자가 죽은 뒤에 시아버지나 시어머니를 돌봐야 하는 처지가 되거나, 시누이를 비롯한 인척들로부터 불쾌한 일을 당하는 건 자주 있는 일이죠. 법적으로 관계를 종료하면 완전히 남이에요. 관계가 없어지는 거죠. 그래서 '사후 이혼'이라고 불리는 거랍니다."

직원은 마사히코만 보며 말했다. 옆에 내가 있는데도 열 번 중 한 번도 쳐다보지 않는다. 설명해줘도 모를 거라고 생각하겠지.

한 방 먹여줄까?

"그렇죠. 사별해도 이혼하지 않았다면 법적으로 인척과의 관계는 끊지 못하니까요. 그런데 사후 이혼을 하면 완전히 관계없는 사이가 된다니 여자한테는 고마운 일이네요. 하지만 신고서를 내는데 인척 측의 승낙이 필요하다면, 그건 어려운 일 아닌가요?"

또박또박 그렇게 말하자 직원은 틀림없이 한 방 먹은 듯한 표정을 지었다. 이렇게 이해할 수 있는 할머니라고는 생각 못 했겠지.

직원은 이번에는 내 쪽을 봤다.

"맞는 말씀입니다. 단, 신고서를 제출할 때 인척 측의 동의는 필요 없답니다. 게다가 신고서를 냈다는 걸 인척 쪽에 통지도 안 하고요."

나는 무심결에 손뼉을 쳤다.

"어머! 그건 복수하는 데는 베스트 시나리오잖아요."

이럴 때는 간단한 영어라도 쓰는 편이 할머니로 보이지 않는다. 마사히코는 내 기질을 잘 알고 있어서 빙긋 웃었다.

"하나 더 물어볼 게 있는데요, 사후 이혼을 하면 성姓은 어떻게 되나요? 저는 지금 일흔여덟 살이지만 옛날 성으로 되돌려서 친정 무덤에 묻히고 싶거든요."

직원은 놀란 기색이었다.

"이 년 뒤면 여든이세요?"

"아뇨, 일 년 반 뒤에요."

"전혀 그렇게 안 보이세요. 겉모습도, 이해하시는 것도요."

"어머나, 고마워요."

사후 이혼보다 이렇게 칭찬받는 데 관심이 있다.

"배우자가 죽어도 호적에서 빠져나와 옛날 성으로 되돌리는 건 가능합니다. '성 복원 신청서'라는 서류를 내면 되돌릴 수 있어요."

마사히코가 확인을 했다.

"정리하자면, 사후 이혼이란 인척 관계를 종료하기 위한 호적상의 절차라는 말씀이죠?"

"그렇습니다."

"그러면 유산 상속이니 유족 연금 수급이니 하는 것에는 아무런 영향도 없는 거네요."

"맞습니다."

"여자한테는 좋은 얘기뿐이네요. 하지만 제 남편은 외동아들이고 부모도 인척도 없어요. 누가 사후 이혼하는 이유를 물어보면 곤란하네요. 남편을 내쫓고 싶다는 건 이유가 안 되죠?"

직원은 자료를 한 장씩 넘겼다.

"전국의 자료를 보면 시가의 무덤에 들어가고 싶지 않아서 사후 이혼을 한다는 사람이 꽤 많아요."

"어머나! 그래요? 자기를 괴롭히고 부려 먹은 시아버지나 시어머니와 무덤까지 같이 쓰는 건 절대 싫겠죠."

"남편 본인한테 문제가 있어서 같은 무덤은 단호히 거절하는 경우도 드물지 않습니다."

직원은 페이지를 더 넘겼다.

"남편이 집을 나가서 소식이 끊긴 사이에 아내가 일해서 자식을 먹여 살렸다든지, 여자 버릇이 나빠서 불륜 때문에 고생했다든지."

마사히코가 나를 흘끗 봤다. 그리고 "우와, 그런 사람도 있어요?" 하며 몸을 앞으로 내밀었다.

"있지요. 그런 사람 대부분은 살아 있는 동안 고생했으니까 사후 이혼해서 무덤을 따로 쓰면 후련해하는 것 같아요."

"아아, 그 기분은 알겠네요. 최악의 남편이 드디어 죽어줬으니 자유의 몸으로 인생을 재출발하고 싶은 게 아닐까요."

자식이나 경제적인 상황 때문에 살아 있는 동안은 이혼하기 어려운 아내가 많을 것이다. 비참함을 견디고 자신을 죽이며 늘 속이 답답했을 것이다. 사후 이혼을 해서 얼마나 눈앞이 밝아졌을까?

생각해보면 나는 내내 속아왔기 때문에 행복했던 건지도 모른다. 사십이 년 동안 무엇 하나 괴로운 생각도 하지 않았고, 자신을 스스로 죽이는 일도 없이 살아왔다. 그 일이 들통난 지금, 다행히 남편은 죽고 없다.

마사히코가 일어섰다.

"그러면 인척 관계 종료 신고서와 성 복원 신청서 용지를 받아 가겠습니다."

"알겠습니다. 제출 기한은 없으니 잘 생각해보시고 내세요. 한번 내면 되돌릴 수 없으니까요."

돌아가는 차 안에서 나는 또 엄마를 생각했다. 사후 이혼 제도 같은 건 생각도 못 하는 시대에 살았고, 남편의 여자 문제와 돈 문제로 지독하게 고생했다. 끝내는 남편이 죽은 뒤 그 인척까지 돌봤고 같은 무덤에 들어갔다. 뭘 위해 태어난 걸까? 엄마의 작은 손을 떠올렸다.

"할머니, 그 신고서는 부적 삼아 가지고 있으면 돼. 당장 낼 마음이 안 들어도 말이야."

핸들을 쥐며 마사히코가 말한다.

이와조한테는 이제 아무런 애정도 없고, 사후 이혼은 속이 후

런해지는 제도다. 하지만 왠지 '호적은 지금처럼 둬도 괜찮아'라는 마음도 있다. 이와조는 나를 속였지만 괴롭히지는 않았기 때문일까?

아니, 분노도 원망도 있고, 스스로가 비참해서 얼굴도 떠올리기 싫다. 그런데도 어째서일까? 아마 오랜 세월 부부로 살아온 '폐해'일 것이다. 게다가 남편은 죽었다. 그것만으로 이제 충분하겠지.

마사히코가 갑자기 웃었다.

"아까 그 담당자, 처음에는 할머니를 얕봤지. 역습하니까 쫄더라고."

"역시 늙은이로 보이나 봐. 아무리 단장을 해도 말이야."

"하지만 일흔여덟으로는 절대 안 보여. 그 담당자도 깜짝 놀랐잖아."

"겉치레지 뭐."

"안 귀엽네. 칭찬받으면 액면 그대로 받아들여."

"그래도 가발을 벗고 화장을 지우면 충분히 여든을 코앞에 둔 얼굴이야. 그게 진짜 모습이라고. 지금 이건 위장이야."

마사히코는 신호에 걸려 멈춰 서자 또 웃었다.

"언제나 가발을 쓰고 화장을 한다는 건, 늘 보여주는 모습이 진짜란 거야."

"뭐?"

"다들 그러잖아. 평생 위선자로 지냈다면 그 사람은 착한 사람이라고."

처음 듣는 말이었지만 확실히 그렇다. 그렇다는 건, 본모습이 노파라도 계속 젊고 예쁘게 꾸미면 그 사람은 '예쁘고 젊은 사람'이라는 뜻……이다.

그렇구나. '예순을 넘으면 사람은 나이에 걸맞게 보여서는 안 된다'라는 나의 신조는 그런 의미였던 거다.

"마사히코 같은 손자가 있어서 행복해. 자, 용돈 줄게."

지갑에서 만 엔짜리 지폐를 꺼내자 마사히코는 "고마워!" 하며 대시보드에 쑤셔 넣었다.

그날 밤, 유키오 가족이 넷이 오붓하게 저녁을 먹고 싶을 것 같아 나는 사양했다.

가발을 벗고, 화장을 지우고, 어디를 봐도 여든이 코앞인 얼굴을 씻는다. 이건 진짜 모습이 아니다. 진짜 모습은 '위장'한 쪽이다. 동창회에서 만난 마사에나 아케미, 그리고 어디에나 있는 제 나이로 보이는 할머니는 그런 '위장'을 하지 않은 것이다.

"자연스러운 게 좋아"라는 여자들은 아무것도 하지 않는 걸 '자연스럽다'고 말하고, '있는 그대로'라고 말한다. 대단치도 않은, 위장하는 걸 귀찮아할 뿐인 게으름뱅이들이다. 위장을 계속하다 죽으면 그 사람의 진짜 모습은 위장한 모습이다.

마사히코 덕분에 이론으로서 증명된 느낌이 들었다. 예순을 넘은 인간에게 자연스러움은 없다. 여든이 코앞인 안 꾸민 모습으로 소파에 앉아서 두 다리를 사이드 테이블에 올리고 캔 맥주를 들이켠다. 정말 맛있다.

어쩌면 이와조에게는 나와의 결혼 생활이 위장이었을지도 모른다. 절대로 이면을 보이지 않도록 철저하게 위장을 계속해왔다. 애처가에, 좋은 아버지에, 자상한 패밀리맨에…… 위장을 관철하다 죽었다.

그건 애처가에, 좋은 아버지에, 자상한 패밀리맨이라는 위장이 진짜 모습이 되어 있었다는 뜻이다. 실제로 나는 그 모습이 진짜라고 믿어 의심치 않았다. 마사히코의 말대로 죽을 때까지 가정에 위선을 다한 이와조는 '착한 사람'이었던 것이다.

그리 생각하면 첩의 자식에게 '이와타로'라는 이름을 붙인 마음도 이해된다. 나한테 사십이 년씩이나 "나의 보물"이라고 말해온 마음도.

이와조에게는 첩과의 생활이 본래의 것이고, 나와의 생활은 '위선을 철저하게 관철함으로써 선善이 되는 것'이었겠지. 납득이 간다.

마사히코가 가지고 온 사사카마를 안주로 먹으려고 일어섰을 때 전화벨이 울렸다.

"어…… 아케미? 고등학교 동창? 그 아케미? 웬일이야, 갑자기."

아케미의 용건은 생각지도 못한 것이었다.

다음 날 오전 JR 이케부쿠로역에서 아케미를 만났다. 여기서 도부도조선으로 히가시마쓰야마로 가서 거기서부터 버스를 탄다.

아케미는 지팡이를 짚고 왔다. 반년 전 동창회에서는 분명 짚지 않았다. 싸구려로 보이는 갈색 다운점퍼에 천 엔쯤 할 것 같은 바지를 입었다.

"아케미 네가 어제 전화한 거 충격이었어. 그 마사에가? 싶더라."

"사실이야. 앞으로 심해질 테니 늦기 전에 만나야 한대."

아케미의 말에 따르면 마사에는 동창회로부터 얼마 지나지 않아 마트에서 넘어져 넓적다리뼈가 부러졌다고 한다. 전신마취 수술을 받고 한 달 정도 입원했다. 요즘 방침으로는 고령자를 오래 입원시키지 않는 모양이다. 치매를 일으킬 수도 있기 때문이라 한다.

그러나 마사에는 퇴원한 뒤에도 누워만 있어서 치매 증상이 나타나기 시작했다. 처음에는 나이가 들어서 생긴 건망증으로 보였던 모양이지만 조금씩 진행되었다고 한다.

"마사에의 아들이 보낸 편지에 쓰여 있었어. 약속했던 걸 까먹고, 같은 걸 몇 번이나 묻고, 방금 들은 걸 기억 못 한다고. 두 가지 이상의 일은 동시에 이해 못 한대."

"동창회한 지 아직 반년밖에 안 지났는데도?"

"반년이면 그 정도는 진행될 수 있대."

"그러니……. 그건 그렇고 집에서 멀리 떨어진 시설에 들어갔네."

"며느리랑 잘 지내지 못해서 결국 멀리 쫓겨난 거지. 저렴한 시설인 것 같고."

마사에의 아들이 보낸 편지에는 "어머니는 지금이라면 아직 아는 것도 많고 친구 얼굴은 기억해요. 멀어서 죄송합니다만 얼굴을 알아볼 때 한 번만 가주실 수 있을까요? 아케미 아주머니 이야기랑 하나라는 분의 치마 이야기를 자주 했어요"라고 쓰여 있었다고 한다.

나는 전화로 이 말을 들었을 때 놀랐다. 마사에와는 고등학교 시절 딱히 친하지 않았던 데다, 동창회에서는 아케미와 둘이서 나를 보고 섹시해졌다느니 젊어 보이려고 용쓴다느니 빈정거렸기 때문이다.

"치매가 진행되는 와중에 어째서 나를 기억하는 걸까?"

"동창회에서 만났을 때 부러웠던 거지. 고등학교 시절에는 자기가 스타였는데, 지금은 저 애가 젊고 예쁘고 근사한 치마를 입었고…… 하면서. 전화로도 말했지만 하나가 동창회 때 입고 온 치마를 마음에 들어 했어."

히가시마쓰야마역에서 덜컹대는 버스를 이십 분 넘게 타고 도착한 곳은 치매 환자도 받는 돌봄 요양형 의료 시설이었다. 넓은 면회실로 안내받자 창문으로 입주자들이 놀이를 하는 모습이 보였다.

"주먹 쥐고 손을 펴서 손뼉 치고 주먹 쥐고."

밝은 음악에 맞춰 노인들은 즐거운 표정으로 노래를 부르며 손을 움직이고 있다. 원 모양으로 모여 있는 그들 가운데 마사에로 보이는 사람은 없었다. 가슴을 쓸어내렸다. 같은 반 친구였던 사람의 '주먹 쥐고 손을 펴서'는 보고 싶지 않다.

이윽고 마사에는 직원이 미는 휠체어를 타고 들어왔다.

"깜짝 놀랐어! 와줬구나."

마사에는 야위었고 목소리는 쉬어서 작아졌지만 우리를 금세 알아보았다.

"마사에, 건강 그 자체잖아. 마음이 놓이네. 그렇지, 하나?"

"진짜야. 맥주 마시고 있을 때 아케미한테 전화가 왔거든. 네 아들이 편지를 보냈으니 가보자고 해서."

"아들, 지금 여기서 맥주 마시고 있어?"

두 개 이상의 이야기는 이해를 못 하는 모양이었다.

"아니. 그건 그렇고 넓적다리뼈는 어때? 이렇게 건강하니 이제 곧 휠체어를 졸업할 수 있을 것 같네."

아케미가 분위기를 바꾸려고 했는지 밝은 목소리로 물었다.

"글쎄, 내내 학교에 안 갔으니까. 너희들은 졸업식 갔다 오는 길이야?"

아케미는 눈을 내리깔았고, 나는 가방에서 그 치마를 꺼냈다.

"마사에가 좋아한다고 들어서 선물로 가져왔어. 자, 받아."

"이거 치마야? 처음 봐. 멋지네."

"그거, 하나가 커튼 천으로 만든 거야. 마사에 네가 동창회에서 보고 되게 좋아했잖니."

"아니, 본 적 없어."

마사에는 그래도 치마를 가만히 어루만졌다.

"나보다 마사에한테 더 잘 어울려. 입으렴."

마사에는 온화한 눈으로 우리를 봤다.

"나, 이제 갈 데도 없고 걷지도 못해서 모처럼 선물해줬지만 보여줄 사람도 없어. 아무도 안 오니까. 그렇지만 기뻐. 이 치마가 부러웠거든. 하나한테 잘 어울렸는데 받아도 돼?"

갑자기 정신이 돌아온 마사에는 치마를 가슴에 끌어안았다.

"또 와. 둘 다 건강하고. 많이 먹고 걸으렴. 나는 이렇지만, 너희는 이렇게 되면 안 돼. 가족이랑 사이좋게 지내고."

직원은 우리에게 가볍게 머리를 숙인 뒤 휠체어를 밀고 나갔다. 마사에는 문이 닫힐 때 뒤를 돌아봤다. 모르는 사람을 보는 듯한 눈이었다.

차라리 모든 걸 다 모르게 될 정도로 병이 진행되면 좋겠다. 며느리한테 쫓겨난 것도, 아들이 며느리의 꼭두각시인 것도, 남편이 이 년 전에 죽은 것도, 젊은 시절의 추억도, 인생의 끝이 다가오고 있다는 것도, 전부다. 기억이 군데군데 돌아오는 건 슬프다.

"아케미, 오늘 불러줘서 고마워."

"아냐. 나 혼자 갈 자신이 없었거든. 얼마나 변했을지 무서워서 말이야. 다음에 갈 때는 이제 전부 잊어버리겠지. ……그편이 좋아."

아케미는 눈시울을 살짝 붉히더니 내 무릎을 두들겼다.

"가장 행복한 사람은 하나!"

뭐가 행복한 사람인가. 남편한테 첩이 있었다는 것을 얘기할 생각은 없지만 "나도 석 달 전에 남편이 죽었는걸"이라고는 말했다.

"뭣, 진짜?"

"응. 병으로 갑자기."

"그랬구나……. 피차일반이야. 우리 나이가 되면 저세상으로 가든지 치매에 걸리든지 둘 중 하나니까."

"그렇지."

"신문에서 읽었는데 예순다섯 살 이상의 15퍼센트가 치매고, 여든다섯 살이 되면 40퍼센트래."

아까 본 마사에의 얼굴이 떠오르더니 열다섯 살 때 얼굴과 겹

쳤다. 예쁜 데다 학업 성적도, 운동신경도 특출해서 남학생들의 동경의 대상이었던 마사에라도 늙는다.

문득 어리석게 느껴지기도 한다. 외모를 가꾸고, 젊게 지내려고 노력하고, 흔히 보는 꾀죄죄한 할머니는 되지 않겠다며 발버둥 쳐서 뭐가 된다는 건가. 아무리 위장한들 노화에 브레이크를 걸 수는 없다.

열 살 더 젊은 첩을 생각했다. 내가 아직 육십 대라면 얼마나 좋을까?

"하나, 나 훌라 댄스를 시작했어."

"응? 최근에?"

"응. 어차피 우리는 앞날이 없잖아. 저세상에 가거나 마사에처럼 되는 것밖에 미래가 없지. 그러면 하고 싶은 걸 해서 즐기는 편이 단연 이득이야!"

"대단해, 아케미. 자극되는걸."

앞날이 없으니까, 곧 죽을 거니까, 바로 그래서 '어리석다'고 생각해서는 안 되는 거다. 곧 죽을 거니까 끝까지 위장하고 즐기지 않으면 손해다. 알고는 있다.

"하나랑 만나면 나야말로 자극을 받아. 언제나 예쁘고, 남편이 세상을 떠나도 온화하고 상냥하잖아."

이케부쿠로역에 도착하자 아케미가 시계를 봤다.

"사실은 차 마시러 가고 싶지만 개를 산책시켜야 해. 가족이 아무도 없거든."

"괜찮아, 꼭 다시 만나자."

나는 오른손을 내밀었다.

"꼭이야. 밥 먹자!"

아케미는 힘껏 손을 맞잡았다.

진짜로 또 만날 수 있을지는 모른다. 하지만 고작 팔십 년 정도인 인생에서 만나고 헤어지고, 몇십 년 만에 다시 이어진다. 얼마나 신기한 인연인가. 그리 생각하면 이와조와 첩에게 "깊은 인연이셨군요"라고 말할 마음도 든다. 정식 부부도 아닌데 사십이 년 동안 헤어지지 않고 지내온 건 내세에서도 이어질 정도의 인연일지도 모른다.

아케미는 개찰구에 들어갈 때 뒤를 돌아봤다.

"하나, 동창회에서는 미안했어!"

인파 속 웃는 얼굴은 고등학교 시절과 똑같았다.

새해가 밝았다.

이와조의 상중이라서 이치고와 유키오네 두 집은 새해 행사를 일절 하지 않고 연하장도 보내지 않는다.

나도 연하장은 관뒀지만, 우리 집 실내는 소나무 가지*를 풍

---

* 일본에는 새해가 되면 문 앞에 '가도마쓰'라는 소나무 장식을 세우는 풍습이 있다.

성하게 장식한 꽃바구니부터 가가미모치*까지 예년대로다. 떡국도, 설 음식도 잔뜩 준비했다. 그리고 CD로 경사롭게 〈에텐라쿠越天楽**〉나 〈봄 바다春の海***〉 같은 곡을 틀었다. 새해 인사를 하러 온 이치고 부부와 유키오 일가는 과연 놀란 모습이었다.

"괜찮아, 괜찮아. 첩이 애도하고 있겠지. 난 관계없는걸"이라고 말하는 나를 향해 마사히코가 씩 웃었다.

이윽고 소나무 장식도 치우고 세상이 평소대로 움직이기 시작하자 마사히코가 센다이로 돌아갈 날이 왔다.

"나, 유라쿠초의 전자제품 가게에서 뭐 좀 사고 갈게. 차로 왔으니까 싣고 갈 수 있잖아. 할머니, 뭐 필요한 거 없어? 물건 값은 받을 거지만 내가 사서 택배로 부쳐줄게."

"없어, 없어. 조심히 돌아가려무나."

그렇게 말하고서 문득 생각났다.

"그래, 이즈미. 옷 사러 가자. 할머니도 사고 싶으니까 이즈미한테도 사줄게. 마사히코랑 중간까지 같이 가자."

마사히코는 곧바로 "난 운전사 겸 짐꾼으로 같이 갈래! 그러니까 스니커즈 사줘. 근사한 놈이 있는데 비싸서 말이지"하며 좋아했지만 이즈미는 손사래를 쳤다.

---

*   정월에 신불에게 바치는 둥근 떡.
**   일본의 아악 가운데 가장 유명한 곡.
*** 정월에 일본 방송에서 자주 틀어주는 쟁(箏) 연주곡.

"할머니, 난 됐어."

"괜찮으니까 감사의 선물을 하게 해줘. 이즈미는 늘 할머니가 어떤지 보러 와주니까."

이즈미는 나를 걱정해서 틈만 나면 우리 집을 들여다보러 온다. 함께 차를 마시고 대학 이야기나 인기 아이돌 이야기를 하다가 집에 간다. 애인이나 이성 친구 이야기 같은 건 한 번도 나온 적이 없다. 요즘은 통통한 여자애가 인기라던데 이즈미는 그 안에 들지 않는 걸까.

"할머니 집에는 지나는 길에 들르는 거니까 신경 쓰지 마."

나는 무시하고 물었다.

"평소에 가는 가게는 어디니?"

"긴자. 큰 사이즈의 귀여운 옷을 다양하게 파는 곳이 있거든."

"거기 가자."

"진짜 괜찮아? 그럼…… 스웨터나 치마 사도 돼?"

"이즈미, 둘 다 사달라고 해. 짐꾼이 있으니까. 그치, 할머니?"

"그렇게 말하면 안 된다고 못 하잖니. 좋아, 둘 다 사렴."

"우와, 진짜? 오빠, 고마워."

유들유들한 손주들이지만 이런 게 기쁘다. 이런 귀여운 손주들을 가질 수 있었던 건 이와조와 결혼했기 때문이다. 최악의 남편이 세운 유일무이한 공헌이다.

긴자에서는 먼저 마사히코의 터무니없이 비싼 스니커즈를 샀고, 그런 다음 이즈미가 말한 가게로 향했다. 이즈미는 내가 넘어지지 않도록 팔짱을 끼고 들뜬 목소리로 말했다.

"아무도 우리 할머니라고는 생각 안 할걸. 코트에 맞춘 머플러도 센스가 좋고, 화장도 네일도 예쁘고. 그치, 오빠?"

이 애는 웃으면 정말 귀엽다.

"진짜야, 진짜. 스니커즈 사줘서 하는 말이 아니라 일흔여덟으로는 절대로 안 보여."

오늘도 내 위장은 빈틈없는 모양이다.

"저 건물 안에 있어, 그 가게."

우리가 횡단보도를 건너려 하자 신호등이 깜빡이기 시작했다. 그때 저쪽에서 뛰어서 건너려는 두 사람이 있었다.

첩과 이와타로였다.

그러다 횡단보도 한가운데쯤에서 첩의 구두가 벗겨져 뒤로 날아갔다.

"앗!"

첩이 비명을 지르고 이와타로가 주우러 뛰어간다. 신호등은 깜빡임이 끝날 것 같다.

"이와타로, 나중에 주워도 돼!"

첩이 외쳤지만 이와타로는 구두를 주웠다. 첩은 그걸 보고 한쪽 발은 맨발로 뛰기 시작했다. 다 건너기 직전에 신호등이 빨간

불로 바뀌었다. 두 사람은 숨을 헐떡거리며 웃었다. 첩은 아들의 팔을 붙잡고 구두를 신는다. 두 사람은 '해냈다!'라는 양 다시 웃었다.

내내 보고 있던 나는 말을 걸었다.

"새해 복 많이 받으세요. 상중이지만요."

첩이 놀라서 몸이 굳는 게 보였다. 이즈미도, 첩 모자도 그제야 서로를 알아본 모양이다. 물론 마사히코는 첫 대면이다.

"두 분이서 즐거워 보이는데 죄송해요. 잠시만 시간 내주실 수 있어요?"

상대의 대답을 기다릴 마음은 없다.

"할 말이 좀 있어서요. 금방 끝나니까 저 찻집에 가실래요?"

의아하다는 듯 나를 보는 마사히코에게 "모리 가오루 씨와 아드님 이와타로 씨"라고 소개하자마자 앞장서서 걷기 시작했다. 선택권을 주지 않겠다는 태도였다.

첩은 요전과 마찬가지로 옅은 화장에 머리를 아무렇게나 핀으로 묶고 있었다. 황토색 코트에 검정과 초록색 물방울무늬 머플러가 도회적이다.

찻집에서 뭘 마실지 묻자 이즈미는 기어들어가는 목소리로 "홍차"라고 말했다. 눈앞에 엄청난 훈남인 이와타로가 앉아 있는 것이다. 그것도 피가 이어져 있다. 남자에 전혀 익숙지 않은 이즈미에게는 몸 둘 데가 없는 상황이겠지.

차가 나올 때까지 나는 웃는 얼굴로 아무래도 좋은 세상 돌아가는 이야기를 했다.

"옛날에는 연말연시에 가게가 바빴는데요, 요즘 사람들은 옛날처럼 술을 안 마시니까요."

그리고 장난스럽게 마사히코를 째려봤다.

"그 힘든 가게를 여동생한테 떠맡기려는 오빠는 고개를 못 들겠죠."

이와타로가 미소 지었다.

"가게는 여동생분이 물려받나요?"

"네. 저는 아무래도 우주 개발 일을 하고 싶어서요."

"오빠는 천문학적 숫자밖에 모르는 사람이라서 캔 맥주 하나에 얼마라든가, 고등어 통조림 한 개는 얼마라든가 하는 계산은 못 하니까요. 그치, 오빠?"

이즈미의 목소리가 아무래도 평소보다 귀엽다.

"이렇게 말하는 여동생은 땅과 가게를 처음부터 노리고 있었으니, 오빠가 고등어 통조림 계산을 못 해서 엄청 운이 좋은 거죠. 그렇잖아, 이즈미?"

이즈미는 크크크 웃고는 "고개를 못 드는 녀석이 할 말인가?" 하고 놀렸다.

문득 이와타로의 표정이 외로워 보였다. 남매의 이 쿵짝은 우연한 호흡이었지만 첩은 조금쯤 죄의식을 느낄지도 모른다. 자신이 훔친 남자는 이렇게 좋은 가족과 연결되어 있었다, 그것을 사후에 엉망진창으로 만들었다, 하고. 그리고 평범한 형제자매는 이렇게 크는 거지, 하며 이와타로를 생각하고는 마음이 아플지도 모른다. 쌤통이다.

차가 나와서 각자 마시기 시작했을 때, 나는 잔을 입에 대지 않고 첩에게 말했다.

"저, 이와조와 사후 이혼합니다."

마사히코는 눈썹을 살짝 올렸지만, 다른 사람은 아무도 말뜻을 이해하지 못한 모양이었다.

7부

"상대가 죽은 뒤에도 이혼할 수 있어요. 그런 법률이 있어서요. 관공서에 신청하면 돼요."

이와타로가 고개를 끄덕였다.

"전에 신문에서 읽은 적이 있습니다."

첩은 모르는 듯 말없이 물을 마시고 있다.

"이와조가 살아 있을 때 두 사람의 불륜을 알았다면 저는 혼인 침해 같은 걸로 양쪽에 위자료 청구 소송을 걸었을 거예요. 하지만 이미 죽었으니까요. 기회를 놓치고 말았네요."

농담을 가장하여 웃고 있지만 오늘의 나는 상당히 살벌하다. 이와조가 죽고 얼마 지나지도 않았는데 둘이 그렇게 웃었다. 도둑 주제에 부끄러운 줄 알아야지.

오늘은 짧은 은색 가발을 쓰고 은색 젤네일을 해서 다행이었다. 은색은 다른 색보다 위협적이다.

"아직 살아 있는 불륜 상대에게 소송을 걸 수도 있겠지만, 그런 추잡한 돈을 받고 싶지는 않아요. 게다가 예전에도 지금도 당신은 저한테 이 세상에 없는 사람인데, 소송 같은 걸 건다면 있는 사람이 되는걸요. 또 판결이 나올 때까지는 왠지 요 어딘가에……" 하며 나는 내 앞머리를 가리켰다.

"당신이 매달려 있는 것 같아서 기분 나쁘잖아요?"

웃으면서 말했지만 첩은 반응이 없었다. 당연하다.

"저한테 이와조는 이 세상에 있었던 남자지만, 한시라도 빨리 그 남자의 아내였다는 사실을 지우고 싶거든요."

한 호흡 두고서 덧붙였다.

"부끄러워서요."

한 호흡 둔 건 연극조였으나 계산된 연출이다. 죄 없는 이와타로는 불쌍하지만 내 알 바 아니다.

첩은 눈을 내리깐 채 말이 없다. 반론의 여지가 없어서든, 폭풍이 지나갈 때까지 잠자코 있는 편이 좋다고 생각했든, 이럴 때 입 다물고 있는 여자는 불쾌하다.

입을 다물고 있는 건 존재를 지우고 있는 거다. 아무 말도 없이 눈물을 머금는 여자도 그렇다. 그 눈물이 뭘 의미하는지 상대의 상상에 맡긴다. 이런 교활한 방식은 대체로 예쁘장하지만 머리는 엄청 나쁜 여자가 쓴다. 이런 데서만 머리가 잘 돌아간다.

"사후 이혼해서 저는 그 남자와 같은 무덤에 안 들어갈 겁니다. 모리 씨, 사후 입적하셔서 같은 무덤에 들어가세요."

"네……?"

"그런 게 가능한지 어떤지는 모르겠지만, 사후 이혼이 있으니 사후 입적이나 사후 인지가 있어도 이상하지 않잖아요. 한번 알아보세요."

마사히코가 웃었다.

"아무리 그래도 그건 안 되겠지. 사후 이혼은 인척이니 부양가족이니 하는 것과 인연을 딱 끊는다는 장점이 있지만, 사후 입적은 그런 귀찮은 인연을 굳이 늘리는 거잖아. 그런 것 속으로 뛰어들 사람은 없어."

"마사히코는 아직 여자의 마음을 모르네. 몇 년이나, 몇십 년이나 그늘에서 열매 없는 꽃을 피워온 여자가, 재산도 아무것도 필요 없다며 포기하고…… 아, 이건 모리 씨 이야기가 아니라 일반론이에요."

당연히 모리 씨 이야기다.

"그런 여자는 적어도 상대와 같은 무덤에 들어가기를 바란단다. 하지만 본처가 함께 들어가는걸. 안 된다는 걸 아는 거야. 그래서 괴로운 거지."

물론 나도 '사후 입적'이라는 제도가 있을 거라고는 생각 안 한다.

"모리 씨, 제가 사후 이혼할 거니까 이와조는 '사후 독신'이에요. 부디 입적하시든지 해서 떳떳하게 부부가 되세요. 정말이지 사십 년도 넘게 그늘에서 지내시느라 수고 많으셨습니다."

아아, 이로써 한 방 먹였다.

첩이 그제야 입을 열고 힘없는 목소리로 말했다.

"저한테는 그럴 마음이 털끝만큼도 없습니다. 저는 나쁜 짓을 해왔으니 정말로 면목 없을 따름입니다."

"이제 됐어요. 저로서는 사후 이혼이 정말로 고마워요. 모든 게 몸에서 떨어져 나가 겨우 상쾌한 기분이 드니까요."

"그런 지경까지 몰아붙인 건 저예요. 심한 짓을 했습니다."

말이 없는 것도 열받지만 그저 사과만 하는 것도 불쾌하다.

"하지만 부디 사후 이혼 같은 건 하지 말아주세요. 백중날 오시 씨가 돌아가실 곳이 없어집니다. ……이제 와서 생각하지만, 오시 씨는 돌아갈 집이 있었기 때문에……."

머뭇거리는 첩에게 시원하게 말해줬다.

"돌아갈 수 있는 집이 있었기 때문에 당신과의 관계도 계속할 수 있었다고요?"

"……그런 면이 있었다고 생각합니다."

"없어요."

첩은 기가 죽었다. 이 여자는 제 나이 그대로 예순여덟 살로 보인다. 젊어 보이지는 않는다. 기죽은 눈도, 힘없이 웃는 얼굴도 예쁘다. 관리하고 있는 피부라는 걸 알겠다. 내가 엄청나게 싫어하는 '내추럴'한 여자의 청순한 분위기에 이와조는 마음이 동한 거겠지.

남자는 바보다. 남의 남편을 훔치고 자식까지 만드는 여자의 어디가 청순한가.

"모리 씨, 머리가 나쁜 여자는 다들 '돌아갈 곳이 있었기 때문에 그 사람은 불륜할 수 있었다'라고 말한답니다. 돌아갈 곳이 없어도 불륜 같은 건 얼마든지 할 수 있어요. 당신 정도 되는 분이 그런 단순하고 상투적인 말을 하다니 실망이네요."

마사히코와 이즈미는 할머니가 이렇게 살벌할 거라고는 생각지 않았겠지.

"전 말이죠, 남편이 뒤에서 사십이 년씩이나 첩을 두고, 이와타로 씨 앞에서 말하긴 좀 그렇지만 아이까지 만들었다는 걸 알고 태연히 있을 수 없었어요. 스스로가 한심해서요. 하지만 당신, 아까 그 아이와 둘이 입을 크게 벌리고 웃으며 아주 즐겁게 긴자 거리를 달리더군요. 그걸 보고 생각했어요. 다른 여자한테서 훔칠 정도로 푹 빠졌던 남자라도 죽으면 금방 잊어버리는구나. 전 오히려 그걸 긍정적으로 봐요. 그 정도의 상대라도, 상대의 인생에 대해 타인은 어떤 책임도 의무도 없죠. 기본적으로 무관심하다고요. 그 점을 깨닫는 건 앞으로 삶의 방식에 영향을 끼칠 거예요. 언제까지고 죽은 상대와 얽혀 있는 쪽이 인생을 낭비하는 거죠."

이와타로가 나를 보고 있는 게 느껴졌다. 그리고 조용히 말했다.

"어머니에 대해 눈앞에서 이렇게까지 말씀하시다니, 솔직히 충격적이네요."

"어머, 그래?"

"네. 하지만 어머니가 한 행동을 냉정하게 돌이켜보면 당연하다고 생각합니다. 단, 어머니와 저는 본댁에 절대로 폐는 끼칠 수 없다고, 그것만은 스스로에게 엄격하게 명하며 살아왔습니다. 어머니는 제가 옛날 사람들이 말하는 '사생아'라는 것도 일찍부터 납득하도록 가르쳐왔습니다."

마사히코는 내내 잠자코 듣고 있다가 쓴웃음을 지으며 되받아쳤다.

"이와타로 씨, 그런 훌륭한 어머니라 해도 불륜을 저질렀다는 사실이 상쇄되지는 않아요."

"맞는 말씀입니다. 그래서 저희 모자는 어떻게 하면 좋을지를 생각하며 살아왔습니다. 최소한 할 수 있는 건 어머니는 절대 겉으로 나서지 않는 것, 그리고 저는 절대 인지를 받지 않는 것이었습니다."

"그건 틀렸습니다. 당신들 모자가 할 수 있었던 일은 도리에 어긋난다고 인식했다면 즉시 헤어지는 거였죠. 계속 미안하다고 생각해온 모양인데, 생각만 하면서 사십이 년을 보낸 거잖아요? 정말로 미안해서 본인들이 뭘 할 수 있을지 진정으로 생각했다면 금방 헤어졌겠죠."

마사히코의 정론에 첩은 더더욱 눈을 내리깔았다. 이와타로는 그런 어머니를 봤다.

"어머니가 몇 번이나 헤어지려 했다는 건 저도 압니다. 하지만 아무리 애를 써도 헤어지지 못했습니다. 잔혹한 말이지만, 아버지 쪽도요."

이와타로가 '아버지'라고 말하는 것을 처음 들었다. 내내 '오시 씨'로 일관해왔는데, 어머니를 지키고 싶다는 일심이겠지.

마사히코는 첩에게 말했다.

"저는 아직 학생이지만, 남자든 여자든 평생 한 사람하고만 지내는 건 힘들 거라고 생각합니다. 저도 힘들지 모르죠. 하지만 이번에 할머니를 보며 당한 쪽의 심정을 잘 알았어요. 이건 살인, 아니 살해나 마찬가지예요. 어떻습니까, 모리 씨?"

애송이에게 갑자기 추궁당한 첩은 조그맣게 고개를 끄덕이고는 아무 말이 없었다. 이것은 '살해'를 긍정하는 끄덕임인가. 말을 하지 않음으로써 존재를 지우고 있는 것이나 마찬가지다.

"저는 할아버지를 최악의 인간이라고 생각합니다. 모리 씨, 당신도요. 저는 이제까지 살해된 쪽의 심정을 상상하지 못했습니다. 부끄러운 얘기지요. 하지만 할아버지나 모리 씨는 나이로 보든 인생 경험으로 보든 상상을 못 하면 바보예요. 뭐, 이제 와서 돌이킬 수도 없고, 할머니는 얼른 지워버리고 싶은 모양이니 이로써 잊어주세요."

첩은 말없이 깊게 머리를 숙였다. 이것도 무슨 뜻인지 모르겠다. 교활한 여자다.

"단, 재범은 용서받지 못해요. 초범이니까 할머니는 집행유예를 내린 겁니다."

교활한 어머니 대신 아들이 대답했다.

"잘 압니다. 단, 어머니는 어떤 때라도 '태어나길 잘했다'라고 생각하게끔 키우겠다고 제게 말했고, 폐를 끼치지 않도록 살아가는 모습을 저는 봐왔습니다. 저는 불륜 끝에 생긴 자식이지만, 아버지에게도 어머니에게도 오시 님 일가에도 부끄럽지 않도록 살아왔다고 자신합니다."

나는 미소 지었다.

"고마워. 그걸로 됐어요. 이것만은 어머님 교육 덕분이네."

갑자기 이즈미가 입을 열었다.

"모리 씨, 할아버지의 어디가 좋았어요?"

너무도 정곡을 찌르는 질문에 자리가 쥐 죽은 듯 조용해졌다. 이즈미처럼 그리 영리하지 않은 아이는 때로 급소를 찌른다. 과연 무언으로 일관하지 못하게 된 첩은 명백하게 곤란해했다. 이즈미는 더더욱 추궁했다.

"그렇게나 괴로워하고, 사죄하면서 필사적으로 살아가고, 그걸 사십이 년 동안 하다니 할아버지의 뭐가 그렇게 좋았던 거예요?"

마사히코가 작게 웃음을 터트렸다. 젊은 운동부원은 '할아버지의 섹스'라고 생각했을 게 뻔하다.

마침내 첩이 입을 열었다.

"어릴 때부터 귀여워해준 오빠의 친한 친구가 늘 제 곁에 있다는 안도감과 행복을 다른 사람에게서는 느끼지 못했습니다. 의대생으로서 의사로서 생활이 고되질수록 오시 씨와의 시간은 다른 것으로 바꿀 수 없어졌습니다. 어디가 좋다고 설명하는 게 가능하다면 헤어질 수 있었겠지요."

본처를 앞에 두고 잘도 말한다, 이 도둑이.

"좋아져버린 사람에게 이미 부인도 자제 분도 계시다는 걸 알았지만, 아무리 해도 헤어질 수 없었습니다. 죄송합니다."

이즈미가 새된 소리를 질렀다.

"이거얏!"

"네?"

"모리 씨 같은 훌륭한 의사 선생님은 와이드쇼도 여성 주간지도 안 보겠지만, 가끔 불륜을 저지른 유명인이 그러거든요. '좋아져버린 사람에게 우연히 아내가 있었어요'라고. 정색하는 것 같달까, 어딘가 자랑스러워 보인달까. 대학교 친구들은 그런 걸 보면 '또다, 또야' 하면서 깔깔 웃어요."

"마사히코도 이즈미도, 이제 약한 사람 괴롭히는 건 그만하렴."

아아, 기분 좋다.

"모리 씨, 이와타로 씨, 젊은 두 사람의 말은 흘려들으세요. 전 이제야 알았어요. 이와조는 자신의 인생은 자신의 것, 그러니 자기가 결정한다고 생각했던 거죠. 두 개의 가정이 양쪽 다 소중해서, 둘을 유지하겠다고 결정한 것도 그 생각에 따른 결과였겠죠."

이와타로가 식은 커피잔을 든 채 나를 봤다. 나는 이와타로에게 이야기하는 모양새가 되었다.

"사람들은 이런 일이 있으면 처음에는 울거나 원망하거나 앙갚음 하지만, 본인 인생이니 자기가 좋을 대로 하겠다고 굳게 마음먹으면 각오가 서죠. 이와조는 도리에서 벗어난 길이든 조강지처든 뭐든 간에 자신을 우선시했어요. 대단한 각오였다고 생각해요. 사십 년 넘게 끝까지 속일 정도로, 남편으로서 아버지로서 잘 처신하며 스스로를 관철한 거예요. 언제 마지막이 와도 아무 후회 없는 삶이었겠죠. 그러니 저도 망설임 없이 인연을 끊을 수 있어요."

폼 잡은 말이었지만 본심이었다. 말하는 도중에 정리가 된 건지 더더욱 본심 같아졌다. 첩의 호흡이 살짝 거칠어졌다.

"모리 씨, 이와타로 씨, 이제부터는 저도 제 생각대로 살 거예요. 어차피 곧 죽을 몸이지만, 그래서 더욱이요."

나는 계산서를 들고 일어섰다.

"이제 뵐 일도 없지만 건강히 지내세요."

첩이 당황하며 이와타로와 동시에 일어섰다.

"이건 제가 내겠습니다."

이와타로가 말했다.

나는 그 팔을 툭툭 치며 "이와조가 남긴 돈으로 내는 거야. 당신은 아버님한테 얻어먹은 것뿐이고"라고 했다.

이와타로는 순간 멈췄고 곧이어 고개를 숙였다. 첩의 눈에는 눈물이 차올라 있었다. 멍청한 여자는 금방 운다. 썩 꺼져.

손주 둘을 양옆에 끼고 가게에서 나오자 마사히코가 목소리를 높였다.

"할머니, 이겼어! 그것도 엄청나게 크게. 그렇지, 이즈미?"

"응. 그 내연녀는 청순해 보여서 남자한테 틀림없이 인기 많을 거야. 하지만 아무 말도 못 하는 여자였어."

"그야 할머니가 서열이 더 높으니까, 말할 수 있을 리 없잖아."

아니다. 그런 내추럴파, 청순파는 대부분이 재미없는 여자라서다. 겉모습을 배반하지 않으려고 독도 약도 안 되는 무해무득한 말을 하는 법이다. 그 첩만 해도 처음 만났을 때는 내가 졌다고 생각했지만, 두 번 만나보니 역시 따분한 내추럴녀였다. 단,

이와조에게는 내가 '독', 첩이 '약'의 역할을 했겠지. 이와조도 따분한 남자다.

마사히코가 말했다.

"나, 자~알 알겠어. 할머니는 심술궂고 말을 잘해서 할아버지가 애인을 만든 거야."

"그러고 보니 작년 동창회에서 '하나, 너 사람들이 싫어하지?'라는 말을 들었어. 남편이 싫어하면 귀찮은 일도 없을 텐데."

"오시가 여자는 대단해. 이즈미, 오늘 너의 심술궂음도 훌륭했어!"

"오빠가 내 마음에 안 드는 여자랑 결혼하면 괴롭혀서 죽일 거야."

나는 지금 나의 존엄을 되찾았다고 분명히 생각했다. 이제 다시 일어설 수 있다.

그날 밤, 사후 이혼 이야기로 유키오네 집은 야단법석이었다.

"그런 제도가 진짜 있어? 진심으로 할 생각은 아니겠지만."

유키오는 가볍게 반응하는 척했지만 목소리에 힘이 들어가 있다.

이치고가 쉰 소리를 낸다.

"해버려, 해버려! 엄마, 그거 좋네."

"누나, 부추기지 마."

유미가 뭔가를 깨달은 듯 말했다.

"애인이 사후 입적하면 그 여자가 제 시어머니가 된다는 거예요? 싫은데, 어머님이 그나마 낫…… 아, 아뇨, 전 어머님이 좋아요."

무심결에 '낫다'고 말하는 바보에게 대답은 하지 않았다.

"……그렇구나, 과연. 내 어머니는 아버지의 애인이라는 건가. 왠지 애로 비디오 같은데. 그렇지?"

이 바보한테도 대답은 안 한다.

스마트폰을 보고 있던 이즈미가 말했다.

"하지만 사후 입적은 인터넷에도 없어. 해외에서 혼인 신고서를 냈던 내연녀가 일본에서 사후 입적할 거라고 말한 케이스뿐이야. 그건 우리 집 경우와 완전히 다르고, 사후 이혼은 있어도 사후 입적은 없네."

"그렇겠지. 하지만 우리 입장에서는 언제라도 이혼 신청서를 낼 수 있다는 건 좋네. 비빌 언덕이 생겼달까?"

"그렇지. 근데 할머니가 아까 그 여자 앞에서 분명히 이혼한다고 말했으니까, 그 여자가 그걸 믿고 사후 입적하러 가면 웃음거리가 될 거야, 엄마."

"그런 제도가 없다는 건 금방 알걸. 그렇지만 사후 이혼은 본인 탓인 셈이니 평생 마음에 걸리지 않을까?"

고소하다. 내추럴파, 청순파 여자는 머리도 나쁘지만 본성도 나쁜 법이다. 자기가 다른 부부를 갈라놓았다고 생각이나 할까. "죄송합니다. 용서해주세요. 다른 사람으로는 안 되었거든요" 하면서 눈물을 글썽이며 열 받을 정도로 사과하고, 금세 크게 웃으며 긴자를 달릴 정도니까.

일주일쯤 지난 오후에 유미가 규탕*을 들고 우리 집에 왔다. 여전히 점프슈트에 말총머리다.

"센다이에서 엄마가 보내주셨어요. '사부인은 두껍게 썰어 소금 양념한 것을 좋아하시니까 가져다드리렴'이라는 편지가 있었어요."

"어머, 기뻐라. 고마워. 유미, 차 마시고 가지 않을래?"

"아뇨, 공모전 마감이 코앞인데 제작이 늦어지고 있어서요."

'제작'이란다.

"너무 몰두해서 그러면 자기 귀를 자를지도 몰라. 고흐처럼 말이야."

"그럴 리가요. 고흐의 괴로움은 저의 몇 배는 되니까요."

'무한 배'겠지. 그래도 마티스와 고흐를 자기와 가깝게 여기는 감각은 몰상식을 초월해 위대하기까지 하다. 첩 문제로 지칠

---

* 소 혓바닥 구이.

대로 지친 내게 이런 외계인은 힐링이 된다.

유미는 내가 '고흐'를 예로 들어서 기분이 좋아졌는지 들어와 앉았다.

"혹시라도 남편한테 오래된 내연녀가 있다면…… 하고 생각했어요. 저는 의외로 태연할지도 몰라요. 그림이 있으니까요."

제가 고흐라도 된 줄 아나.

"지금도 그림에 몰두하면 뭐든 다 잊어버려요. 그림이 있으면 다른 건 아무것도 필요 없다……랄까요."

아들이 멍청이 취급받는 기분이다. 이 아마추어 화가는 유키오가 일해서 번 돈으로 밥을 먹고 그림물감을 살 텐데.

"유미 정도의 화가는 슬슬 유명인이 될 계기가 필요하겠네. 요전에 아무개라는 젊은 화가가 텔레비전의 미술 프로그램에 나오던데, 그런 거 좋잖아?"

발에 차일 만큼 있는 아마추어 화가에게 방송국에서 출연 요청이 올 리 없지만, 유키오를 멍청이 취급하기에 한마디해줬다.

"어머님, 그건 아녜요. 방송국에서 출연 요청이 들어오는 연예인 화가는 제가 가장 되기 싫은 거예요. 그림에 힘도 없는 데다 날티를 풍기고, 그런 사람은 금방 망하거든요. 화단에서도 경멸받아요."

'화단'이란다.

확실히 이 착각녀라면 유키오가 밖에서 자식 열 명을 만들어도 태연할지 모른다. '나한테는 그림이 있어요'로 뭐든 극복하겠지. 행복한 일이다.

현관 벨이 격렬하게 울렸다. 나갔더니 이치고가 뛰어들었다.

"어머, 웬일로 유미도 와있었네."

"규탕을 갖다줬어."

"형님 것도 있으니까 나중에 가게에 들러주세요."

"고마워."

이치고는 마음이 콩밭에 가있는 듯 건성으로 감사 인사를 하더니 들뜬 목소리로 말했다.

"나 말이야, 좀 대단한 일이 생겼어. 블로그의 인생 상담 있지?"

"아아, 다짜고짜 '헤어져', '버려'라고 답변하는 그거?"

"엄마는 그렇게 말하지만 그거 2권 출판이 정식으로 결정됐어."

"……잘됐네요."

유미의 말투는 조금도 잘된 것처럼 들리지 않았다. 하지만 이치고는 관심도 없다.

"그게 말이야, 유미. 대단한 일이란 그뿐만이 아냐. 도쿄 선라이즈 텔레비전에서 패널로 출연해달래!"

"네? 형님한테요?"

"그래, 나한테. 거기 〈선셋 타임〉이라는 정보 프로그램 있잖

아. 저녁에 하는 거."

"아아, 나도 가끔 봐. 요일별로 다른 패널이 제멋대로 떠드는 그거지?"

"응, 그거. 월요일부터 금요일까지는 고정 패널이 요일별로 나오는데, 토요일만 네 명의 고정 출연자가 한 달에 한 번씩 교대로 나오거든. 그 네 명 가운데 한 사람이 되는 거야!"

깜짝 놀랐다. 패널은 월요일부터 토요일까지 나름대로 유명한 사람뿐이다. 어째서 이치고일까.

"엄마, 기회란 어디서 굴러들어올지 알 수 없나 봐. 방송 프로듀서가 내 블로그를 늘 보고 있어서 출판사에 타진했대. 출판사에서도 되게 기뻐했어. 2권 홍보도 되니까. 이야, 방송에 고정으로 출연하라는 제안을 받다니, 꿈에도 생각 못 했지 뭐야. 농담으로는 말했지만."

엄청나게 흥분한 이치고는 유미의 굳은 표정을 전혀 눈치채지 못하는 모양이다.

"유미라면 알겠지? 역시 유명해져야 한다는 걸."

"아…… 네…… 아뇨. 그치만 얼굴이나 이름이 알려져 봤자 실력이 뒷받침되지 않으면 금방 망하니까요."

"얼굴이나 이름이 팔리면 망하지 않도록 열심히 하게 돼. 난 이 기회를 반드시 내 것으로 만들 거야."

이치고는 전혀 악의가 없지만 유미한테는 재미있을 리가 없었다.

"형님, 유명인이라 해도 도쿄 선라이즈 텔레비전은 도쿄와 그 일대에서밖에 못 봐요. 도쿄 지역 방송국이라고 해야 할까요" 하고 역습했다.

"맞아, 그거야. 하지만 그 정보 프로그램은 엄청 인기 있잖아. 지역 방송국인 덕분에 패널이 마음껏 말하기 좋아서 활기차기 때문이래. 게다가 선라이즈에 나가면 또 어떤 일이나 인맥으로 이어질지 모르잖니. 고정 출연자인걸, 반드시 눈에 띌 거야."

"고정 출연자라 해도 한 달에 한 번이죠."

"충분하지, 충분해. 제안을 받은 것만 해도 기적이야. 두 사람 다 조만간 나랑 밖에서 못 걸어 다닐걸."

무슨 말을 하건 간에 흥분해 있는 이치고한테는 통하지 않는다.

"이제부터는 사회자나 프로듀서랑 사전 회의를 하거나 스튜디오에서 카메라 리허설을 하느라 바빠질 거야. 그럼 이만!"

이치고는 업계인 같은 말을 하고는 뛸 듯한 발걸음으로 돌아갔다.

젊은 사람에게는 이런 기회가 있다. 아니, 노인에게도 있겠지. 하지만 노인의 기회는 단 한 번이다. 젊은 사람은 단 한 번의 기회로 인맥을 넓히거나 다음으로 연결시키려고 노력한다. 잘 안되더라도 노력하면서 기다릴 시간이 있다.

노인은 체력 면에서도 기력 면에서도 노력을 계속하기 힘들다. 인맥을 넓히는 것도. 게다가 기다릴 시간이 없다. 그러니 노인은 안달하지 않는다. 기대하지 않는다. 젊은 사람이라면 단 한 번의 기회가 다음으로 이어질 거라 기대하고, 이어지지 않으면 초조해한다. 노인이기 때문에 다행인 일도 있다.

이와타로에게서 전화가 온 것은 그로부터 일주일쯤 지났을 때였다.
"모리 이와타로입니다. 갑자기 전화드려서 죄송합니다."
그렇게 말한 뒤 변명을 늘어놓았다.
"이 전화번호는 생전에 본인이 어머니와 저에게 알려줬습니다. 물론 비상사태가 일어나지 않는 한 절대로 걸지 말라고 본인도, 어머니도 말했습니다."
오늘은 결코 '아버지'라고 하지 않고 '본인'이라고 말했다. 무슨 용건일까? 나는 두 번 다시 만나지 않겠다고 했고, 긴자에서 했던 말은 상당히 살벌했을 터다.
"무슨 비상사태라도 일어났어요?"
"아뇨, 그런 건 아닌데요……."
"그렇군요. 이제 모든 게 끝나서 전화를 걸 용건도 없을 테니까요."
이와타로는 입을 다물었다.

나도 입을 다무는 수밖에 없다. 용건을 짐작할 수 없다. 그때 문득 생각났다.

"사후 이혼 건이죠? 아직 신청서는 안 냈지만, 낼 거니까 어머님께는 그렇게 전해주세요."

"아뇨……."

말을 머뭇거리고 있다.

어쩌면 분골分骨*을 해달라는 건지도 모른다. 뼈 따위는 분골뿐만 아니라 무덤째 줄 테다.

나는 사후 이혼을 하든 말든, 예전의 성으로 되돌아가든 말든, 이와조와 같은 무덤에 들어갈 마음은 추호도 없다. 아버지의 뒤를 이어 공무소를 하는 남동생한테 부탁해서 친정 무덤에 들어갈 거다. 그게 안 된다면 수목장이라도 해달라고 하면 된다. 저렴한 공동묘지를 사는 것도 괜찮다. 위치는 아무리 멀어도 전혀 상관없다. 성묘하러 와줬으면 하는 마음이 없기 때문이다. 산 사람은 자기가 하고 싶은 일을 최우선으로 삼는 편이 좋다. 죽은 자에게 신경을 쓸 필요는 없다.

그러자 전화기 너머의 이와타로가 생각지도 못한 말을 했다.

"잠시라도 좋으니 따로 만나뵐 수 있을까요?"

"어…… 나랑? 둘이?"

---

* 죽은 사람의 유골을 두 군데 이상으로 나누어 묻는 것 또는 그 유골.

"네. 어머니한테는 비밀이지만요."

즉시 대답했다.

"그건 안 돼요. 설령 비상사태가 일어났다 한들 이제 댁과 우리는 전혀 관계없어요. 낯선 타인이에요."

"네⋯⋯."

"낯선 타인에게 만나자는 말을 듣고 나갈 사람은 없잖아요?"

"네."

"무슨 일이 있는지 모르겠지만, 긴자에서 말씀드린 대로 두 분이 웃으며 건강히 지내달라는 뜻입니다."

"⋯⋯알겠습니다. 죄송합니다."

"그럼 건강하시고요."

나는 부드럽게 인사하고 전화를 끊었다. 조심스레 말하고 순순히 물러나는 이와타로가 불쌍하다고 생각했지만 이제 나랑은 관계없다.

2월에 들어서자 추위는 한층 심해졌고, 어제부터 눈이 계속 내리고 있다. 창밖으로 보이는 거리는 예쁘게 눈 화장을 했다. 연신 쏟아지는 눈이 가로등에 떠오른다. 도쿄의 눈은 아름답다. 그 풍경을 바라보던 중 전화벨이 울렸다.

"하나? 나 로쿠야."

고등학교 시절의 반 친구다. 동창회에서 할배 같은 볼로타이를 매고 있던 사람이다.

"갑자기 미안해. 명부를 보고 전화번호를 알아냈어."

"어쩐 일이야, 갑자기. 누가 죽었니?"

나는 농담처럼 말했다.

"응, 죽었어. 아케미."

"뭐?"

"아케미야. 동창회에서도 얘기 나눴잖아. 마사에랑 셋이서."

"거짓말…… 그 아케미가……?"

"응. 어젯밤이었대."

아케미가 죽었다…….

"왜 죽었는데? 나, 연말에 아케미한테 갑자기 전화가 와서 마사에가 있는 시설을 찾아갔었거든. 전혀 병을 앓는 것 같지 않았는데. 뭐야, 사고야?"

"폐렴이었대. 감기가 악화돼서 입원하고 곧바로. 요즘 노인의 사망 원인에 폐렴이 많잖아."

"믿을 수 없어……."

"우리는 노인이니까 폐렴으로 죽어도, 다른 이유로 죽어도 자연스러운 일이지."

역에서 헤어질 때 "꼭 다시 만나자"라고 말하는 내게 아케미는 "꼭이야. 밥 먹자!" 하고 말했다. 그리고 인파 속에서 뒤를 돌아보며 "하나, 동창회에서는 미안했어!"라고 외치고는 손을 흔들었다.

죽었다. 아케미가 마사에보다 먼저…… 죽었다.

이틀 뒤 로쿠의 차를 타고 눈이 질퍽하게 녹은 길을 달려 장례식에 갔다. 장례식은 메구로에 있는 조그만 가톨릭교회에서 열렸다. 아케미가 일흔 살 때 세례를 받았다는 걸 처음으로 알았다.

제단 앞에 하얀 관이 놓여 있고 아케미는 그 안에서 잠들어 있었다. 장례식에 온 사람은 하얀 꽃을 한 송이씩 관 속에 넣고 간다. 다들 조용히 얼굴을 바라보았고, 말을 거는 사람도 많았다.

내 차례가 오자 아케미는 이미 넘칠 정도의 꽃 속에 있었다. 얼굴은 한층 작아졌고 속이 비쳐 보일 듯한 하얀 피부에 연분홍색 립스틱이 예뻤다.

교회 출구에서 아케미의 딸 부부와 토이 푸들이 장례식에 온 사람들을 배웅했다. 그날 아케미가 산책시킨다고 했던 개겠지.

딸이 내 얼굴을 보자마자 손을 잡았다.

"하나 아주머니죠? 바로 알아봤어요. 엄마가 늘 얘기했거든요. 동창이라고는 여겨지지 않을 정도로 젊고 멋지다고요. 마사에 아주머니의 요양원에 함께 가주셨던 게 엄마는 엄청 기뻤던 모양이에요. 감사했습니다."

나는 손을 마주 잡았을 뿐 아무 말도 할 수 없었다. 딸의 어깨

너머로 아케미가 들어 있는 하얀 상자가 보였다.

그날 밤, 소파에서 홀로 맥주를 들이켰다. 하얀 꽃에 파묻힌 아케미의 하얀 얼굴이 떠오른다. 연말에는 버스를 타고 둘이서 교외에 다녀왔는데, 하얀 상자에 들어가고 말았다.

늦건 빠르건 누구나 그리된다, 한 사람도 남김없이.

사람의 일생이란 얼마나 짧으며, 사람의 목숨이란 얼마나 앞날을 알 수 없는 것인가.

그 안에서 뭐가 일어나든 대단한 일은 아니다. 하얀 상자에 들어간다는 결말은 정해져 있으니 도중에 고민하고, 한탄하고, 괴로워하고, 아등바등하고, 허둥지둥해봤자 대단한 차이는 없다. 노인이건 젊은이건, 살아 있는 사람은 모두 다.

"아케미, 죽어버렸니……."

캔 맥주를 한 손에 들고 소리 내어 말했다.

주위 사람들이 차례로 없어진다. 신문이나 텔레비전에서도 매일 같이 유명인의 부고가 나온다. 대부분 팔십 대다. 나보다 다소 나이가 많아도 큰 차이는 없다. 그때마다 '뭣! 거짓말! 이 사람도 죽었어?' 하고 생각한다.

일흔여덟 살은 아직 젊다. 알고 있다. 하지만 이렇게 친구와 지인, 육친이 사라져가는 가운데 건강하고 즐겁게 살아가고자 하는 힘은 적어도 육십 대 때와 똑같이는 솟아나지 않는다. 가족들은 이런 이야기를 싫어할 테니 입 밖에는 내지 않는다. 하지만 체력과 기력은 해마다 떨어진다.

그래도 여든여덟 살이 되면 일흔여덟 살 때는 젊었다고 생각하겠지. 실제로 예순 살 때 마흔이었던 나는 얼마나 젊었나 생각했다. 그리고 스무 살 때는 내가 마흔 살이 되는 건 생각지도 못했다.

두 캔째 맥주를 가지러 일어섰을 때 전화벨이 울렸다.

"밤중에 죄송합니다. 모리 이와타로입니다."

"어머, 또?"

"끈질기게 굴어서 죄송합니다. 아무래도 상담드리고 싶은 것이 있어서, 삼십 분이라도 뵐 수 없을까 해서 전화했습니다. 역시 안 된다면 이번에는 정말로 포기하겠습니다."

"그래요. 좋아, 만날게."

"어……."

너무도 간단히 승낙한 내게 이와타로가 말문이 막힌 것도 당연하겠지.

이제 곧 하얀 상자에 들어갈 나다. 그 도중에 남편이 첩과 만든 아이와 둘이서 만나는 것도 재미있다. 딱히 대단한 일은 아니다.

상담 내용은 짐작도 안 가는데, 혹시 이와조에게 세 번째 여자가 있었고 그 여자와도 아이를 만든 걸까? 그렇다면 웃길 텐데. 서드의 존재를 세컨드의 아들이 본처에게 상담하는 건 연극 같지 않은가.

하얀 상자에 들어가는 결말이 다가오고 있는 나이는 행복하다. 무슨 일에든 동요하지 않게 된다.

약속한 날 저녁, 이와타로는 신주쿠의 프렌치 레스토랑을 예약해뒀다. 카운터와 개별실이 두 개 있는 작은 가게인데 이와타로의 단골집인 것 같다.

내가 도착했을 때 사장인 듯한 부부와 카운터 너머로 잡담을 하며 기다리고 있었다.

"오시라고 해서 죄송합니다" 하며 오 초 가까이 머리를 숙이는 이와타로에게 사장은 "이렇게 긴장하는 이와타로는 처음 보네" 하며 웃었다.

내가 가게 안을 둘러보며 "좋은 가게네요. 나무를 많이 써서 멋져요. 조명도 차분하고요" 하고 칭찬하자 사장 부인인 듯한 여성이 기뻐했다.

"이와타로의 설계랍니다. 인테리어까지 전부요. 여기는 할아버지 대부터 이어져 내려온 가게인데 역시 낡아서요. 하지만 분위기는 남기고 싶어서 이와타로에게 상담했죠."

"그랬더니 오래된 가게의 대들보와 조명 기구 등 살릴 수 있는 건 전부 남기고 설계해줬답니다. 역시 야마베 도루의 수제자예요."

부끄러웠는지 이와타로가 가로막았다.

"마스터, 말이 너무 많아."

"뭐 어때. 이와타로가 야마베 선생님 눈에 든 건 우리한테도 자랑이니까."

"나 정도는 발에 차일 만큼 있어. 오시 님, 이쪽입니다, 자."

이와타로는 나를 재촉하듯 개별실로 안내했다.

신주쿠 한복판인데도 개별실에는 천창이 있었다. 어마어마하게 많은 네온사인 때문이겠지. 천창으로 보이는 신주쿠의 밤하늘은 희미한 핑크색을 띠고 있는 것처럼 보였다.

이와타로는 상담할 것이 있을 텐데 전혀 말을 꺼내지 않는다. 내가 재촉하기도 꺼려져서 일 이야기만 물어봤다.

"지금까지 무슨 건물을 만들었어요?"

"최근에는 긴자의 히사다생명 빌딩과 국립 가부키 박물관이에요."

"대단하네! 근사한 일을 하네요. 야마베 도루의 수제자로서 앞날이 더욱 기대되네."

"수제자 같은 게 아니라니까요. 게다가 저는 팀의 일원으로 아직 말단입니다."

이와타로는 잔에 든 와인을 다 마시더니 "사실은 상담드릴 게 있습니다"라고 했다.

드디어 말하나.

"아직 아무한테도 하지 않은 이야기입니다."

"응? 어머님한테는?"

"말 안 했어요."

"왜 나한테?"

"민폐라는 건 알고 있지만 의견을 듣고 싶었습니다."

"내가 먼저 듣는 건 이상해요. 아니면 이와조에 관한 이야기인가?"

"아닙니다. 어머니한테는 몇 번이나 말하려고 했지만 아직 말을 못 꺼냈습니다. 어머니한테는 꿈이 있고, 그 꿈이 삶의 희망이니까요."

첩의 꿈 이야기인가? 그런 걸 들려주는 건 민폐다.

"어머니의 꿈은 고향인 나가사키에 작은 집을 짓고 일 층을 병원으로 만드는 겁니다. 이미 땅은 점찍어뒀고요, 건물 설계는 저한테 부탁할 거라고 합니다. 평생 의사로 일하면서 지역 진료에 도움이 되고 싶다고 해요."

맘대로 하면 된다.

"그 무렵이면 제가 도쿄에서 가정을 꾸리고 있을 테니, 여름방학 때 처자식을 데리고 놀러 올 거라고요. 그런 만년이 꿈이라고 젊은 시절부터 말했습니다."

"남의 남편을 훔칠 정도의 여자치고는 시시한 말을 하네."

"죄송합니다. 저 자신은 그런 인생을 보내고 싶지 않습니다."

"어머님께 그렇게 말할 일이지. 난 대답할 수도 없는 이야기라서."

그러자 이와타로는 느닷없이 말했다.

"캄보디아의 앙코르와트를 아십니까? 세계문화유산에 등록되어 있어요."

"응? ……들어본 적은 있어요. 여행 프로그램에서도 본 것 같고."

그렇다 해도 캄보디아가 어디에 있는지도 모른다. 분명 끊임없이 내란이 이어지고 있다던 나라 아니었나.

생각났다. 지금도 지뢰가 묻혀 있어서 사람들이 연신 밟고 죽는 나라다. 그나저나 어째서 갑자기 앙코르와트인가.

"캄보디아는 동남아시아의 작은 나라고, 앙코르와트는 12세기에 만들어졌습니다."

이와타로는 태블릿을 꺼내더니 사진 한 장을 보여줬다. 무성한 나무들 너머로 솔방울이랄지 뱀밥의 머리 부분이랄지, 그런 신기하게 생긴 건물이 무리 지어서 있다.

"이것이 앙코르와트인데, 12세기의 국왕 수리야바르만 2세가 국가를 수호하는 사원으로서 건설했습니다."

정말이지 "네에"라고밖에 말할 도리가 없다. 앙코르와트의 여자랑 결혼이라도 하고 싶은 건가.

"제가 고등학교 1학년 때 요즘 말하는 특강 수업이 있었습니다. 각계의 프로들이 학교에 와서 그 세계에 관해 이야기해주는 거죠. 그때 앙코르 유적을 보존 수복하는 일을 하는 분이 온 적이 있습니다. 휴가를 맞이해 마침 일본에 돌아와 있었던 그분께 생생한 이야기를 듣고, 많은 사진과 영상을 보고 충격을 받았습니다."

"그래요?"라고밖에 맞장구칠 도리가 없다.

"그때 제 인생이 바뀌었습니다."

그 결과 동아리도 과학부에서 고고학부로 바꾸어 고등학교 2학년 때 앙코르와트에 갔다고 한다.

"넋이 나갔습니다. 그리고 저는 여기서 살 거라고 굳게 결심했습니다."

"그래요?"

그때부터 맹렬히 공부해서 대학은 도쿄가쿠인대학 하나만 노렸다고 한다. 엄청나게 들어가기 어려운 사립대학이지만 앙코르 유적 국제조사단의 중심이었기 때문이다. 대학에서 건축사를 전공한 이유는 그편이 보존 수복 활동 전반에 관여하기 쉬우리라고 생각해서였단다. 그대로 대학원에 진학하여 〈앙코르 유적군의 경장經藏 배치 계획과 의의에 대해〉라는 논문으로 박사 학위를 받았다고 말을 이었다.

내게는 아무 흥미 없는 이야기고, 아무래도 앙코르 아내에 관한 상담도 아닌 모양이다. 나한테 뭘 상담하고 싶은 건가. 얼른 결론부터 말하라고 속으로 재촉했지만, 아무래도 말을 꺼내기 어려운 듯했다.

대학원 때 드디어 염원이 이루어져 앙코르 유적 국제조사단의 멤버로 지명되었고, 그 뒤 야마베 도루 건축설계사무소에 취직했다. 그 회사에서 조사단에 사원을 파견해 힘을 보태고 있기 때문이라 한다.

이와타로의 이야기는 앙코르와트 일색이다. 하지만 사장 부인이 요리를 가져올 때마다 잽싸게 화제를 바꾸었다.

"이 와인 진짜 맛있네."

"그치? 캄보디아는 더우니까 이와타로도 맥주만 마셨겠다 싶어서 맛있는 걸 남겨뒀지."

사장 부인은 캄보디아 일을 알고 있는 듯했지만, 그녀가 방을 나가자마자 이와타로는 곧바로 아까의 이야기를 다시 꺼냈다.

"저는 지금도 회사에서 파견되어 일 년에 절반 이상을 캄보디아에서 보내고 있어요."

"그래요?"

"단, 머지않아 일본으로 돌아와 일하라는 지시를 받을 것이 틀림없습니다. 대형 건설회사에서 파견된 사람도 많지만, 아무리 우수해도 삼 년 정도면 다시 불려 들어오거든요."

무슨 상담인지 겨우 감이 잡혔다. 이와타로는 포크와 나이프를 내려놓았다.

"저는 회사를 그만두고 캄보디아에서 살려고 합니다."

역시 그런가.

"대학원 시절부터 벌써 십이 년 동안 앙코르 유적에 관여해 왔는데, 이 보존 수복은 저의 천직이라고 생각합니다. 회사의 지시 때문에 천직을 버릴 수는 없어요."

맞는 말이다. 하지만 내가 참견할 일은 아니다. 우리는 말 없이 와인을 마셨다. 이윽고 이와타로가 힘없이 웃음 지었다.

"저는 어머니가 애틋해요."

"어째서? 좋은 직업과 아들을 가졌으니 애처로운 인생은 아니지 않나요?"

"아뇨, 애처롭다는 뜻에서 애틋한 게 아니라, 아끼고 사랑한다는 뜻에서 애틋한 겁니다."

"아끼고 사랑한다고? 애틋하다는 데 그런 뜻도 있었나?"

"네."

'애처로운' 것도 '애가 타는' 것도 아닌 '사랑하는' 건가……. 엄마와 자식이 서로만을 바라보며 살아온 시간의 농도가 느껴진다.

나는 '어머님도 당신을 애틋하게 생각하겠죠'라는 말을 아슬아슬하게 삼켰다. 말하면 아들은 더욱 못 움직이게 된다.

"어머님께 말을 꺼내기 어려운 건 알겠는데, 아버지가 살아 있을 때 상담한 적은 있고?"

"안 했습니다."

"어째서?"

이와타로는 주저했지만 나는 아무 말 없이 대답을 기다렸다.

"……진짜 아버지였다면 상담했을 겁니다."

"진짜 아버지야."

이와타로는 대답하지 않았다.

"그러니까 인지를 받았다면 진짜 아버지라고 생각했겠지."

"그건 관계없습니다. 저는 어머니와 둘이서 살아왔다고 생각합니다. 어머니는 무슨 일이 있어도 제가 최우선이고, 저에게 애정을 쏟으며 언제나 방패가 되어줬습니다. 의사라서 경제적으로는 부족함이 없었지만, 이른바 '결손 가정'에서 태어났다고 느끼지 않게 하려고 어머니는 필사적이었을 겁니다."

이와타로는 단숨에 내뱉은 뒤에 분명하게 말했다.

"제가 태어난 방식을 불행하다고 말하는 사람이 있을지언정, 제가 자라난 방식은 행복했습니다."

아들이 이런 말을 하게 만들 정도로 첩은 훌륭한 어머니였던 것이다. 아들은 성장하면서 어머니의 외로움과 슬픔, 그늘에서 울고 있는 모습 등을 알아차렸겠지. 그런 삼십육 년의 세월을 둘이서 걸어왔고, 지금 깊은 애정과 함께 '애틋하다'라고 말한다. 이번에는 자신이 어머니를 지킬 순서라고 생각하면 고향에 병원을 여는 꿈을 이루어주고 싶을 터다. 처자식을 보여주고 싶을 터다.

하지만 앙코르 유적에 인생을 거는 것이 아들의 양보할 수 없는 꿈이다. 이 모자의 관계를 생각하면 이와타로가 말을 못 꺼내는 것도 납득이 된다.

"그쪽으로 이주해서 보존 수복 일에 일생을 거는 거네."

"그렇습니다. 건축 전문가로서 보존 수복의 기획과 입안부터 고고학자나 현지 장인과의 연계까지, 하루가 48시간이라도 모자랄 정도의 일이 될 것 같습니다."

"수입은 있고? 신분은?"

"신분은……. 자원봉사자라서 수입은 없습니다. 단, 압살라 기구라는 앙코르 유적군의 관리 전체를 담당하는 캄보디아 정부의 공단이 있습니다. 그곳의 스태프로 들어갈 수 있도록 활동할 생각입니다. 일본의 수입과는 비교도 안 되지만 고정 수입이 들어오니까요."

"본인처럼 일본의 일을 그만두고 앙코르와트에 남은 사람이 또 있어요?"

"아뇨, 제가 아는 바로는 한 명도 없습니다."

"그렇겠지. 고정 수입과 안정된 일본의 생활은 소중하니까. 가족을 위해서뿐만 아니라 본인이 계속 살아가기 위해서라도."

"저는 제가 계속 살아가기 위해서라도 천직을 버리고 싶지 않습니다."

그렇게 강하게 단언한 뒤에 장난스럽게 덧붙였다.

"압살라 기구에 들어갈 수 있을지는 모르겠지만, 그때까지는 저금을 깨서 살 거예요. 물가도 싸고 독신이니까요. 어떻게든 될 겁니다."

이 '어떻게든 된다'라는 생각은 젊은이와 노인의 것이다. 젊은이는 '앞날을 개척해나갈 거니까 어떻게든 된다'라고 생각하고, 노인은 '곧 죽을 거니까 어떻게든 된다'라고 생각한다. 이렇게까지 각오가 섰으니 어머니 문제가 있어도 마음을 이미 정했을 것이다. 하얀 상자 속에서 잠들어 있던 아케미가 떠올랐다. 나도 금방 그렇게 된다. 하지만 이와타로는 얼마나 젊은가. 오금이 저릴 법한 일을 아무렇지도 않게 하려고 한다.

"당신, 지금 서른여섯이었나요?"

"네."

"좋은 나이네. 앞으로 뭐든 할 수 있는 나이야."

젊음이란 앞날에서 멋대로 빛을 보는 것일지도 모른다. 있을지 없을지 모르는 빛인데도 본인에게는 보이는 것이다.

나이를 먹고 알았다. 사람에게는 '지금'이 아니면 못 하는 일이 있다. 나이와 함께 그 일은 줄어든다. 해가 갈수록 움직이지 못하게 된다. 서른여섯과 서른일곱은 다르다. 서른여덟이 되면 더욱 다르다. 예순에서 일흔이 되는 것과 일흔에서 여든이 되는 것도 다르겠지. 여든에서 아흔이 되는 건 더욱 다를지도 모른다.

이치고만 해도 아직 쉰 살이니 빛을 보고 있다. 그런 이치고를 유미가 내심 탐탁지 않아 하는 것도 본인이 마흔다섯이기 때문이다. 나이가 들면 만사가 귀찮아진다.

이와타로가 앙코르와트 일을 해서 현실적으로 살아갈 수 있을까? 그건 알 수 없다. 하지만 이렇게까지 마음에 둔 천직에 뛰어들 수 있다면 태어나길 잘했다고 생각하겠지. 그때 비로소 이와조도 사는 것이다.

"이와타로 씨, 저는 가라고도 가지 말라고도 말 못 해요."

"네, 제가 오시 님께 상담드리는 게 얼마나 몰상식한 행동인지 잘 압니다. 단, 긴자에서 하신 말씀이 잊히지 않아서 이야기라도 하고 싶었습니다."

감이 딱 왔다. 그때 이와타로의 커피잔을 든 손이 멈췄던 것이다. 그 말인가.

"상대의 인생에 대해 타인은 어떤 책임도 의무도 없죠. 기본적으로 무관심하다고요. 그 점을 깨닫는 건 앞으로 삶의 방식에 영향을 끼칠 거예요"라고 말했을 것이다. 그리고 분명 "이와조는 자신의 인생은 자신의 것, 자기가 결정한다고 생각했겠죠. 그러니 두 개의 가정을 가진다는 것도 스스로 결정한 거예요"라고도 말했다.

디저트를 먹기 시작한 이와타로에게 나는 웃음 지었다.

"과~연, 그런 생각을 가진 내가 등을 밀어줬으면 했던 거네."

"아…… 죄송합니다. 어머니를 생각하면 이러지도 저러지도 못하고 앞으로 나아갈 수가 없어서, 민폐라는 것을 알면서도 한 말씀 듣고 싶었습니다."

"난 아무런 대답도 못 할뿐더러 등도 밀어주지 못해요."

"괜찮습니다. 역시 눈 딱 감고 어머니한테 얘기할게요. 감사합니다."

"그래요?"

"안 하고 후회하느니 하고 후회하는 편이 좋으니까요."

"어머, 당신도 우수한 것치고는 시시한 말을 하네."

세상 사람들은 이 말을 좋아한다. 여기서나 저기서나 듣는다. 본인이 자기 등을 미는데 쓰기 편하기 때문이다. 손때가 덕지덕지 묻은 변명용 말이다.

"후회하고 싶지 않다고 해서 뭐든 해도 되는 건 아니야."

이와타로의 표정이 굳어졌다.

나는 이제까지 듣기만 하고 아무 말도 하지 않았지만, 이와타로는 처음부터 결단하고 있었을 것이다. 나와 만나서 그 결단을 실행할 마음이 확고해진 건지도 모른다. 답답했던 마음에 바람구멍이 뚫린 건지도 모른다.

그런데도 나의 마지막 한마디는 이거다. 어떻게 느끼건 내 알 바는 아니다.

이와타로는 내게 코트를 입혀주고 "마지막에 하신 말씀, 다시 한번 잘 생각해보겠습니다"라고 진지하게 말했다.

방 밖으로 나오자 카운터에 있던 여자 손님이 "어머, 이와타로" 하고 말을 걸었다. 옆에는 남편인 듯한 사람이 있었다. 이와타로는 두 사람에게 인사했다.

"그간 격조했습니다."

"어머니랑은 가끔 전화나 문자로 연락을 주고받는데, '아들은 일 년에 절반 이상 캄보디아'라며 투덜거리더라."

이와타로는 소리를 내어 웃었고, 부부는 내게 미소 지으며 가볍게 인사했다. 나도 똑같이 마주 인사했다.

가게를 나와서 건물 현관으로 향했다.

"가게의 단골은 모두 캄보디아 일을 알고 있네."

"네, 다들 회사의 명령으로 파견 생활을 하는 거라고 생각해요. ……어머니도 고등학교 때부터의 취미가 일이 되었다며 기뻐하고요. 제가 택시를 불러올 테니 여기서 기다려주세요."

따뜻한 로비에 나를 남겨두고 이와타로는 찬바람 속으로 나갔다. 빈 차가 적은 시간인지 필사적으로 찾는 모습이 보였지만 잡히지 않는다. 이와타로는 건물 현관에 서 있는 나를 몇 번인가 돌아보며 '죄송해요'라고 말하듯 머리를 숙였다. 나는 '괜찮아'라는 뜻으로 가슴 앞에서 손을 흔들었다.

이런 할머니가 젊은 남자에게 중요한 상담을 받았다. 그게 묘하게 자랑스러웠다. 심지어 남편 첩의 자식이다. 나한테 상담할 정도로 이와타로는 필사적으로 살고 있다. 그 아이가 '애틋하다'라고 말할 정도로, 어머니도 자기 자신을 잊고 살아왔겠지.

겨우 택시를 잡고 내 앞으로 달려오는 이와타로의 모습에 왠지 이 모자를 미워할 수 없어졌다.

그 뒤로 이와타로에게서는 연락이 오지 않았고 나도 떠올리는 일은 없었다. 이치고는 집으로 자주 찾아왔는데 그때마다 말했다.

"엄마, 요즘 얼굴 좋아 보이네. 상냥한 느낌이랄까."

"아아, 보살 얼굴이니?"

"관둬. 아직 부처仏*가 안 되어도 돼."

이와타로를 만났던 일은 아무에게도 말하지 않았지만, 내게도 바람구멍이 뚫린 건지도 모른다. 젊을 때는 '승勝'과 '패敗'만 있어도 되지만 나이를 먹으면 '정情'과 '성誠'이 스스로를 편안하게 만든다.

"왠지 누구라도 용서할 수 있을 것 같은 느낌이 슬슬 들어."

"으악! 엄마, 역시 보살이야. 그건 부처의 경지라고."

짧은 생을 필사적으로 살아가는 인간의 모습을 보면 이런 생

* 일본어로 '부처(仏)'에는 고인이라는 뜻이 있다.

각이 든다. 원망에는 그만둘 때가 있다.

"어차피 미래는 하얀 상자니까."

"하얀 상자가 뭐야?"

"관."

"그거였나요. 유미한테 말 좀 해줘. 나한테 라이벌 의식을 불태워서 진짜 장난 아니라니까. 유명해지고 싶은데 잘 안 된다며 유키오한테 히스테리를 부려."

"다정하게 대해주렴. 어차피 결말은 다들 하얀 상자야."

"엄마도 그런 유미를 보면 창피해서 가만두지 못할걸. 어제만 해도 맨날 입는 다운점퍼에 빨간 베레모를 쓰고 마트에 갔다니까. 그것도 고릿적 화가가 썼던 것처럼 생긴 모자였어. '화가는 베레모'라고 생각하는 사람이 아직 이 세상에 있다니, 놀라자빠질 뻔했잖아."

필사적으로 모양새부터 갖추려고 하는 유미가 귀엽다. 설마 운명이 이치고에게 미소 지으리라고는 생각지도 못했기에 안달이 난 거겠지.

"툭하면 '얼른 지역 방송이 아닌 프로그램에 나오시면 좋겠네요'라는 둥, '형님은 인기 방송이라고 말하지만 제 주위에서는 아무도 모른대요'라는 둥. 내가 우위에 서 있으니까 되받아치지는 않지만 기분 나빠."

이치고나 유미 나이에 하얀 상자에 다다른다고 생각하는 건 어차피 불건전하다. 지금 나이에는 안달하고 발버둥 치면 된다.

"나, 방송 녹화 날 '보러 오지 않을래?'라고 말해줄 거야."

이치고는 평소처럼 냉장고에서 달걀과 채소를 강탈하더니 "엄마, 지금보다 더 보살이 되지는 마. 사바세계의 느낌이 사라진 할머니한테 어울리는 곳은 묘지밖에 없으니까"라는 막말을 던지고 돌아갔다.

저녁 식사를 마치고 목욕을 할까 생각하던 차에 현관 벨이 울렸다. 대답하고 어안 렌즈를 들여다봤더니 첩이 서 있었다.

뭐야?

아들 다음은 어머니인가?

대답을 해버렸으니 안 나갈 수도 없고, 무슨 용건이지? 문을 열고 어쩔 수 없이 웃는 얼굴을 보였다.

"어쩐 일이시죠?"

"여쭙고 싶은 게 있어서요."

고요한 눈이었다.

8부

첩의 '여쭙고 싶은 것'이 뭔지는 금방 짐작이 갔다. 이와타로가 캄보디아로 이주할 결심을 밝힌 것이다. 아들이 일본에서의 안정된 생활을 버리는 건 설령 가족이 엄마와 아들 단 둘뿐인 환경이 아니더라도 간단히 찬성할 수 없다. 게다가 장래를 촉망받는 우수한 외동아들이다. 앞으로 결혼하거나 아이를 가지는 인생 계획을 생각하면 무모한 일이다.

하지만 본인은 양보할 수 없다. 아마도 모자가 공방을 벌이던 중 이와타로가 나를 만난 일을 말했을 것이다. 첩은 본처가 복수라도 하듯 찬성하고 부추긴 게 틀림없다고 생각해서, 그 부분을 '여쭙고 싶은' 거겠지.

"모리 씨, 들어오세요."

"아뇨, 여기서 충분해요."

첩은 선물 꾸러미를 내밀었다.

"어머, 겐지당의 센베이*. 제가 무척 좋아하는 거네요. 차를 끓일 테니 들어오세요."

내가 거실 쪽으로 발걸음을 떼자 첩도 머리를 꾸벅 숙이며 따라왔다. 부엌에서 센베이와 차를 준비하며 소파에 앉아 있는 첩을 흘끗 쳐다봤다.

예쁜 여자다.

갑자기 결심이 서서, 가만히 있을 수 없어져서 온 건지도 모른다. 둥글게 틀어 올린 머리카락이 귀밑에서 하얀 목덜미로 흩어져 있다. 화장도 대충 고친 느낌이다. 하지만 그 흐트러짐이 봄을 먼저 맞이한 듯한 하늘색 스웨터와 파스텔 컬러의 꽃무늬 치마에 묘하게 어울린다.

"기다리셨죠?"

나는 센베이와 녹차를 권했다.

"금방 끝낼게요. 죄송합니다. 잘 먹을게요."

첩은 가느다란 손가락으로 찻잔을 들었다. 손가락도 얼굴도 병석에서 방금 일어난 사람처럼 새하얗고, 주름은 있지만 기미는 하나도 없다. 도무지 예순여덟 살의 피부로는 보이지 않는다. 평소에도 쭉 관리를 소홀히 하지 않았던 것이다. 이와조는 죽었지만 이 여자라면 더 좋은 첩 자리가 얼마든지 있겠지.

---

* 밀가루나 찹쌀가루 반죽을 굽거나 튀겨 만든 일본의 전통 과자.

"아들은 캄보디아 관련 일을 하고 있어서, 일본에 잠시 와 있다가 엊그제 캄보디아로 돌아갔습니다."

"그랬나요."

실은 자동 응답기에 "지난번에는 감사했습니다. 일단은 캄보디아로 돌아갑니다. 앞으로의 일은 다시 자세히 말씀드리겠습니다"라는 이와타로의 메시지가 녹음되어 있었다. 물론 첩에게 그걸 말할 마음은 없다.

"아들은 회사를 그만두고 캄보디아로 이주하기로 결심했다고 말했습니다. 출발 전날에 갑자기 털어놓아서 솔직히 놀랐습니다. 전혀 예상치 못한 일이라서……."

나는 잠자코 있었다. 처음 듣는 이야기인 양 놀라는 척을 할 정도로 연기를 잘하지 못한다. 작은 맞장구라도 안 치는 편이 좋다. 이미 들었다는 것을 긍정하는 꼴이다.

'침묵'이란 내가 쓸 때는 참으로 편리하다.

그런가, 이와타로는 역시 가기로 결단했나. 앞날은 알 수 없지만, 사람의 미래 같은 건 일본에 있다 한들 알 수 없다. 첩도 말이 없어서 내가 참깨 센베이를 와작와작 베어 먹는 소리만 울린다.

이런 침묵은 아무래도 참기 힘들다. 어머니로서 반대하는 이유나 나한테 하고 싶은 말의 첫머리라도 꺼내면 대응할 수 있겠는데, 아무 말이 없다. 나는 답답한 침묵을 깨려고 이러나저러나 상관없는 이야기를 했다.

"캄보디아는 문화도 생활도 뭐든 일본과 다를 테니 어머니로서는 걱정되시겠네요. 반대도 하셨겠죠."

"아뇨, 곧바로 찬성했습니다."

뭐……? 곧바로 찬성했다고? 내 예상과 다르다. 그러면 첩이 '여쭙고 싶은 것'이란 대체 뭔가…….

"이와타로도 제가 반대할 거라고 생각했는지 어지간히 마음을 굳게 먹고 털어놓았다는 걸 알 수 있었습니다. 하지만 이와타로는 어디서 어떤 상황에 처하더라도 홀로 살아갈 수 있도록 몸과 마음을 단련시켜와서요."

차를 마시는 수밖에 없다. '훌륭하시네요'라고도 말할 수 없다.

"오시 님 앞에서 말하기 껄끄럽지만, 혼외자는 적자嫡子보다 강하게 키울 필요가 있다고 생각해서요."

내가 피해자인데 잘도 말한다. 대꾸할 말이 없어서 이번에는 땅콩 센베이를 베어 먹었다.

"캄보디아에서 일이 잘 안 풀리면 본인의 책임입니다. 다시 스스로 새로운 길을 개척하면 그만이에요. 여하튼 엄마가 멋대로 얻은 생명이니, 본인이 의욕적으로 살아주면 제 어깨도 가벼워지겠죠."

참깨보다 땅콩이 맛있다.

"간 오빠는…… 아니…… 오시 씨는 자주 말씀하셨습니다.

'노인한테 언제까지고 주도권이 있는 게 아니다. 매달리지 마라. 적당한 데서 젊은이에게 양보해야 한다. 그게 노인의 품격이다' 라고요."

오호, 첩에게도 말했나. 나한테만 말한 줄 알았다. 첩은 갑자기 나를 봤다.

"이와타로는 저보다 오시 님께 먼저 이 건을 상담했지요?"

역시 이 이야기인가.

"엄마가 아니라 왜 오시 님일까. 제대로 납득하고 싶어서 부끄러움을 무릅쓰고 찾아뵈었습니다."

"이와타로 씨가 저와 만났다고 말했어요?"

"아뇨, 아들은 아무 말도 안 했습니다. 그런데 가게에서 우연히 제 친구 부부를 만나셨지요?"

첩은 스마트폰을 꺼내어 내게 보여줬다. 그 친구로부터 온 문자에 "이와타로를 오랜만에 봤어. 나이가 지긋한 멋진 부인과 함께 있더라. 은색 네일이 어울리시던데, 캄보디아랑 관계있는 선생님일까?"라고 쓰여 있었다.

"오시 님이라는 걸 곧바로 알았습니다."

'멋진'도 '어울리는'도 아주 좋아하는 칭찬이지만 감사의 인사를 할 수는 없다. 아무튼 이와타로와 둘이 있었던 건 들켰다.

"네, 캄보디아 이야기는 들었습니다."

"이와타로와는 예전부터 여러 번 만나셨나요?"

"당치도 않습니다. 아드님을 뵌 것은 족자를 돌려주러 왔을 때와 긴자에서뿐입니다. 둘이 만난 적은 이번이 처음이에요."

그 정도 사이인 사람에게, 그것도 어머니에게는 껄끄러운 상대에게 어째서 외동아들은 중요한 이야기를 먼저 한 것일까? 게다가 할머니가 아닌가. 첩의 표정은 그렇게 말하고 있었다.

"모리 씨, 아마 아드님은 어머니를 너무 염려해서 이제는 벅찼던 게 아닐까요. 누가 생각해도 본처에게 먼저 말하는 건 있을 수 없는 일이지만, 그 정도로 궁지에 몰려 있었던 건지도 모르죠."

"왜 궁지에 몰리는지…… 저는 모르겠네요. 제가 반대할 거라고 어지간히 굳게 믿고 있던가요?"

"보통은 그리 생각하겠죠. 하지만 무엇보다 고민했던 건 '어머니를 홀로 남겨두고 가도 될까'였는지도 몰라요."

첩은 강한 어조로 "엄마 때문에 아들이 고민하기를 바라지는 않아요"라고 말했다.

"한부모 가정이라서 그렇다는 소리를 듣지 않도록 저는 과도한 애정을 쏟지 않았고, 아들에게 기대어 살아갈 마음도 전혀 없습니다. 그걸 이와타로도 알고 있었을 텐데요."

과도한 애정을 쏟지 않을 작정이었다 해도 자식은 느끼는 법이다.

"모리 씨, 저는 가라고도, 가지 말라고도 할 수 없는 입장이라서 아무 말도 하지 않았어요. 단, 제가 긴자에서 '사람은 남의 인생에 무관심하다'라고 말했잖아요. 아드님은 한창 고민하던 때라서 아마 할머니의 그런 말이라도 마음에 남았던 게 아닐까 해요."

첩은 긴자에서의 말을 떠올렸는지 입을 다물었다. 시간을 끌려는 듯 찻잔으로 손을 뻗었지만 비어 있었다.

나는 "어머, 미안해요" 하며 차를 다시 채웠다. 첩은 묵례하고 그것을 마신 뒤 겨우 입을 열었다.

"아들은 이미 결심이 서 있었고, 그저 등을 밀어줄 사람을 만나고 싶었던 거네요."

"그랬던 것 같아요."

"혼외자라서 강하게 키웠다고 잘난 척 말했는데, 정작 아들은 누가 등을 밀어주기를 바랐다니…… 부끄럽습니다."

"아뇨, 그 정도로 어머님이 소중해서 많이 생각했던 거예요."

첩은 들고 있던 손수건으로 시선을 떨어트렸다. 잠시 무언가를 생각하는 듯했지만, 고개를 숙인 채 말했다.

"……이와타로가 저를 부담스럽게 생각하는 것 같던가요?"

그야 어떤 부분에서는 부담스럽겠지. 자식은 부모가, 부모는 자식이, 사랑해도 부담스러울 때는 있다. 하지만 지금 내가 그렇게 잘라 말하는 건 좋지 않다.

"그런 느낌은 전혀 없었고, 그저 '저는 어머니가 애틋해요'라고 말했어요."

첩은 놀란 듯 눈을 들었다.

"아드님은 '아끼고 사랑한다는 뜻에서 애틋합니다'라며 웃더군요. 저는 그런 뜻이 있다는 걸 처음 알았는데, 좋은 말이죠."

첩은 얼굴이 보이지 않게 하려는지 고개를 푹 숙였다.

"어머니에게 경제력이 있다 해도 혼자서만 자신을 키웠으니 희생한 적이 많았을 거라 생각했겠죠."

첩은 한숨을 크게 내쉬었다.

"그렇게까지 생각하게 만들다니, 제 실패네요. 오시 님과 이야기를 나눌 수 있어서 이와타로는 얼마나 기운이 났을까요."

첩이 눈물을 글썽이는 것 같았지만 나는 보지 않으려 했다.

"갑자기 들이닥쳐서 죄송했습니다. 잘 납득했습니다. 저희 모자가 폐를 끼쳤네요."

"전혀요. 아드님은 캄보디아행을 곧바로 허락받아서 당황했을걸요."

내가 웃으며 말하자 첩은 단호하게 말했다.

"의사로서, 인간으로서 공공연하게는 말할 수 없지만 저 개인적으로는 사람의 생명이 평등하지 않다고 생각해요. 젊은 사람의 생명이 우선입니다."

나도 완전히 동감이다. 하지만 의사가 그렇게 단언하는 건 우러러볼 만한 근성이다.

"그런 젊은 생명이 고령자의 사정으로 활활 타오르지 못한다면 너무나 불행합니다. 엄마는 그런 노인이 아니라고 이와타로에게 말했습니다."

지당한 말이다. 부모 자식이라도, 가족이라도 타인이다. 사람은 각자의 심장을 가지고 있으니 모두 타인이다. 이건 냉혹한 게 아니다. 이 출발선에서 따뜻한 관계를 만드는 것이 사람이라는 존재겠지.

그렇게 생각하면 이와조의 이면조차 납득할 수 있을 것 같다. 나는 마냥 보살에 가까워지고 있는 건지도 모른다.

"저도 모리 씨께 여쭙고 싶은 것이 있어요. 저도 납득하고 싶으니 솔직하게 대답해주세요."

"……네."

"이와조를 좋아하고 소중히 여겼던 마음은 알겠어요. 하지만 인지를 거부한 건 납득이 안 가네요."

이건 당연한 의문일 터다. 설령 차별이 적은 사회라 해도, 싱글맘에게 경제력이 있어도, 호적의 아버지 칸이 비어 있는 현실은 아이에게 어떤 기분을 안겨줄지 어머니라면 분명 생각할 것이다.

첩은 힘없는 목소리로, 그래도 필사적으로 미소를 지었다.

"봄꽃도 축제도 불꽃놀이도, 내년에는 둘이 못 볼 거라는 각오를 늘 하고 있었습니다. 내년에는 가정으로 돌아가겠지, 내년에는…… 하고, 언제나."

그리고 딱 잘라 말했다.

"이와타로는 제가 계획적으로 임신한 겁니다."

머릿속 어딘가에서 예상도 했지만 마음이 동요했다. 침착해지려고 찻잔에 손을 뻗었더니 비어 있었다.

"모리 씨, 내년은 없다, 내년은 없다, 하고 생각했기 때문에 이와조의 아이를 낳고 싶었던 거네요?"

"네. 오시 씨가 가정으로 돌아가도 아이가 있으면 살아갈 힘이 됩니다."

이와조는 그 아이를 인지하겠다고 몇 번이나 말했을 것이다. 그렇게나 이와조의 무언가를 남기고 싶었다면 인지를 받는 게 가장 좋았을 텐데. 아버지로 이름이 적혀 남으니까.

"제가 원해서 만든 아이고, 오시 씨는 이 아이 안에 남아 있습니다. 그래서 인지는 거절했습니다."

예상했던 말이다. 하지만 불륜 끝에 자식을 만들 정도의 여자가, 이런 보살 같은 마음만 가지고 있었을 리 없다.

"인지하면 나한테 들키잖아요. 그게 무서웠던 거 아녜요? 인지하면 호적 등본의 이와조 칸에 자식이 또 있다고 뚜렷이 기재되니까요. 등본은 여권을 만들 때 정도밖에 안 보지만, 실제로 저도 이와조도 이제까지 서너 번 여권을 만들었어요. 인지를 했다면 벌써 들켰겠죠."

나한테 단숨에 공격을 받고 첩은 오랫동안 입을 다물었다. 이윽고 체념한 듯 말했다.

"죄송합니다. 말씀대로예요. 들키면 부인이 두 번 다시 못 만나게 할 거고, 오시 씨 본인도 가정에서 다시 잘해보려 하겠죠. 그게 두려웠습니다."

"결국 이와조와 자식 둘 다 원했던 거네요."

웃는 나에게 첩은 눈을 내리깔았다.

요전에 텔레비전에서 봤다. 인지를 거절했다는 삼십 대 여자가 "딱히 서둘러서 인지를 안 받아도 조만간 부인이랑 이혼할지도 모르잖아요. 뭐랄까, 나는 아이를 갖고 싶고 지금의 관계도 유지하고 싶어요. 인지는 언제든 받을 수 있는 거니까, 상황을 보고 조급해하지 말라고 인터넷에서 그랬어요. 머잖아 부인이 죽을 수도 있달까, 그러면 만세인 거죠"라고 얼굴에 모자이크 처리가 된 채 말했다.

그때 문득 첩이 겹쳐 보였는데, 역시 이런 마음이 있었던 거다. 유일한 오산은 내가 죽지도 않고 이혼도 안 한 채 당사자 이와조가 먼저 죽어버린 거겠지.

첩은 깊숙이 머리를 숙인 다음 현관으로 향했다.

"감사했습니다. 모든 걸 듣고 모든 걸 얘기해서 마음이 후련해졌어요. 이곳에 오기 전까지 내내 오시 님과 이와타로가 숨어서 몰래 만나고 있는 게 아닐까 의심했습니다."

"그것만은 용서할 수 없어요?"

"네."

"당신, 사십 년도 넘게 남의 남편을 몰래 만나는 건 괜찮지만 본인이 당하는 건 용납 못 하나 보네."

첩의 얼굴에서 핏기가 가셨다.

아아, 이제 충분히 괴롭혔다. 지금까지 세 방 정도는 먹였다. 그만하자. 분노에는 그만둘 때가 있다. 원망에도 증오에도 그만둘 때가 있다.

이 여자도 필사적으로 살아왔고, 살고 있다.

"모리 씨, 당신의 본심을 들을 수 있어서 저야말로 납득이 갔습니다. 전에 말씀하신 내연녀의 도리는 지나치게 훌륭해서 수상했거든요. 이와조는 당신의 교활함이나 계산 속까지 사랑스러워서 역시 헤어질 수 없었던 거예요."

첩은 깊숙이 머리를 숙였다. 나가려는 첩에게 나는 부드럽게 말했다.

"이와조는 아내가 있으면서 사십 년도 넘게 당신을 몰래 만났어요. 당신이 이겼어요."

거실 창문으로 첩이 홀로 걸어가는 모습이 보였다. 조그만 등이었다.

나는 선 채로 호두 센베이를 와작와작 먹으며 그 모습이 어둠에 묻힐 때까지 바라봤다. 문득 내가 이 첩을 싫어하지 않는다는 것을 깨달았다. 이럴 때 일부러 선물을 들고 오는 것도 묘하게 특이해서 웃긴다.

첩까지 용서하다니 보살을 초월해 대일여래다. 이렇게 해탈해서야 나는 곧 죽는 게 아닐까.

아니, 오히려 건강해지고 있다. 이런저런 일을 용서할 수 있게 되면, 용서한 수만큼 내 몸에서 분노와 원망과 스트레스와 여러 고집이 떨어져 나가기 때문이다. 이건 얼마나 큰 해방감인지.

이제 맥주라도 마실까 해서 일어섰을 때 전화벨이 울렸다. 마사히코였다. 아르바이트를 하는 약국에서 건강 보조식품을 받았는데 먹을 건지 묻는다. 고령자의 무릎 통증에 좋은 거란다. 아마 안 먹겠지만 일부러 말해준 손자가 귀여워서 "얼른 보내!" 하고 재촉해뒀다.

그리고 이와타로의 결심과 첩이 찾아온 것을 이야기했다. 요즘은 여러 가지를 용서할 수 있게 되어서 보살 얼굴로 변해 가고 있다는 것도.

"할머니 이야기를 듣다 보면, 노인에게는 페이드아웃Fade-out을 인식하는 게 엄청 중요하다는 걸 깨닫게 돼."

"페이드……? 뭐야, 그게?"

"사라짐을 향해 조금씩 쇠약해지고 있는 상태."

"노쇠 말이야?"

"아닌데. 으음, 쇠퇴…… 쇠퇴네. 그걸 인식하는 건 긍정적인 일이야. 그러면 내일 보낼게. 돈은 필요 없어. 진짜로 필요 없어. 진심이야, 진짜로 신경 쓰지 마."

정말이지 돈 보내라고 말하는 것이나 마찬가지다.

그런가, 쇠퇴인가. 페이드 어쩌고인가. 저녁 해가 조금씩 어두워지며 가라앉는 것 같은 건가. 그전에 태양은 강렬하게 번쩍번쩍 빛났고, 그런 다음 저녁 해가 된다. 인간의 일생도 마찬가지다.

그러니 사람도 빛나고 건강한 때부터 '죽음 준비'니 '엔딩 노트'니 하는 것에 신경 쓰지 말라는 거다. 유미든 이치고든, 발버둥 치고 질투하며 몸을 비비 꼬면 된다. 그게 번쩍번쩍 빛나는 나이다.

아마 그런 인간만이 늙어서 '쇠퇴'에 다다를 수 있을 것이다. 아마도.

하굣길에 이즈미가 우리 집에 들렀다.

"엄마 때문에 곤란해. 할머니랑 고모 앞에서는 말 안 하지만, 뒤에서 고모 욕을 얼마나 하는지. 기분은 알겠지만 아무리 딸이라도 듣기 힘들어."

이치고가 운 좋게 출세한 게 부아가 치밀어 견딜 수 없다는 걸 이즈미는 눈치채고 있었다.

"엄청 불쾌해하는 기색으로 말한다니까. '엄마는 질투하는 게 아니야. 고모가 살아가는 방식에는 문제가 있다고 전부터 생각했거든. 본인은 아무것도 안 하면서 굴러들어온 운에 편승하는 것만 생각하잖아. 그렇게 사는 거, 사람으로서 최악이야. 네 아빠의 누나지만 이제 얽히고 싶지 않아'라고까지 말해. 질투하는 게 뻔히 보이는데. 아빠도 누나 욕은 듣기 싫을 거잖아."

유미는 아직 용서하지 못하는 나이이니 그래도 괜찮다.

"그래서 나, 엄마한테 단호하게 말했어. 운이 찾아오면 편승하는 게 당연하다고. 그런 당연한 일에 뭐라고 하면 엄마가 속 좁은 인간으로 보인다고."

맞는 말이다. 아무리 발버둥 쳐도 상대가 움켜쥔 운을 놓을 리 없다. 관계가 끊어진다 해도 '어, 그래?' 정도의 일이다. 제 인생이 생각대로 굴러가지 않는 인간이 타인을 힐책한다. 그렇게 사는 건 최악이야, 하며 거만한 태도로 과장되게 말한다.

"나, 엄마한테 말했어. 엄마가 사는 방식도 남한테 뭐라고 할 만한 건 아니라고."

잘 말했다. 운을 놓치지 않는 이치고의 삶의 방식은 남에게 이러니저러니 말을 들을 게 아니다. 누구를 배려해야 한단 말인가. 루저들이 꼭 "그렇게 사는 건 나는 못 해"라고 말한다.

유미가 나중에 잘 쇠퇴하기 위해서라도 지금은 질투하게 두자. 지금 유미에게 유일한 삶의 낙은 뒤에서 이치고를 욕하고, 얽히고 싶지 않다며 필사적으로 자신을 우위에 두는 것이다. 만약 이치고가 더욱 일의 영역을 넓히고 이름을 날린다면 유미와의 골은 한층 깊어지겠지. 그때는 분명 '얽히고 싶지 않아'가 '얼굴도 보기 싫어'로 바뀔 것이다.

"이즈미, 대부분의 일은 내버려두면 어떻게든 돼. 내버려둬."

아아, 젊은 건 괴롭다.

3월에 들어서자 자동 응답기에 또 이와타로의 목소리가 남겨져 있었다.

"늘 타이밍 안 좋게 전화드려서 죄송합니다. 어머니가 찾아뵙고 몹시 실례되는 말씀을 드린 것 같은데 용서해주세요. 9월에 제3기 수복 공사 기공식이 있습니다. 그에 맞춰 7월에 캄보디아로 이주하기로 했습니다. 지금 딱 사흘 동안 일본에 돌아와 있어서 상사에게 말하고 퇴직원을 제출했습니다. 이번에는 금방 돌아가야 해서 못 뵙지만, 4월 초에 남은 회사 일을 정리하러 귀국하니 그때 인사드리러 가겠습니다. 부디 어머니를 용서해주세요."

이렇게 젊은 시절을 자기 손으로 개척하는 사람은 남을 질투하지도, 괴롭히지도 않겠지. 그것만 해도 좋은 인생이다. 뭐니 뭐니 해도 어머니는 아직 예순여덟이다. 스스로 살아갈 수 있는 나이다. 내버려두면 된다.

저녁때 마요네즈가 없다는 것을 깨달았다. 가게에 갔더니 웬일로 유미가 카운터에 앉아 있다.

"아, 어머님. 어쩐 일이세요?"

"마요네즈 사러 왔어."

일어서서 꾸물꾸물 마요네즈를 꺼내주는 유미는 기운이 없어 보였다. 점프수트는 안 입었지만 색 바랜 플리스 스웨트 셔츠다. 정말이지 이 여자는 색 바랜 스웨트 셔츠를 몇 벌이나 갖고 있는 건지.

잔돈과 마요네즈를 받아 들고 돌아가려 하자 "어머님, 지금까지 폐 끼쳐서 죄송했습니다. 저, 그림에 재능이 없다는 걸 깨달았어요"라며 힘없이 웃었다.

자신만만한 '화백'이 무슨 소리를 하는 건가.

"이제까지 공모전에 낸 작품, 전부 1차에서 바로 떨어졌거든요. 이번 건 자신 있었는데도 역시 1차에서 떨어졌어요. 우승하면 그림책의 삽화를 맡게 되는 콩쿠르도 1차에서 낙선이었어요. 재능이 없다는 걸 분명히 깨달았어요."

유미의 그림에 매력이 없다는 건 프로 심사위원이 아니라도 안다.

"더 이상 재능 없는 일에 시간을 들이는 건 헛짓이라고 납득했어요. 남편은 좋을 대로 하라고 했고요. 센다이의 부모님은 '유키오랑 안정적인 장사를 하거라'라고 했어요."

사실 이런 아마추어 화가가 그림을 계속하든 말든 '어, 그래?'다. 그렇다 해도 개인이 운영하는 일용품점 같은 건 요즘 시대에는 안정적인 장사라고 할 수 없다.

"이제 정말 그림을 그만두고 싶니?"

유미는 머뭇머뭇 조그맣게 고개를 흔들었다.

"그러면 그만둘 필요 없어. 그만두기 위해 힘을 줘서 필사적으로 결단해야 한다면 아직 그만둘 때가 아닌 거야. 그만둘 때가 되면 말이지, 힘들이지 않아도 가볍게 '관둘래!' 하게 되거든."

아무런 힘을 들이지 않아도 단풍은 약한 바람에 뒷면과 앞면을 보이며 떨어진다. 사람이 그리되지 않는 건 젊기 때문이다. 나는 첩의 존재를 이 나이가 되어 알았기 때문에 아무런 힘을 들이지 않고서도 가볍게 이와조를 잊을 수 있었다.

내가 그렇게 말하자 유미는 눈물을 글썽이며 대답도 못 하고 있었다. 이치고를 욕하며 세월을 보내는 여자로는 도무지 보이지 않는다.

"어머님, 그렇게 말씀해주셔서 감사해요. 남편도 인터넷에서 본 기사 얘기를 하면서 격려해줬지만…… 이제 그만둘 때예요."

미국에서 여든 살 이상의 사람들에게 '인생에서 가장 후회하는 일은 무엇인가?'라는 설문조사를 했는데, 답변자의 70퍼센트가 '도전하지 않았던 것'이라고 대답했다는 기사라고 한다.

유미는 목이 메어 말했다.

"저는 도전한 결과가 이거예요. 남편에게 이 이상…… 폐를 끼칠 수 없어요."

그렇다고 이런 가난의 현신 같은 여자가 카운터에 앉아 있으면 가게가 피를 본다.

"가볍게 '관둘래!' 할 수 있을 때까지 그림을 그리렴. 여든이 되면 후회할 테니까."

계속 그런다 해도 유미가 대성할 거라고는 도무지 생각할 수 없지만 이해심 있는 시어머니인 척해뒀다.

가게에서 나올 때 흘끗 돌아봤더니 가난의 현신은 눈물을 훔치고 있었다. 궁상맞은 얼굴에 재능도 없는 여자가 울면 정말 가련하다. 유키오처럼 남자는 이런 모습을 보면 지켜주고 싶어지는 걸까? 본인에게는 이득이다.

마요네즈를 들고 집으로 돌아가는 발걸음이 예전보다 가볍다는 걸 스스로도 알 수 있었다. 페이드 어쩌고라는 '쇠퇴'를 받아들인 뒤로 숨쉬기가 편해진 느낌이 든다.

생각해보면 이제까지는 물속에서 공기를 찾아 발버둥 치고 있었다. 그 공기는 '젊음'이나 '회춘'이었을 것이다. 하지만 내가 찾던 공기란 실은 '쇠퇴를 받아들이는 것'이었지 않은가.

그렇다 해도 '나이에 걸맞은 게 좋다'라는 말은 진짜 싫다. 꾀죄죄한 할배, 할매는 쇠퇴가 아니라 노쇠다. '노쇠'한 할배, 할매는 자기가 그렇다는 걸 모른다. '쇠퇴'하는 할배, 할매는 쇠퇴를 인식하고 있다. 둘은 다르다.

사온 마요네즈로 유리 사발 한가득 샐러드를 만들자 이치고가 왔다. 선라이즈 텔레비전에서 사전 회의를 마치고 돌아오는 길이라고 한다.

"다음 달부터 시작하는 방송에 스타일리스트랑 헤어메이크업 아티스트가 붙는대. 엄마, 나 올라갈 수 있는 데까지 올라간 것 같지 않아?"

왠지 요즘의 이치고는 예뻐 보인다. 원래 피부는 희지만 '미인' 부류에는 들기 어렵다. 그런데도 빛을 내뿜고 있다. 방금 전에 궁상맞은 며느리를 본 탓일까. 아니, 새로운 세계로 뛰어드는 설렘과 자극이 외모를 바꾼 건지도 모른다.

유미의 질투를 전할 마음은 들지 않았다. 친딸이긴 하지만 이 이상 이치고를 비행기 태울 필요도 없다. 유미가 재능이 없다고 자각한 것도 왠지 애처롭다.

"엄마, 유미가 날 엄청 질투하고 있어. 알아?"

자기 입으로 말했다.

"모르는데. 설마 다 들키게 질투하진 않겠지."

"유키오가 몰래 나한테 '나 요즘 곤란해'라고 말했어."

그 바보, 입도 싸지.

"스스로 노력하지 않고 굴러들어오는 운에 편승하는 식으로 사는 게 싫다나. 유미 본인도 운이 굴러들어오면 분명 움켜쥘 거면서. 미안하지만 질투받는 건 기분 좋거든."

이치고는 냉장고에서 캔 맥주를 꺼내 꿀꺽꿀꺽 소리를 내며 마셨다.

정말이지 다른 심장을 가진 인간은 무심하고 속 편하다. 친딸조차 자신의 활짝 펼쳐진 인생 앞에서는 엄마의 첩 문제 같은 건 아무래도 좋다는 식이 됐다. 엄마의 괴로움도 분개도 벌써 잊어버리고 꿀꺽꿀꺽 맥주를 들이켠다.

"이치고, 유미 앞에서 너무 싱글벙글하지 마. 언젠가 유미한테 더 큰 운이 굴러들어올지도 모르잖니."

"알아. 근데 엄마, 요즘 한층 더 보살 같아졌네."

이치고는 빈 맥주 캔을 호쾌하게 찌그러트렸다.

"엄마는 말이지, 천천히 쇠퇴해간다는 걸 받아들였더니 마음이 완전히 편해졌단다."

"흐음, 훌륭하네."

이치고는 두 캔째 맥주와 닭꼬치 통조림을 가지고 오자마자 말했다.

"하지만 그걸 받아들였다고 엄마가 이 세상에서 사라지는 건 아니야. 앞으로 보살은 어쩔 생각이야?"

이치고는 닭꼬치를 입에 던져 넣고 맥주와 함께 단번에 꿀꺽 삼키더니, "요상한 깨달음을 얻어서 더럽게 재미없는 보살 할머니는 살아 있는 것만으로 성가셔"라고 내뱉고 돌아갔다.

예뻐진 여자가 화를 내면 예쁘지 않았을 때보다 박력 있다.

침대에 누운 뒤로도 이치고의 말이 머릿속에서 사라지지 않았다. 쇠퇴를 받아들인 뒤에는 어떻게 살 것인가…….

어차피 곧 죽는다고 해도 분명 아직 살아 있다. 게다가 '쇠퇴'를 수용하는 경지에 도달해봤자 할 일도 없고 할 수 있는 일도 없다. 이제까지와 마찬가지다. 그렇다면 그 경지에 도달할 필요도 없었던 걸까? 하지만 숨만 쉬며 하얀 상자를 기다릴 수는 없다. 앞날은 길다. 앞날이 없는데도 말이다.

또, '쇠퇴'의 수용에 도달한 나는 흔한 늙은이와는 다르다. 뭔가 남을 위한, 사회를 위한 일을 해야겠지만 병원이나 돌봄 자원봉사는 내 쪽이 오히려 신세를 질 것 같다.

종종 동네 도서관에서 열리는 '이야기 모임'은 어떨까? 전쟁 경험자가 아이나 엄마들에게 체험담을 들려주거나, 전수하고 싶은 일상이나 정신을 이야기한다. 이건 나쁘지 않다. 하지만 아이를 상대하면 피곤하고, 또 요즘 엄마들의 말투는 듣기만 해도 화가 치민다. 안 되겠다.

그러면 노인 상대는 어떤가. '쇠퇴'를 받아들이고 되살아난 나의 체험을 이야기하자. 분명 도움이 될 거다. 하지만 남편에게 첩이 있었던 것이나 유언장 일 등 이것저것을 본 적도 없는 할배, 할매들에게 이야기해야 한다. 게다가 그들은 대부분 배낭을 짊어지고 싸구려 모자를 쓰고 오겠지. 할매 대부분은 기미가 잔뜩 낀 민낯일 거고. 상상한 해도 열 받는다. 안 되겠다.

차라리 집에서 할 수 있는 건 없을까? 우리 집에는 이와조의 불단도, 영정 사진도 없다. 소각용 쓰레기로 내버렸다. 그러니까 우리 집은 향내가 전혀 안 난다. 역에서도 가까우니 사람들을 모아서 뭘 하기 좋다.

미용이나 패션 쪽으로 뭘 할 수 없을까? 여기에는 일가견이 있고 공부도 했다. 돈도 꽤 썼다. 우중충한 할머니나 게으른 내 추럴파 아줌마에게 전수해서 그 증식을 막는 건 세상에 도움이 된다. 하고 싶다. 하지만 다과값만 받고 한다 해도 여든이 코앞인 아마추어에게 배우러 올까? 안 오겠지.

그렇다면 여든이 코앞이라는 걸 역이용해서 '옛날 가정식'을 가르치면 어떨까? 사 먹는 반찬과 편의점 도시락이 위세를 떨치는 지금, 이건 세상에 도움이 된다. 나는 얼마든지 전수할 수 있다. 하지만 식재료비만 받는다 해도 자격증도 없는 할머니다. 기왕이면 활발히 활동하는 프로 요리 연구가한테 배우고 싶겠지. 안 되겠다.

나는 침대 위에서 눈을 말똥말똥 뜨고 천장을 바라보며 계속 생각했다. 젊은 사람과 경쟁하지 않고 여유롭게 쇠퇴를 받아들이는 경지를, 남은 인생에 어떻게 반영하면 좋을까?

'남은'이라는 말이 자연스레 나왔다. 앞날이 얼마 남지 않았다는 것을 당연시하고 있다. 젊은 사람은 '남은 인생'이라고 말하지 않는 법이다.

어떻게든 이 남은 인생을 쓸모 있게 보내고 싶은데, 일본에서는 나이를 먹으면 먹을수록 활용할 곳이 줄어든다. 젊은이를 우선하는 건 사회의 활력이 되니 늙은이는 물러서는 게 좋다. 그러면 역시 자신을 위한 취미를 즐기며 죽는 날을 기다리는 수밖에 없나?

이제 사회에도, 다른 사람에게도 쓸모없어도 좋으니 스포츠 경기나 열심히 볼까? 하지만 스모 경기장도, 야구장도, 축구장도 혼자서 갈 자신이 없다. 다리도 '쇠퇴'해서 젊은 팬들로 붐비는 가운데 넘어지기라도 하면 일어날 수 없다. 그렇다고 텔레비전으로 보는 건 시간을 때우는 할머니 같다. 그저 자신을 위한 시간 때우기는 보살이 할 일이 아니다.

절망적인 기분에 빠져 눈만 말똥말똥하다.

오히려 나의 특기를 살리는 걸 생각하는 편이 좋을지도 모른다. 남다른 지식이 있는 분야는 술이다. 와인이나 사케 소믈리에 자격증은 없지만 오십 년 넘게 주류를 파는 현장에서 쌓은 지혜와 지식이 있다.

다시 가게에 나갈까? 그러면 유키오는 꽤 편해질 텐데. 하지만 가게에 나가지 않는 며느리를 나무라는 것처럼 보여서 마음이 상할 수 있다. 게다가 그림에 재능이 없다는 걸 깨달은 가난의 현신은 그림을 그만두고 가게 일에 힘쓰겠다고 말할지도 모른다. 나는 방해꾼이다.

그렇다고 바나 술집에서 여든이 코앞인 호스티스를 써주나? 나는 평범한 언니들보다 지친 남자들과 훨씬 더 즐겁게 대화를 나눌 수 있다. 술에 대해서도 이것저것 이야기할 수 있다. 하지만 자신만만하게 현장에 나가는 할머니는 쇠퇴의 수용에 역행하는 거다. 더군다나 내가 아무리 젊게 보여도 스물다섯으로는 안 보인다. 써줄 가게는 없다.

창밖이 어슴푸레 밝아올 때까지 한숨도 못 잔 채로 어떤 묘안도 떠올리지 못했다. 생각해봤자 결론을 내지 못한 채 신문을 읽고 텔레비전을 볼 뿐인 하루하루가 이어지고 있다.

사이좋은 여자 연예인 세 명이 여행을 가는 텔레비전 프로그램을 보며 나한테는 친구가 없다는 사실을 깨달았다. 아예 없는 건 아니지만 함께 여행 갈 친구는 없다. 밥 먹자고 불러주는 친구도…… 없다.

결코 내가 미움을 받기 때문은 아닐 것이다. 나는 이와조와 있는 게 가장 좋아서 젊은 시절부터 누구를 잘 사귀지 못했다. 여행도 쇼핑도 외식도 이와조와 하는 게 제일 좋았다. 야구도 스모도 연극도 둘이서 보러 갔고, 아무것도 신경 쓸 필요 없이 즐겼다.

돌아오는 길에 감상을 나누며 음식을 먹고 마셨다. 고층 레스토랑에서 야경을 보며 이와조는 종종 손가락으로 가리켰다.

"저쪽이 아자부야. 도쿄타워를 중심으로 생각하면 알기 쉬워. 료고쿠는 이쪽. 장인어른이 돌아가신 뒤로는 료고쿠에 안 갔네."

문득 나의 친정 이야기를 꺼내주는 이와조가 고마웠다. 이 사람과 있는 게 무엇보다 편하고 행복해서 친구는 필요 없었다. 그 무렵 이미 첩을 두고 자식까지 만들었다고 누가 생각이나 했을까.

그렇다고 여든을 코앞에 두고 친구를 만드는 건 사양이다.

애초에 같은 세대 할머니들과 어울려도 얻는 건 아무것도 없다. 혹시 아케미가 살아 있다면 이번에야말로 좋은 친구가 될 수 있었을지도 모른다. 마사에랑도 지금이라면. 그 두 사람에게라면 화장이나 옷에 대해서도 즐겁게 가르쳐줄 수 있었을 것이다.

한 사람은 죽었고 한 사람은 치매다. 하루하루를, 한 사람 한 사람을 소중히 여길 나이라고 절실히 생각하게 된다.

우리에게는 앞날이 없다.

3월도 중순을 넘어서 벚꽃이 피었다는 이야기가 남쪽에서부터 들려오기 시작했지만 아무런 할일이 없다. 이제 와 생각하면 남편에게 첩이 있었다거나 가게가 망할 것 같다거나, 그런 일이라도 있는 편이 지루하지 않았다.

가게에는 가끔 물건을 사러 가는데 유미가 예전보다 자주 나와 있다. 하지만 어두운 얼굴이라서 보기만 해도 꺼림칙하다. 그런 얼굴이라면 아틀리에에 처박혀서 매력 없는 그림을 그리고 있어주는 편이 세상과 타인에게 도움이 된다.

유미가 없기를 빌며 간장을 사러 갔다. 마트보다 좀 비싸지만 살 수 있는 물건은 뭐든 가게에서 산다. 들어갔더니 유키오뿐이었다. 운이 좋다고 생각한 순간, 유키오가 안쪽을 향해 소리쳤다.

"이봐, 마침 할머니가 왔어."

아, 앗, 부르지 마.

금세 이즈미가 나왔다.

"와! 할머니, 오늘 멋진데? 정말 근사해! 그 옷 처음 보네. 네일도 예뻐."

회색빛이 감도는 분홍색 스웨터에 옅은 회색 치마를 맞춰 입었고 손톱도 연분홍색이었다. 그저 숨만 쉬고 있는 매일이지만, 여기서 긴장을 풀면 단숨에 '할머니 계곡'으로 굴러떨어진다. 아무리 마음보가 변해도 '내추럴한 보살'은 절대로 안 될 거다.

"할머니한테 지금 전화하려던 참이었어. 들어와, 들어와."

거실은 바닥에도, 테이블에도 그림이 몇 장이나 놓여 있었다. 전부 유미가 그린 유화다. 이렇게 잔뜩 늘어놓고 보니 이거나 저거나 정말로 개성이 없고 신통치 않다. 그림에는 그린 사람이 드러난다고 절실히 생각한다.

"엄마가 그림을 그만둔다기에 아깝다고 했어."

"응, 할머니도 계속하라고 말했어."

"하지만 한번 꺾인 의욕을 되살리는 건 힘들잖아. 그래서 아빠가 아이디어를 냈어."

유미는 발그레한 뺨에 억누르기 힘든 듯한 미소를 띠고 있었다. 유키오가 냈다는 아이디어를 듣고 놀랐다.

가게 한구석의 벽 옆에는 커다란 카운터가 있다. 그곳은 계산대라서 금전등록기가 놓여 있다. 그것 말고도 배달품을 쌓아두거나 서류함도 놓아둔다. 이 카운터가 있는 벽에 유미의 그림을 죽 걸자는 것이다.

이즈미는 가게를 향해 외쳤다.

"아빠도 좀 와봐!"

유키오는 커다란 몸집으로 느릿느릿 들어왔다.

"아빠, 할머니한테 설명해줘."

이즈미가 재촉하자 유키오는 수줍은 듯 말했다.

"아니, 유미가 재능이 없다면서 우니까 그런 건 본인이 정하지 말라고 말했을 뿐이야."

"아빠, 수줍어할 필요 없잖아. 계산대 벽이라면 손님이 반드시 볼 거고, 그림 그리는 데 격려도 될 거라고 했어. 그치, 아빠?"

"응, 뭐."

유키오는 미소 지으며 유미를 봤다. 이런 여자라도 유키오는 좋은 거겠지. 좋다면 됐다. 유미도 살짝 상기된 뺨으로 유키오를 올려다봤다.

이즈미는 펼쳐둔 그림을 가리켰다.

"할머니한테 전화해서 와달라고 하려던 건, 벽에 걸 그림을 함께 골라줬으면 해서."

"그럼 난 가게로 돌아간다."

유키오는 뭐가 수줍은지 허둥지둥 거실에서 나갔다.

"남편과 이즈미가 계절별로 전시를 바꾸자고 해요. 사월부터 시작할 예정이니 뭔가 봄 느낌이 나는 그림을……."

거실에 늘어놓은 그림은 어딘가 우중충해서 러시아의 겨울 풍경 같았지만 "봄이 온 느낌이네~"라고 말해줬다. 피곤하다.

"어머님, 여러모로 걱정 끼쳐드렸죠. 계절별로 신작도 발표하고 싶으니 저, 다시 한번 도전할래요. 게다가……."

유미는 결심한 듯 말을 이었다.

"많은 사람이 봐줄 테니 제 그림의 장점을 알아봐줄 사람도 분명 있을 거예요. 남편이 팔릴 수도 있다고 했어요."

재기도 빠르지. 재능이 없으니 그만둔다고 말한 입에 침이 마르기도 전에 이런다.

"형님처럼 운이 찾아올지도 몰라요. 형님네 방송에서 다뤄줄 수도 있고요."

그럴 리 없잖아. 운만으로 한 달에 한 번 출연하는 패널이 되었다고 했으면서 '형님네 방송'이란다.

하지만 자신의 인생이 좋은 방향으로 움직이기 시작했으니 이제 질투도, 험담도 안 하겠지. 애초에 고작 일용품점 계산대 구석에 그림을 걸어놓는 것만으로 이만큼 기뻐하는 사람이다. 유키오는 좋은 아내를 얻은 건지도 모른다.

우리는 거실 바닥과 테이블 위의 그림을 찬찬히 살펴봤다. 그 공간이라면 많이 걸어봤자 넉 점이겠지. 재미도 없는 그림뿐이지만 역시 〈오누이〉는 눈길을 끈다. 큰 공모전에서 '신인 장려상'을 받고 다른 수상작과 유명 심사위원의 작품과 함께 우에노의 미술관에 전시된 그림이다. 아직 중학생인 오빠 마사히코와 여동생 이즈미의 풋풋한 내면까지 엿보인다. 생각해보면 이 장려상이 '나는 그림에 재능이 있어'라고 착각하게 만든 원흉이었다.

"유미, 역시 〈오누이〉는 아주 훌륭하니까 이건 계절에 상관없이 계속 걸어두는 편이 좋지 않아?"

내 제안에 유미는 목소리를 높였다.

"상설전이네요!"

그렇게 말할 줄이야. 다른 그림이 너무 시시해서 제안했을 뿐이다.

"응, 그거. 상설전, 상설전. 장려상 상장도 무심하게 옆에 두면 처음 온 사람도 대단하다고 생각할 거야."

"어머님, 그거 최고의 제안이에요."

우리는 그밖에 봄 그림을 세 장 골랐다. 벚꽃 그림, 으스름달밤 그림, 올챙이 그림, 어느 것이나 초등학생이라도 생각해낼 법한 봄의 주제인데도 〈작품 A〉라느니, 〈콤퍼지션〉이라느니 거드름 피운 제목이 붙어 있다.

본인이 화가라고 이렇게나 자부하고 있으면, 그 누구의 눈길도 끌지 못하는 괴로움은 다른 사람이 생각하는 것보다 훨씬 크겠지.

"여름 작품은 봄과는 전혀 다른 힘찬 터치로 신작을 그릴 거예요."

그렇게 말하며 나를 보는 유미의 관리하지 않은 피부가 생기 있어 보였다. 아직 마흔다섯 살, 젊다. 하지만 일생은 짧다. 눈 깜짝할 사이에 내 나이가 된다. 즐겨야 한다. 기뻐해야 한다.

"유미, 유키오한테 말해서 조명을 달아달라고 해. 그림 한 점 한 점을 비추도록 말이야. 공사랄 것까지 없으니 간단히 할 수 있을 거야."

좋아하는 유미의 등 뒤로 이즈미가 나를 향해 두 손을 모아 감사의 인사를 하고 있었다. 본격적으로 보살이 되고 말았다.

계산대 안쪽 벽을 다시 칠하거나 조명을 다는 등 그림을 걸기 위한 준비는 모두 가게 문을 닫은 뒤에 했다. 유미가 주장했기 때문이다.

"갑자기 화랑이 '짠' 하고 나타나는 거예요. 그런 서프라이즈로 손님에게 강한 인상을 주고 싶어요."

드디어 그림을 거는 일만 남은 날, 유미는 센다이에서 마사히코를 불렀다. 자랑스러운 아들에게 보여주고 싶었겠지. 폐점 뒤의 그 작업을 이치고도 도와주러 왔다.

"유키오, 액자 오른쪽이 내려가 있어. 그래, 5밀리쯤 더 올려. 그렇지."

이치고는 자기 손은 전혀 대지 않고 언제나 말뿐이다.

"거기에 큰 걸 걸고 이쪽은 작은 거. 리듬감을 주는 편이 좋아. 마사히코, 그러면 너무 올라간다니까. 좀 더 내려. 좋아, 그걸로 오케이!"

"형님, 세세하게 지시해주셔서 큰 도움이 되네요. 저는 그리는 것밖에 못해서요."

유미는 완벽하게 예전으로 되돌아갔다. 좋은 건지 나쁜 건지 모르겠지만, 그리는 것밖에 못하는 '화백'으로 복귀했다.

팔짱을 끼고 바라보던 이치고가 단호하게 말했다.

"유키오, 카운터에 올려둔 금전등록기나 서류함 같은 게 눈에 거슬리잖아. 배달용 맥주 상자까지, 장난 아니라고. 다른 데로 옮겨."

"뭣? 무리야. 둘 데가 없는걸."

"여기서 한번 봐봐. 그런 게 너저분하게 있으니까 모처럼 유미의 그림이 좋은데 빛나지 않잖아."

"그러면 난 장사를 못 한다고. 그만해."

"유키오, 유미의 그림은 비일상이야. 그치, 마사히코?"

"뭐 그렇지. 배달 박스니 금전출납기니, 그런 거 너머로 보는 건 완전 일상이긴 하네."

웬일로 유미가 사양했다.

"형님, 그렇게 말씀해주시는 것만으로 기뻐요. 가게는 화랑이 아닌데도 조명까지 달아주고, 이걸로 너무나 충분해요."

"그렇긴 해도 올케의 비일상적인 좋은 그림이 투박해지잖아."

정말이지 이치고는 얼마나 행복한 걸까? '부자는 싸움을 안 한다', '행복한 자는 질투하지 않는다'라는 말을 뼈저리게 실감한다.

"할머니 생각엔 말이야, 일단은 이렇게 해보자. 그래서 역시 투박해 보인다면 그때 가서 생각하면 돼."

내 말이 채 끝나기도 전에 유키오가 불쑥 말을 꺼냈다.

"그래, 이 카운터에서 선술을 하면 돼."

'선술'이란 주류를 취급하는 가게 안에서 서서 술을 마시는 것이다. 옛날에는 전국 어디에나 선술 코너를 둔 가게가 많았다. 그건 '선술'이나 '되술'이라고 불렸다. 우리 가게에서는 안 했지만, 언젠가 이와조가 야마가타를 여행할 때 "선술은 에도 시대부터 있었대. 사케를 되에 부어서 마시는 거지. 되는 모서리에 입을 대고 마시잖아. 그래서 모서리 각角 자를 써서 '선술角打ち'

이라고 한다고 들었어"라고 말했다. 그날 우리는 야마가타의 낯선 가게에서 선술을 즐겼다.

하지만 '선술'이라고 하자 유미가 당황했다.

"전 그림을 그려야 해서 안 돼요. 접객 같은 건 못 해요."

"바보야, 어머니가 하는 거야."

"뭐?!"

나를 포함해 모두가 동시에 소리를 질렀다. 다음 순간, 이치고가 손뼉을 쳤다.

"유키오, 그거 최고야. 최고의 아이디어!"

"할머니한테 분명 잘 맞을 거야. 해봐, 해봐. 나도 도울게."

이즈미가 목소리를 높이자 유키오가 '가장'티를 풀풀 내며 말했다.

"요즘 선술 코너가 엄청나게 늘고 있어. 책도 나왔고. 간단한 요리를 내는 선술 코너도 있지만 가게의 술이나 통조림을 사서 먹는 경우도 많으니까 우린 그걸로 가자. 엄마도 편할 거고."

"어머님, 가게의 물건을 산 손님이 마음대로 가게 안에서 먹고 마시는 셈이라서 보건소의 허가도 필요 없어요."

나도 안다. 유미처럼 장점을 늘어놔주기를 바라지는 않는다.

"고마워, 다들. 날 생각해줘서 말이야. 하지만 이제 곧 일흔아홉이니 곧장 '할게!'라고는 못 하겠네."

"엄마, 할 수 있을 때까지만 하면 되잖아. 하는 편이 분명 재믾을걸."

마사히코까지 내 어깨를 두드린다.

"할머니가 선술집 마담이면 일에 지친 영감들이 엄청 기운이 날 거야. 나도 친구 데려올게."

"무슨 소리를 하는 거니. 역시 손님은 젊은 마담을 좋아하잖아. 곧 일흔아홉이라서야 안 되지."

실은 이 이야기가 나온 순간 하고 싶어서 가슴이 두근두근했다. 하지만 기뻐하며 달려들면 약점을 잡힌다. 그렇다고 이보다 더 허세를 부리면 "그럼 관두자"라고 할지도 모른다. 그건 곤란하다. 하고 싶다.

그러나 흔한 할머니처럼 부끄러움도 체면도 없이 원하는 것에 달려들고 싶지 않다. '쇠퇴'를 의식하면 성가시다.

어떻게 할까……라고 생각하던 때 유미가 말하기 곤란한 듯 입을 열었다.

"어머님의 기분은 이해가 가요. 저, 이기적인 소리라는 걸 알고서 하는 말인데요. 카운터에 선술 코너를 열면 서서 마시는 손님은 오랫동안 제 그림이 눈에 들어오겠죠. 그림을 보면서 마시는 듯한……. 그러면 엄청 감사할 거예요."

지금이다. 나는 조금 생각하는 척한 뒤 한 박자 쉬고 대답했다.

"그렇구나……. 유미의 그림을 보여주는 게 가장 큰 목적이니까."

다시 한 박자 쉬고 말했다.

"할까?"

모두가 내지른 환호성과 박수 소리는 밖까지 들릴 정도였다. 아아, 생각지도 못한 전개다. 자신 있는 술로 이런 걸 할 수 있다니. 만약 가게의 저렴한 상품으로 손님들의 피로를 풀어줄 수 있다면 사회에도 도움이 된다. '쇠퇴'를 수용하기까지의 이야기를 술안주 삼아 우울하지 않게 할 수도 있다. 이와조와 결혼하지 않았다면, 그리고 이와조가 냉큼 죽어주지 않았다면 나에게 이런 '남은 인생'은 없었겠지.

자식과 손주들은 이제까지 열심히 살다가 배신당한 나에게 기운을 불어넣어 주고 싶은 것이다. 이 아이들 안에도 나를 '애틋하다'고 여기는 마음이 있는지 모른다.

"유미, 우리 선술 코너 이름은 '화랑'으로 하자."

다시 박수와 환호성이 일었다. 마사히코는 삐, 삐, 휘파람까지 불었다. 유미는 볼에 손을 대고 몸을 비비 꼰다.

그림 전시와 '화랑' 개점을 동시에 하고 싶어서 모처럼 걸었던 그림 넉 장은 다시 떼어냈다.

이즈미가 "잠깐 선술 연습을 할 겸 건배하자"라며 캔 맥주와 통조림을 카운터에 늘어놓았다.

"센다이에는 말이야, '눈물주'라는 게 있어."

마사히코가 하이볼 캔을 들고 말했다.

"그게 뭐야?"

이치고뿐만 아니라 누구도 들어본 적이 없었다.

"삼수변에 어그러질 려涙 자가 아니라 삼수변에 눈 목泪 자*를 써서 눈물주泪割り."

"어머, 분위기 있네."

이치고가 좋아하자 마사히코는 유리잔에 캔 하이볼을 따랐다.

"'눈물주'는 고추냉이를 넣은 하이볼이야. 센다이 고쿠분초의 마담이 짝사랑하는 손님에게 울면서 만들어줬다던가, 전설이 가지가지지."

그리고 튜브 고추냉이를 넣었다.

"원래는 생고추냉이를 갈아서 넣지만 선술이니까 튜브형을 써도 돼."

유키오가 나를 봤다.

"눈물주, 우리 집 대표 메뉴네."

"센다이에서는 소주로 만든 눈물주도 인기야."

운이라는 건 앞날이 없는 인간에게도 찾아온다. 나는 깨달았다.

자포자기하지 않는 인간에게 운은 반드시 찾아온다.

---

* 涙와 泪는 둘 다 눈물 루 자지만 일본에서 눈물을 가리킬 때 일반적으로 쓰이는 한 자는 '涙'다.

잘난 척하는 '지식인'들이 텔레비전이나 잡지에서 종종 "희망을 가지고 있는 사람은 나이와 관계없이 젊습니다. 뒤집어 말하자면 희망을 잃은 사람은 부쩍 늙는 거죠"라고 말한다. 이런 번드르르한 말은 늘 듣기도 싫었는데 지금은 알겠다. 옳은 말이다.

다들 눈물주에 기분 좋게 취했다.

개점일인 4월 1일이 다가오자 나는 내가 가진 모든 옷과 액세서리를 거실에 늘어놓았다. 하나하나 몸에 대보며 "이건 버릴 거. 이건 필요한 거"라며 구분한다.

이치고와 이즈미가 도와주며 "전에 할아버지 유품을 '필요한 거', '필요 없는 거'라며 정리했지" 하고 웃는다. 반년 정도밖에 지나지 않았는데도 아주 오래된 일 같다. 이와조는 내 안에서 완전히 '없는 사람'이 되어버렸다.

이즈미가 분류해둔 옷의 산을 껴안으며 "이거, 이 박스에 넣을게. 소각용 쓰레기지?" 하고 일어서는 것을 허겁지겁 막았다.

"반대야! 반대! 그쪽은 필요한 옷. 가게에서도 입을 거야."

"뭐…… 거짓말……. 버리는 건 수수한 쪽?"

당연하다. 마음가짐은 다소 변했지만 겉모습은 역시 나이에 걸맞아서는 안 된다. 모자를 쓰고 배낭을 메고, 종이부채처럼 쪼글쪼글한 피부를 드러내고, 손에 집히는 옷을 주워 입는 할머니가 되어서는 안 된다.

중요한 건 타인의 평가다. 기미도 주름도 아름답다고? 그럴 리 없잖아. 말이라도 그렇게 하지 않으면 너무나 절망적이기 때문에 그렇게 말하는 녀석들이 있을 뿐이다. 하지만 잡티는 반드시 생기는 것이니 부지런히 관리해서 억눌러야 한다.

앞날이 없는 나이에 중요한 건 위장, 이것뿐이다. 꾸미고 가꿔서 속여야 한다. 나는 이제 겨울도 끝나가는 나이지만 가을로 보이도록 위장한다. 위장하면 늙은이티를 내는 걸 스스로 용납할 수 없게 된다. 어울리지 않기 때문이다.

둔해지는 것, 허술해지는 것, 칙칙해지는 것, 어리석어지는 것, 전부 스스로에게 용납하지 못하게 된다. 외로움을 타는 것, 동정받고 싶어지는 것, 구두쇠가 되는 것도.

손주 자랑에 병 자랑에 건강 자랑도 용서할 수 있을 리 없다. 엔딩노트도 마찬가지다.

나는 남은 인생, 앞날이 없는 인생을 향해 "해주마!" 하고 중얼거렸다.

드디어 '선술 코너·화랑'을 여는 전날 밤, 혼자 카운터에 들어가 봤다.

유키오 부부는 상점회 모임에 가고 없다. '화랑'을 하기로 결정한 뒤부터긴 하지만 유미는 기분이 좋아져서 그런 모임에도 함께 간다. 자신을 생각해주는 남편의 마음을 깨닫고 조금은 스스로를 돌아본 건지도 모른다.

셔터를 내린 가게 안에서 내일부터 쓸 유리잔, 접시, 컵받침 같은 것을 점검한다. 이미 몇 번이나 점검했지만 집으로 돌아갈 기분이 들지 않는다.

유미의 그림은 핀조명을 받으니 왠지 일류 작품처럼도 보인다. 옷이 날개라더니, 졸작도 조명을 받으니 그럴싸하다.

이제 슬슬 돌아갈까 생각하던 때 셔터를 톡톡 두들기는 소리가 들렸다.

이 시간에 누구인가. 으스스해서 대답하지 않았다. 다시 조심스럽게 톡톡 두들긴다.

"누구세요?"

셔터를 열지 않고 물어보자 목소리가 들렸다.

"이와타로입니다."

깜짝 놀라 열었더니 이와타로가 홀로 서 있었다.

"밤중에 죄송합니다. 댁으로 전화드렸더니 안 계셔서요. 셔터 틈새로 불빛이 보여서 혹시 계실까 했습니다."

"있는 건 유키오였을지도 모르는데."

"그때는 인사를 전해달라고 부탁드릴 생각이었습니다."

이와타로는 깊숙이 머리를 숙였다.

"감사했습니다. 회사도 원만히 퇴직했고, 남은 일 정리와 인계를 마치면 정식으로 캄보디아로 이주합니다."

"축하해요. 마음껏 해봐."

"네."

"그렇지, 손님 1호로 마시고 가요."

"네? 손님요?!"

가게 안으로 불러들이고 다시 셔터를 내렸다. 유미는 내일의 서프라이즈에 집착하고 있다. 길을 가던 사람이 눈치채면 화를 낼 것이다.

나는 카운터로 들어가 선반을 가리켰다.

"캔이든 마른안주든 이 가게에서 파는 물건 중에 좋아하는 걸 가져와요."

이와타로는 의아한 표정으로 고기완자 통조림과 한입 치즈를 들고 왔다.

나는 유리잔을 준비하며 '화랑'에 대해 이야기했다.

"오시 님, 술집 사장님이세요?"

"아니, 마담."

웃는 이와타로 앞에서, 캔 하이볼을 따서 따른 유리잔에 고추냉이를 떨어트렸다. 머들러*를 곁들여 권했다.

"눈물주."

---

*   음료를 휘젓는 막대.

"네?"

"삼수변에 눈 목 자를 써서 눈물주."

"……좋은 이름이네요."

나는 내 유리잔을 들었다.

"저랑…… 건배해주시는 거예요?"

"요즘 부쩍 보살처럼 변했거든, 나."

한 모금 마신 이와타로의 눈이 촉촉해진 것처럼 보였다.

"고추냉이 맛이 올라올 거야."

짐짓 모르는 척 그리 말했다.

"올라오네요, 어쩌지……."

"'좋은 이름이네요'라고 할 때가 아니지?"

"정말로 눈물이 나요."

줄곧 유적을 만진 듯한 거친 손바닥으로 이와타로는 눈물을 훔쳤다.

지금 생각해보면 눈물도 기쁨도 분노도 질투도, 모든 게 머나먼 꿈이나 환상으로 여겨진다. 만난 사람도 헤어진 사람도, 스쳐 지나간 모든 게 즐거운 에움길 같다.

할배, 할매의 인생은 여기서부터 시작된다. 그렇게 깨달은 때부터 기운이 난다.

"눈물주, 한 잔 더 어때? 개점 전의 연습 상대니까 마담이 살게."

이와타로는 단숨에 잔을 비우더니 "잘 먹겠습니다. 고추냉이가 올라와요!"라고 외치고는 다시 눈물을 훔쳤다.

작가의 말

아마도 젊은 사람 대부분은 알고 있을 것이다.

"남자도 여자도 나이를 먹으면 먹을수록 겉모습에서 차이가 나."

"응. 꾸미는 사람과 안 꾸미는 사람은 엄청 다르지."

"맞아. 내버려두면 점점 심각해지잖아?"

아마도 '심각한 고령자' 대부분은 자신이 심각한 범주에 속한다는 사실을 깨닫지 못할 것이다.

하지만 그에 대해 주의를 주기란 몹시 어렵다. 설령 내 아버지나 어머니라 해도 말이다. 겉모습을 신경 쓰는 것에 대한 개인적인 찬반도 있을 테고, 심각해도 남에게 폐는 끼치지 않는다는 생각도 갖고 있을 것이다. 겉모습에 집착하면 주변 이웃들 사이에서 겉돌게 된다고 말하는 사람도 많았다.

그럼에도 눈 딱 감고 주의를 주면 돌아오는 대답은 "이 나이가 되면 편한 게 제일이야"이며, 그런 다음 "어차피 곧 죽을 거니까"로 이어질 터다.

한편, 같은 고령자지만 겉모습을 의식하는 사람도 있다. 피부 관리부터 옷차림에 이르기까지 신경을 쓴다. 다소 번거롭긴 해도 기꺼이 그 부담을 짊어진다.

옛날에는 정년퇴직 이후의 인생이 그리 길지 않았다. 하지만 지금은 직장과 묘지 사이가 길다. 예순다섯 살에 직장을 떠난다 해도 그 뒤로 이십 년쯤, 혹은 그보다 더 사는 사람이 수두룩하다. 무엇보다 우리는 '백 세 인생' 시대를 살아가고 있다.

"곧 죽을 거니까"라는 말은 고령자에게 면죄부다.

그 말을 입에 담으면 편한 쪽으로 흘러가도 불평은 듣지 않는다. "이 나이니까 겉모습 같은 건 아무래도 좋아", "아무도 나 같은 사람은 쳐다보지 않으니까", "이 나이가 되면 이것저것 생각하기 싫어져" 등등이 "어차피 곧 죽을 거니까"로 그럴싸하게 마무리된다.

언젠가 팔십 대 중심의 모임에 나간 적이 있다. 그 자리에서 깨달은 것은 면죄부 아래에서 살아가는 사람과 나태해지지 않고 겉모습을 단장하는 사람으로 명확히 양분된 현실이었다.

잔혹하게도 동년배로는 여겨지지 않을 정도로 겉모습의 젊음과 아름다움, 발랄함에 차이가 났다. 그리고 겉모습을 의식하는 사람일수록 활발하게 발언하고 웃고 주위를 배려하는 경향이 있었다. 아마도 자신감에서 우러난 행동일 것이다. 그때 외모는 내면에 영향을 준다는 것을 실감했다.

물론 면죄부 아래에서 살고 싶어지는 마음은 이해가 간다. 나이가 들면서 기력과 체력이 떨어지는 가운데, 사는 데 즐거움을 느끼지 않게 되는 경우도 있을 것이다.

하지만 그 모임에서 양극단의 후기 고령자를 보고 나는 생각했다. "곧 죽을 거니까"라며 스스로를 꾸미지 않고 외모 단장을 내팽개친 삶은 '자기 방치Self-neglect'가 아닐까.

'니글렉트'는 일본에서 '육아 방치'라는 뜻으로 자주 사용되지만, '셀프 니글렉트'라고 하면 본인이 스스로를 방치하는 것이다.

자기 방치 경향이 있는 고령자들은 그렇지 않은 고령자를 뒤에서 욕한다. 실제로 나는 이제까지 몇 번이나 그런 말을 들었다.

"잘도 저러네. 누구한테 보여주고 싶은 거람?"

"저러면 섹시한 줄 아나 봐? 젊어 보이려고 용쓰는 거 꼴불견이야."

"저 머리, 분명 가발일걸. 자연스러운 게 최고인데."

"사람은 내면이야, 내면. 겉모습만 꾸며봤자 들키거든."

이런 험담에서는 자신의 정반대편에 있는 사람들을 못마땅해하는 마음과 그들을 향한 일말의 선망이 엿보인다. 이는 그들과 비교하면 자신들이 심각한 노인이라는 사실을 의식하고 있다는 뜻도 된다.

"사람은 내면"이라는 말은 반드시 나온다. 하지만 나는 겉모습을 따라 내면이 변화하는 현실을 앞서 말한 모임에서 뼈저리게 느꼈다.

도호쿠대학 대학원 문학연구과의 심리학 강좌 교수이자 일본심리학회 회원인 아베 쓰네유키 씨는 '화장의 심리학'을 연구했고 시세이도 뷰티사이언스 연구소의 연구원으로도 일했다. 그는 《크레아보creabeaux》 No.19에서 다음과 같이 썼다.

> 가령 '이젠 나이가 많아서 됐어'나 '나는 멋 부리는 거랑 관계없는 사람이야' 하는 마음으로 지내면 그것이 겉모습에 드러납니다. 반면 자신이 '어떻게 보이는지'에 관심을 가지고 옷차림과 용모를 단정히 하면 그 마음이 눈에 보이는 형태로 드러납니다. 즉 그 사람의 겉모습으로 '의욕'을 알 수 있는 것이죠.
>
> 젊음이 아닌 아름다움, 그것은 활기차게 사회생활을 할 거라는 의욕의 표명일지도 모릅니다. 자신에게 관심을 가지고 있고, 또 자신이 남에게 어떻게 보일지를 기민하게 신경 쓰는 사람, 이런 왕성한 의욕을 가진 사람을 주위에서 아름답다고 느끼는 게 아닐까요.

'자신에게 관심을 가지고 있는 것'이야말로 자기 방치의 정반대다.

고령자가 겉모습을 의식하는 것은 타고난 외모와는 관계없다. 경제적으로, 또 생활환경적으로 스스로를 꾸밀 여유가 없다고 말하는 사람들도 있을 것이다. 하지만 가능한 범위 안에서 해내는 것이야말로 '의식'이 아닐까? 그것이 초래하는 미미한 변신이 살아갈 기력으로 직결되는 경우도 분명 있다고 본다.

이 책은 여든 살을 코앞에 둔 여성 주인공을 둘러싼 겉모습에 관한 이야기다. 전작 《끝난 사람》의 후기에서는 국제정치학자 사카모토 요시카즈 씨가 국가를 논한 말(아키타사키가케 신보* 2013년 1월 11일판)을 인용했다.

"저는 중요한 것은 품격 있는 쇠퇴라고 생각합니다."

영국은 식민지 인도에서 일찌감치 손을 뗐다. 이에 대해서도 사카모토 씨는 "쇠퇴, 약해지는 것을 받아들이는 품격을 가짐으로써 그 뒤로도 인도와 양호한 관계를 맺었습니다", "품격 있는 쇠퇴 이후에 어떤 사회를 그려나가야 할까요?"라고 논하고 있다.

이는 '아름답게 늙으려는 사고방식'으로 이어지지 않을까 하고, 나는 자극을 받았다.

고령자가 "젊은이에게 지지 않겠다", "무슨 수를 쓰든 노화를

---

* 아키타현의 일간지.

멈출 테다. 안티에이징이다" 하며 발버둥 치는 것은 '품격 있는 쇠퇴'가 아니라는 생각이 들었다.

하지만 그런 말을 한다면 겉모습을 단장하고 스스로를 가꾸는 것이야말로 젊음을 향한 발버둥이 된다. 쇠약해짐을 받아들이지 않는 것도 '품격 있는 쇠퇴'는 아니리라. 그렇게 생각할 수는 있다.

그러나 나는 앞에서 말한 잡지에 실린 아베 씨의 분석에 관심이 갔다.

화장에는 두 가지 효용이 있다고 한다. 스킨케어는 '치유'를, 메이크업은 '격려'를 해준다는 것이다. 스킨케어는 스스로를 사랑하는 행위로, 평온하게 마음을 치유한다. 메이크업은 스스로를 꾸미는 행위로, 사회와 대면할 때 격려가 된다. 그는 이렇게 말하며 다음과 같이 적었다.

> 즉 스스로를 '사랑'함으로써 평소 방치하고 있는 자신의 몸을 의식하게 만들어 '치유'를 해줍니다. 그리고 자신의 용모를 '꾸밈'으로써 스스로가 사회적 존재라는 자각을 촉구하고, 사회와 대면할 '격려'를 얻습니다. 이는 전문 용어로 말하자면 '사적 자의식'과 '공적 자의식'의 촉진입니다.

이 점을 알면 이른바 자기 방치와 '품격 있는 쇠퇴'는 전혀 다르다는 사실을 깨닫게 된다. '어차피 곧 죽을 거니까'라는 면죄부는 게으른 자의 '접시꽃 인롱*'이라는 것도, 스스로 경계하는 마음으로 가슴에 새겨두려 한다.

도쿄 아카사카의 작업실에서
우치다테 마키코

---

* 드라마 〈미토코몬〉의 주인공 미쓰쿠니가 악의 무리를 응징한 뒤에 매번 내보이는, 도쿠가와 가문의 접시꽃 무늬 문장(紋章)이 새겨진 둥근 함. 누구도 거역할 수 없는 어떤 것을 뜻한다.

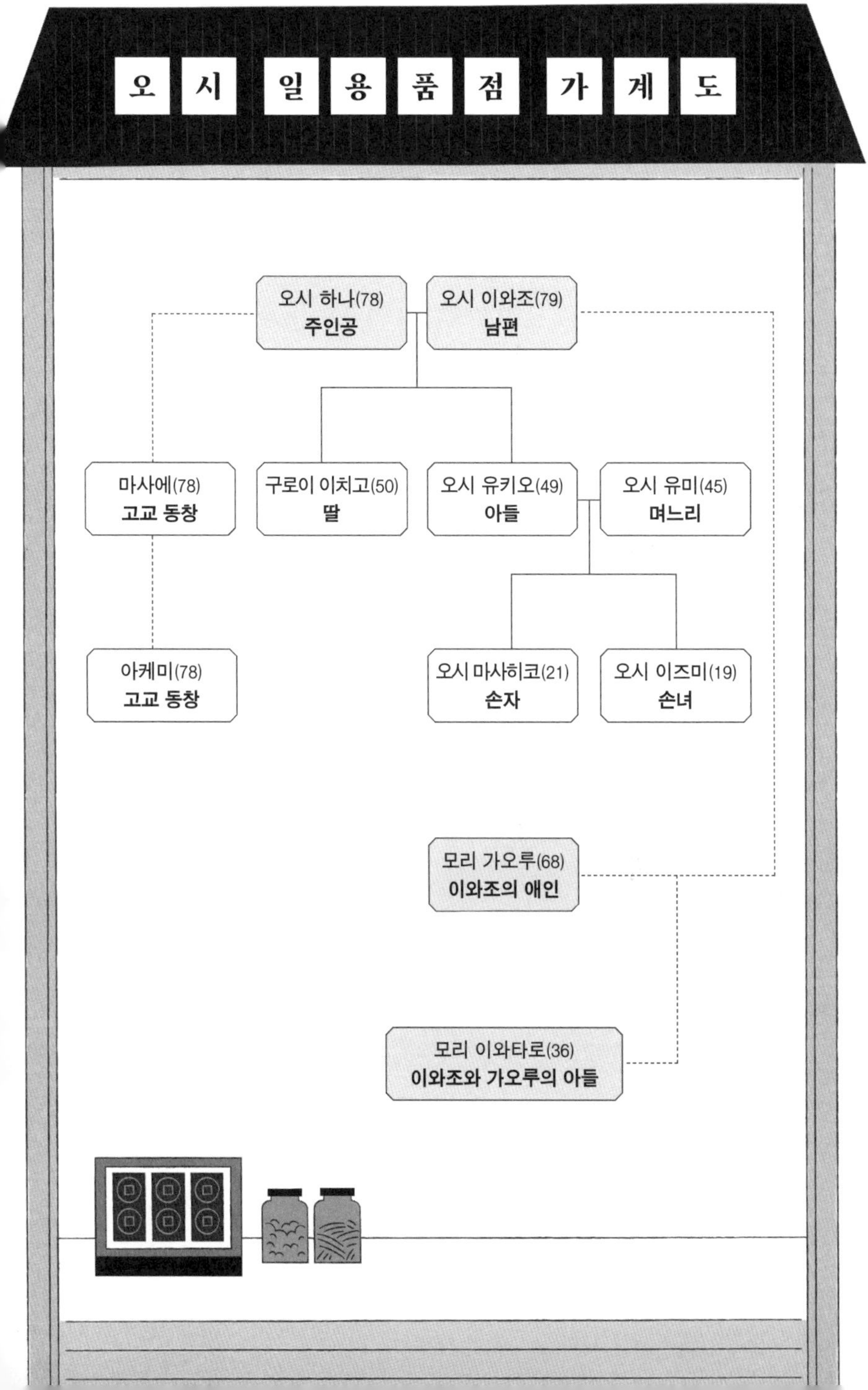

오시 일용품점 가계도

```
┌─────────────┬─────────────┐
│ 오시 하나(78) │ 오시 이와조(79) │
│   주인공     │    남편      │
└─────────────┴─────────────┘
        │             │
        │             └──────────┬──────────────┬──────────────┐
        │                        │              │              │
┌──────────────┐      ┌──────────────┐  ┌──────────────┐  ┌──────────────┐
│  마사에(78)   │      │구로이 이치고(50)│  │ 오시 유키오(49)│──│ 오시 유미(45) │
│   고교 동창   │      │     딸       │  │    아들       │  │   며느리     │
└──────────────┘      └──────────────┘  └──────────────┘  └──────────────┘
                                                  │
                                         ┌────────┴────────┐
                                         │                 │
┌──────────────┐                  ┌──────────────┐  ┌──────────────┐
│  아케미(78)   │                  │오시 마사히코(21)│  │ 오시 이즈미(19)│
│   고교 동창   │                  │     손자      │  │    손녀      │
└──────────────┘                  └──────────────┘  └──────────────┘


                              ┌──────────────┐
                              │ 모리 가오루(68)│
                              │  이와조의 애인 │
                              └──────────────┘
                                      │
                              ┌──────────────────┐
                              │ 모리 이와타로(36)  │
                              │이와조와 가오루의 아들│
                              └──────────────────┘
```

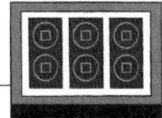

오시 하나, 내 멋대로 산다

초판 1쇄 발행 2025년 8월 20일

글 우치다테 마키코 | **옮김** 이지수
펴낸이 서선행 | **책임편집** 이여진 | **디자인** 이연수 | **일러스트** KATH(권민지)
마케팅 김하늘 최명열 | **홍보** 임유나 금슬기 | **경영관리** 김민아

펴낸곳 서교책방 | **출판등록** 2024년 3월 27일 제 2024-000037호
전화 070) 7701-3001 | **이메일** seokyo337@naver.com
종이 ㈜월드페이퍼 | **인쇄·제본** 더블비

ISBN 979-11-992065-5-7 (03830)

· 책값은 뒤표지에 있습니다.
· 파본은 구입하신 서점에서 교환해드립니다.
· 이 책은 저작권법에 의하여 보호를 받는 저작물이므로 무단 전재와 복제를 금합니다.

㈜서교책방은 독자 여러분의 책에 관한 아이디어와 원고 투고를 기다리고 있습니다. 책 출간을 원하시는 분은 이메일 seokyo337@naver.com으로 간단한 개요와 취지, 연락처 등을 보내주세요.